章燕 著

多丽丝·莱辛作品中的空间意象研究

安徽省哲学社会科学规划项目（项目批准号：AHSKY2017D67）研究成果

武汉大学出版社

图书在版编目(CIP)数据

多丽丝·莱辛作品中的空间意象研究/章燕著.—武汉：武汉大学
出版社,2022.4
ISBN 978-7-307-22680-7

Ⅰ.多…　Ⅱ.章…　Ⅲ.多丽丝·莱辛—文学研究　Ⅳ.I561.07

中国版本图书馆 CIP 数据核字(2021)第 214827 号

责任编辑:李　琼　　　责任校对:汪欣怡　　　版式设计:马　佳

出版发行：**武汉大学出版社**　　（430072　武昌　珞珈山）
　　　　　（电子邮箱:cbs22@ whu.edu.cn　网址：www.wdp.com.cn）
印刷:湖北恒泰印务有限公司
开本:720×1000　　1/16　　印张:13.25　　字数:197 千字　　插页:1
版次:2022 年 4 月第 1 版　　2022 年 4 月第 1 次印刷
ISBN 978-7-307-22680-7　　定价:58.00 元

前　言

　　莱辛被誉为"英国文坛老祖母"，并于 2007 年获得诺贝尔文学奖。她的作品始终贯穿着对多元混杂的空间意象的独特思考，意象原是客观物象经过创作主体独特的情感活动而创造出来的一种艺术形象。本书所聚焦的空间意象表征着莱辛的混杂性思想，它既包括实物空间又包括与之相关的文学描述，是多重混杂的。通过分析空间意象所呈现的混杂性特质，本书力图揭示莱辛对二元对立思维方式的批判，对解构、超越二元对立的种种思考和对未来社会文化走向的探索。

　　本书共分八个部分，绪论部分回顾莱辛的创作历程和她作品空间意象的独特性，并梳理了理论界有关混杂性理论研究的状况。

　　第一章主要阐述莱辛作品空间意象混杂性特质产生的根源。重点论述莱辛幼年特殊的"第三文化儿童"际遇导致的混杂主体身份，分析她混杂性文化身份认同的建构过程和对今后生活、创作、思想的影响。

　　第二章主要分析莱辛非洲题材作品中空间意象的混杂性，分析殖民生活经历对莱辛混杂性思想形成所起的促进作用。本章研究了三个非洲空间意象：博览会、房屋和丛林。温布利博览会导致莱辛父母做出远赴非洲拓殖的决定，这一决定看似偶然却蕴含着帝国的殖民骗局，是帝国从武力殖民向文化殖民转变的一次体现。莱辛在作品中反复书写了这段经历，本书还原当时场景，以冀剖析当时意识形态变化对莱辛混杂性思想形成所起的促进作用。在非洲，围绕莱辛家早年建造的茅草屋，母女之间发生了激烈的冲突，通过分析冲突的本质，本书揭示房屋布局的室内和室外之分所体现的空间分隔和背后所隐含的二元对立意识。此外，在莱辛的空间书写

1

中，常弥漫着一股暗恐情绪，本书通过分析莱辛作品中的丛林意象，阐释暗恐情绪背后殖民者与被殖民者、母国与他乡的二元混杂对莱辛创作的影响。非洲空间意象为莱辛形成混杂性思想奠定了基础。

第三章主要分析莱辛伦敦题材小说中空间意象的混杂性，分析伦敦生活经历对莱辛混杂性思想发展所起的促进作用。本部分以房屋为主线，通过房屋折射的各种社会问题来解读莱辛作品中对都市生存困境的思考，关注现实生活的二元对立思维方式导致的各种社会问题。《老妇与猫》描写了伦敦城市发展从中心化到解中心化的整个过程和它给民众带来的苦难。《追寻英国性》中莱辛通过描写租住在公寓中房客与房东的种种矛盾，形象地隐喻了英国族群冲突的社会现实，描绘了族群生存的空间意象，通过解构英国人身份的本质主义属性，莱辛揭示了族群冲突的历史渊源和核心特征。伦敦生活空间中二元对立所造成的矛盾促使莱辛进一步思考通过多元、异质、混杂来超越二元对立的可行性。

第四章主要分析莱辛心理描绘题材小说中空间意象的混杂性。论述莱辛如何在心理题材作品中展现她的混杂性思想，体现了她对通过多元混杂来摆脱二元对立的思维方式的构想。莱辛心理小说《简述地狱之行》重写了古代史诗，通过不同的大海意象对比了古今英雄的海上历险故事，展现莱辛希望消除理性/诗性二元对立思维方式对人们思想的侵害，希望借古代希腊的诗性智慧重塑当代社会的构想。《金色笔记》则通过重写西西弗斯神话的方式质疑人类社会各种组织模式，指出无序/秩序之间的矛盾以及两者间的无意义循环使人类桎梏于精神困境。

第五章主要分析莱辛女性题材小说中空间意象的混杂性。本部分论述莱辛对女性在当代社会所处困境和超越男性/女性、好女人/坏女人等二元对立性别藩篱的构想。性别问题一直是莱辛关注的焦点问题域之一，她的作品不断描绘性别跨界的空间意象。在处女作《野草在歌唱》中，莱辛着力描写了玛丽所生活的房屋，房屋成为父权对玛丽进行规训的表征意象。男性和女性之间界限分明的性别规范成为困住主人公玛丽，并使她走向毁灭的重要推手。玛丽的命运揭示了规范等权力话语在形塑女性身体和身份过程中的重要作用及其对性别建构的决定性影响。另一部莱辛思考女性问题的代表作《天黑前的夏天》则刻画了大海等实物空间和梦境等虚构空间，通过主人公凯特在不同空间的际遇，描绘了凯特在自我/家庭之间的挣扎并最终觉醒的经历，昭示女性可以通过混杂女性气质、性别规范等外在规范来获得精神独立的新路径。

第六章主要探讨莱辛太空题材小说中空间意象的混杂性特质。本部分刻画了一个迥异于地球的宇宙空间。通过分析莱辛作品中宇宙其他星球与地球、人类与非人类、精神与物质、宗教与科学、不同文明模式之间二元混杂的空间意象，进一步揭示莱辛解构二元对立的混杂性思想倾向。太空题材小说以科幻小说的形式塑造了一个完备的宇宙体系，本部分通过"老人星"系列分析莱辛如何在科幻小说中以外太空的视角来审视地球发展中的利弊得失，探讨人类同质化思维方式造成的困境和改造的方式。"老人星"系列第一部《什卡斯塔》中，莱辛重写了《圣经》和进化论，用陌生化的手法凸显了宗教和科学对立的荒谬性以及人类中心主义观念的狭隘性。"老人星"系列第二部《三四五区间的联姻》则是莱辛对人类文明发展的回顾与探索，她分析了不同文明模式的冲突，展望了在情感联结基础上的新型人类命运共同体、在混杂多种文化基础上跨文化交流的美好蓝图。

第七章为结论，该部分归纳了莱辛作品中空间意象的根源、特点和意义。莱辛作品中所有空间意象都是跨界的、多元混杂的，这源于当前全球化的世界发展趋势、莱辛本人的第三文化身份和在此基础上的多元视野和思想。莱辛的空间意象解构了传统的二元对立空间观念和思想方式，为人们看待事物和世界的空间形态提供了全新的视野。此外，本书在每章序言部分引用莱辛成长不同阶段的小故事以探索她的心路历程。将莱辛传记研究和小说研究相互参照，以莱辛成长历程为线索勾勒出她混杂性思想产生、发展、成熟的动态过程，探索莱辛通过混杂、跨界来超越二元对立的设想。

本书能够顺利完成，首先要感谢我的博士生导师肖锦龙教授的指导，同时还要感谢我的爱人周强博士、我的女儿周婉宁以及父母亲友，他们营造了良好的学习氛围和轻松的环境，为我顺利完成本书奠定了基础。

感谢安徽省哲学社会科学规划基金项目（AHSKY2017D67）对本书出版的资助。

感谢本书的责任编辑耐心、细致的工作。

书中引用了其他同行的工作成果，在此一并表示感谢。书中部分介绍性内容参考了网络中的内容，未能一一注明出处，在此对原作者表示感谢。

由于作者水平有限，书中存在的不足和疏漏之处，敬请读者批评指正。

章　燕
2021 年 7 月于滁州学院

目　　录

绪　论

　　多丽丝·莱辛是英国文学史乃至世界文学史上一个伟大而独特的作家，她创作时间长达 60 年之久，共创作了 27 部长篇小说、2 部自传、16 部短篇小说集、7 卷非虚构作品、3 个剧本。卷帙浩繁的作品勾勒了她一生对人类文明的思索。对人类生存困境的不断叩问成为她作品的一道亮丽的风景线，也铸就了莱辛作品历久弥新的价值。在她笔下，这种人类生存困境的表现总是和空间联系在一起，这和她厚重丰富的人生经历有着极大的关系。莱辛生于波斯、长于南罗德西亚、生活在伦敦，不同地域的生活体验使她的作品能够超越地域性思维，拥有一种跨界感。对空间认同和文化形态的深刻体验，使得空间对铸就她的思想底蕴产生了特殊的意义。莱辛的作品不仅涉及具体的空间，还通过城市题材小说、心理题材小说、太空题材小说等使得空间成为探讨女性、民族、国家、文明等问题的表征场域，因此本书研究的空间意象既包括她笔下的物质空间，也包括她对这些空间的文学描述，两者是混杂为一的。在思考和表现空间意象时，莱辛一贯采用的是后现代主义方式，这和她解二元对立的、跨界混杂的思维方式密切相关。本书拟通过分析莱辛空间意象所体现的解二元对立的混杂性思维方式，探索莱辛独特的多元视野和思想，冀以探求莱辛是如何"用怀疑、热情、想象的力量来审视一个分裂的文明"①的。

---

　　① Carlin Romano. Oldest Writer to Win Cited for "Pioneering work"：Nobel for Doris Lessing. Knight Ridder Tribune Business News，2007.

第一节　莱辛生活和创作经历

莱辛原名多丽丝·梅·泰勒(Doris May Tayler)，她于1919年10月22日出生于伊朗西部城市克曼沙(Kermanshah)，父母均为英国人。父亲阿尔弗雷德·库克·泰勒(Alfred Cook Tayler)早年是一个军官并在"一战"中失去一条腿。而后他与照顾他的护士艾米莉·麦克维(Emily McVeagh)结婚，莱辛是他们的第一个孩子。莱辛在作品中反复述说父母的故事，家庭遭遇成为莱辛理解世界的一个入口，也成为我们理解莱辛的一把钥匙。

5岁那年，莱辛父母受到第一届大英帝国博览会的诱惑。博览会的非洲南罗德西亚展厅宣传说可以通过种植玉米迅速致富，莱辛父母相信了这一说法，很快莱辛一家迁往非洲，但事实证明发财梦只是一个泡影。多年后莱辛写道："1924年的大英帝国展览对我父亲来说是个极大的诱惑，它引诱我的父亲来到了非洲，后来我在回忆录、小说和日记中多次提及这件事。它改变了我父母的生活，也给我和我的弟弟设定了生活轨道。就像战争、饥荒与地震，展览也能影响将来。"[1]

莱辛7岁在一所天主教修道院寄宿学校学习，但她显然对正统教育不感兴趣，因此虽然14岁时患的眼疾并不严重，她还是借此中途退了学，在《金色笔记》序言部分她这样提到这段经历对她的影响，"有一阵子，我曾为此而难过，以为自己错过了某些宝贵的东西。如今我庆幸这次逃避"[2]。她认为学院教育使得学生"被模式化、规范化，以适应我们这个社会既狭隘又特殊的需要"[3]。莱辛依靠自学获得了成为作家所需要的广博知识，她

---

[1]　多丽丝·莱辛：《刻骨铭心》，宝静雅译，北京联合出版公司2016年版，第45页。

[2]　多丽丝·莱辛：《金色笔记》，陈才宇、刘新民译，译林出版社2014年版，第12页。

[3]　多丽丝·莱辛：《金色笔记》，陈才宇、刘新民译，译林出版社2014年版，第11页。

如饥似渴地阅读母亲从伦敦订购来的书籍。书籍很多也很杂，莱辛从书中得到了滋养并理解了文学作品对人生、对社会的巨大功用，她写道："我已经开始用文学的色彩给世界地图涂色了，这样做至少有两个益处：其一是提高自己对人类同胞的认识；其二是借此了解大千世界里的社会、国家、阶级以及人们的生活方式。"①

离开学校后，莱辛当过保姆、电话公司接线生、家庭教师、打字员等，也从父母所在的南罗德西亚东北部洛马贡迪搬到了索尔兹伯里（今津巴布韦首都哈拉雷）。这段经历对她了解非洲的英国殖民者家庭的困境和种族关系具有重要作用。当时索尔兹伯里聚集了大批来自欧洲的难民，其中有很多思想左倾的知识分子，莱辛被他们组建的一个共产主义团体"左翼书籍俱乐部"吸引，开始信仰共产主义，她说，"我从马克思主义者或曾经的马克思主义者那里获取批评的理论，这不是偶然的。他们看到了我努力想看到的东西。这是因为，马克思主义是将事物作为整体并从相互间的关系来认识事物的——它至少努力想做到这一点"②。

莱辛有过两段婚姻，第一次是在 19 岁时，她与身为公务员的弗兰克·威兹德姆（Frank Wisdom）结为连理并育有一男一女两个孩子，但"家中天使"那样的生活显然不适合她，每天照顾孩子和家人起居的生活让她想大喊"看在上帝的份儿上，让我一个人待会儿吧"③。这段婚姻维持了 4 年，莱辛不惜离开孩子并与家庭决裂。第二次是 1943 年莱辛和德国难民哥特弗里德·莱辛（Gottfried Lessing）结婚，莱辛把这段婚姻描述为一段政治婚姻，因为她利用自己英国人的身份保护哥特弗里德免遭驱逐出境。哥特弗里德后来担任东德驻南斯拉夫大使并死于一次爆炸袭击。第二次婚

---

① 多丽丝·莱辛：《刻骨铭心》，宝静雅译，北京联合出版公司 2016 年版，第 87 页。

② 多丽丝·莱辛：《刻骨铭心》，宝静雅译，北京联合出版公司 2016 年版，第 9 页。

③ 多丽丝·莱辛：《刻骨铭心》，宝静雅译，北京联合出版公司 2016 年版，第 249 页。

姻给她留下了儿子彼得和"莱辛"这个德国姓氏，莱辛一直以它为笔名发表作品。

1949年莱辛离开了非洲回到母国英国伦敦，开始了她人生的崭新历程。当时她带着幼子彼得，身上的钱很少，怀揣处女作《野草在歌唱》的手稿，独自在伦敦破败萧条、伤痕累累的大街上寻找住处，这段经历她写入了《追寻英国性》一书。这是她的第一部纪实体作品，其后又发表了《回家》（1957）、《在我的皮肤下》（又名《刻骨铭心》）（1995）、《影中行》（1997）等作品。

莱辛的长篇小说为她赢得了世界性的声誉，据莱辛自己说，她几乎拿遍了欧洲所有文学奖项。在获得多次提名之后，莱辛于2007年以88岁高龄荣获诺贝尔文学奖。在这些作品中，《野草在歌唱》一出版就得到评论界的肯定，《纽约时报书评》评论说"很少能够看到第一本就具有这么敏锐和冲击力的小说"[1]。莱辛一跃成为文坛一颗耀眼的新星。从1952年起莱辛开始创作她的半自传体小说系列"暴力的孩子们"，小说共五部，是第一部以女性意识为中心的成长小说，保罗·施吕特对比类似的很多成长小说，认为"暴力的孩子们"系列"更生动，心理、政治和性方面更具有深度"[2]。其中最后一部《四门城》被称为"英国现状小说"[3]，是继《金色笔记》之后的又一个高峰和转折点。

莱辛最著名也最为人熟知的作品是《金色笔记》，一直以来它被奉为女性主义的圣经，诺贝尔文学奖颁奖词赞誉它为"一部开拓性的著作"。该小说还获得法国梅迪奇最佳外国小说奖等奖项，充分证明它的价值和魅力。这部作品形式上不同于以往莱辛创作的现实主义小说，因为在那段时期莱

---

① Claire Sprague and Virginia Tiger. "Introduction." Critical Essays on Doris Lessing. G. K. Hall, 1986：4.

② Paul Schlueter. The Novels of Doris Lessing. Southern Illinois University Press，1973：23.

③ Claire Sprague and Virginia Tiger. "Introduction." Critical Essays on Doris Lessing. G. K. Hall, 1986：11.

辛感觉旧有的文学形式已经不能准确反映社会真实和时代思潮,她需要新的形式来思考历史和现实以及真实和虚构的关系。

《金色笔记》之后莱辛写出了三本心理描绘题材小说,分别是《简述地狱之行》(1971)、《天黑前的夏天》(1973)和《幸存者回忆录》(1974),她把它们称为内空间小说。莱辛在诺普夫精装版《简述地狱之行》封面写下"内空间"名称的由来"类别:内在空间小说——因为只剩下内部可进"①。后来她把20世纪70年代末开始发表的科幻五部曲《南船座中的老人星:档案》称为"外空间小说",这个系列的作品论述的是发生在太空中其他星球上的故事。莱辛的内外空间小说人物塑造与以往现实主义题材不同的是,人物更加概念化,不是写单一的某个具体的人,而是具有全人类特点的"每个人"的特征。但无论是在心理空间还是外太空,揭示的还是当下的人生百态。对于莱辛的科幻写作尝试,评论界褒贬不一,有人认为作品冗长、费解并且其背景远离现实,但也有评论认为莱辛在小说中"创造了一种阅读经验使读者在阅读中得到教益并发生认识改变"②。著名莱辛研究专家施吕特(Paul Schlueter)读了第一部《什卡斯塔》后认为"是说教最强、最冗长乏味的小说……与其说是令人信服的小说,不如说是一个拙劣的寓言"。但在读完其他几部小说之后,他认为这个系列作品"重新讲述了宇宙和地球的历史","提供了作者对人类历史的进一步预见"③。

莱辛在20世纪80年代写出了很多关注现实的作品。她以化名发表《简·萨默斯的日记》,希望"作为新作家,按照质量得到评价,而不是借

---

① 转引自 Roberta Rubenstein. The Novelistic Vision of Doris Lessing: Breaking the Forms of Consciousness. University of Illinois Press, 1979: 177.

② Phyllis Sternberg Perrakis. "The Marriage of Inner and Outer Space in Doris Lessing's "Shikasta." Science Fiction Studies, 1992, 17(2): 221-238. http://www.jstor.org/stable/4239993.

③ Paul Schlueter. "Doris Lessing." British Novelists, 1930-1959. Bernard Stanley Oldsey Ed. Dictionary of Literary Biography.

助名声"，以此"鼓励年轻新作家"，表达对出版界潜规则的不满。① 在这部作品中，莱辛关注了老年人的生活和感受，维特克认为"除了穆里尔·斯帕克以外，很少有当代作家如此强烈地涉及过变老这个禁忌话题"②。也有评论认为这部作品"比看上去要复杂得多……它们提出了家庭价值观、母亲角色、婚姻男女关系、女人之间的友情、人生价值等问题"③。莱辛于1985年出版的《好人恐怖分子》有着复杂的时代背景。当时英国和爱尔兰之间争论不休，紧张关系白热化，极端民族主义组织爱尔兰共和军不断制造恐怖暴力事件，来反抗英军的统治。在这种形势下，《好人恐怖分子》获得了一致的好评，并荣膺当年布克奖提名。评论界把它定性为一部有关当代恐怖主义的现实主义作品。莱辛在作品中思考了文化对恐怖主义滋生所应该负有的责任，表达了"我们的文化在培养孩子的方式上一定出了很大问题"这一观点。④ 1988年莱辛发表了《第五个孩子》。作品中人物具有明显的寓言化的特点，使得人们对莱辛的真实意图充满了猜测。斯丁普森(Stimpson)认为作品"让我们注意到那些我们盲目地希望和我们一样的'非我们'以及'和我们不同物种'存在的可能性"⑤。莱辛在谈到这本书的创作动机时提到作品受到阿富汗战争的影响，她以不同的孩子隐喻不同的民族，探询不同民族和睦相处之道。在一次采访中，莱辛还提到"写那本书的导火索是一种挫败感和愤怒——面对恐怖和恐惧无能为力的不妥协态度"⑥。

---

① 多丽丝·莱辛：《简·萨默斯的日记》，外语教学与研究出版社2000年版，第9页。

② Ruth Whittaker. Modern Novelists：Doris Lessing. St. Martin's Press，1988：122.

③ Gayle Greene. Doris Lessing：The Poetics of Change. Ann Arbor. The University of Michigan Press，1994：191.

④ Amanda Sebestyen. "Mixed Lessing." The Women's Review of Books，1986，3(5)：14-15. http://www.jstor.org/stable/4019871.

⑤ Catharine R. Stimpson. "Lessing's New Novel."Ms，1988，16(9)：28.

⑥ Sedge Thomsom. "Drawn to a Type of Landscape." In Doris Lessing：Conversations. Ed. Earl G. Ingersoll. Ontario Review Press，1994：190.

90 年代莱辛创作了两本小说，分别是《又来了，爱情》(1996)和《玛拉与丹恩历险记》(1999)。学界对《又来了，爱情》的阐释至今还没有一个明晰的定论，著名作家希拉里·曼特尔(Hilary Mantel)认为在作品主人公萨拉身上可以看到各个版本、各个年龄段的莱辛。①

进入 21 世纪，莱辛又创作了五部作品。其中《本，在人间》是《第五个孩子》的姊妹篇，叙述了本离开家庭后的遭遇。现有的大多数评论认为本的故事意在探讨怎样对待差异问题。汉森(Hanson)认为本的故事的意义在于颠覆了现代社会秩序赖以存在的分类，莱辛希望强调的是这种秩序的人为性。②《最甜的梦》(2001)中莱辛通过雷诺士家族三代妇女不尽相同的自我牺牲精神的展示，对整个 20 世纪的妇女解放运动作了梳理，暴露了女性主义运动的狭隘性。无论是朱丽娅还是弗朗西斯、西尔维娅，都不需要依靠男人生存，但她们依然没有自由，因此莱辛强调脱离男性和社会的自由和解放，注定是一句空话。

2008 年莱辛出版了自己的最后一本小说，作品主要依据莱辛父母的性格和经历构思而成，作品前半部是虚构的小说，后半部是莱辛父母的真实遭遇，有评论认为这是一部"极为令人感动的回忆录"③。实际上，莱辛的写作生涯始终受父母的影响，她不仅在很多小说中重复书写父母的故事，也在自传等非虚构作品中不断回忆父母的往事。对父母经历的思考促使她进一步探索人类文明的普遍境遇，成为理解莱辛思想的一个重要的考察点。

除了长篇小说之外，莱辛还创作了大量的短篇小说。她的短篇小说经常和长篇小说具有相似的主题，两者相互呼应，可以更清晰地理解其作

---

① Hilary Mantel. "That Old Black Magic." New York Book of Review, 1996, 43(7). http://www.nybooks.com/articles/664.

② Clare Hanson. "Reproduction, Genetics, and Eugenics in the Fiction of Doris Lessing." Contemporary Women's Writing, 2007, 1(1/2): 176.

③ Martin Rubin. "Review: Reimagined Lives." Wall Street Journal (Eastern edition). http://proquest. Umi. com/pqd web? Sid = 1&RQT = 511&TS = 1258510410& clientId = 1566&firstIndex = 120.

品。如收录在短篇小说集《一个男人和两个女人的故事》中的《去十九号房》描写的是一个深感家庭束缚的中年女性形象。在日复一日的家庭责任重负下，她逐渐迷失了自我，在经历痛苦的挣扎而无望之后，在一个小旅馆的十九号房间打开煤气自杀。这部作品创作于 1963 年，紧接《金色笔记》之后，两者参照阅读，能更好地理解莱辛不同于当时主流思潮的关于女性自由的观点。另一部短篇小说《老妇与猫》则是描绘伦敦下层居民生活的惨状，描写了一名叫赫蒂的老妇人被家人抛弃，不得不与猫相依为命的故事。这部作品中对老妇人心理的描写与莱辛《简·萨默斯的日记》形成了呼应关系，促使我们去探究当下老年人的生存境遇。莱辛的非虚构作品也极具特色。《在我的皮肤下》《影中行》等自传和《个人微小的声音》《我们选择居住的监牢》等纪实性作品对研究莱辛思想提供了第一手资料。

　　从以上莱辛的生活和创作经历可以看出，莱辛是从自身的际遇出发来理解社会，进而生发出整体性的世界观和混杂式的思维方法。作为一个具有多重文化背景的作家，她很小就经历了从伊朗西部城市克曼沙到英国伦敦再到非洲南罗德西亚的长途迁移，这次迁移对她漫长的一生都影响巨大，让她对母国具有热爱又疏离、既是局内人又是外乡客的不确定感，对非洲怀有又爱又惧的复杂情感。一方面，当她移民英国多年后再次回到非洲，仍情不自禁地写道"我觉得我从未离开过。这是我的空气，我的风景，天上挂着的是我的太阳"[1]。把回到非洲称为回家，对非洲的热爱溢于言表。但她也非常清醒地知道，非洲不属于她，"非洲属于非洲人民；他们越早把它拿回去越好"[2]。另一方面，她对英国也具有同样的热爱/疏离混杂的复杂情感。从小父母就向她灌输身为英国公民的自豪感，她阅读了大量英国经典作家的作品，希望离开殖民地回到母国英格兰，在自传《影中行》(Walking in the Shade)中莱辛回忆了站在南非开往伦敦的船舷上眺望伦敦的心情，"对我来说，真正的伦敦还在前面。我真正的生活将在那里开

---

[1]　Doris Lessing. Going Home. Michael Joseph, 1957: 2.

[2]　Doris Lessing. Going Home. Michael Joseph, 1957: 2.

始", 未来的生活如同"洁净的白板, 崭新的一页, 一切都将要重新书写"①。但现实是她作为移民大军的一员回到祖国后处处感受到敌意, 本地人觉得移民"从我们嘴里抢面包"②, 觉得她是外国人, 这些对她自我身份认同产生了影响, 使得她产生混杂性的身份认同观。

除了族群身份的混杂以外, 莱辛的生活经历使她在性别、心理、政治等方面也具有鲜明的混杂性特征。莱辛母亲禁止年幼的莱辛擅自去家门外的丛林中玩耍, 因为在殖民地, 女性怀有深深的"强奸恐惧", 惧怕与黑人接触。殖民地向导手册写道: "无论是乡村还是城镇, 女性未受保护独自居住是不被允许的。"但年少的莱辛经常违反禁令跑出家门, 她希望挣脱性别的限制, 自由地出入丛林。在心理方面, 莱辛在 20 世纪五六十年代一直接受心理治疗, 她对疯狂深感兴趣, 并创作了一系列疯狂的人物形象, 如《四门城》中住在地下室的琳达,《简述地狱之行》中被关在精神病院接受治疗的沃特金斯, 但他们的疯狂中都透着睿智, 疯言疯语说出的真理比正常人还深刻, 莱辛对疯狂的看法深受心理学家 R. D. 莱因的影响, 莱因认为人不仅是生物系统, 而且从一出生开始, 就处于与他人的关系之中。因此, 不能将人从"与他人关系"的世界中抽离出来, 而应该对处于一定关系背景中的人的整体进行研究。莱辛把疯狂与理智相混杂, 解构传统的疯狂概念。

通过以上梳理可以发现, 莱辛的生活经历使得她的主体身份存在多元混杂的矛盾性。她是白种人, 却长期生活在黑人占绝大多数的国家; 她是殖民者, 却热爱生长于斯的殖民地; 她是英国人, 却把南罗德西亚看作自己的母国, 一生不断书写非洲故事; 她是女性, 却不满母亲对自己的性别约束, 喜爱在丛林、旷野中流连忘返; 她曾经精神崩溃, 却认为疯狂比理智更清醒; 她曾经加入共产主义组织又中途退党, 却毫不后悔, 坦陈马克

---

① 多丽丝·莱辛:《影中行》, 翟鹏霄译, 北京联合出版公司 2012 年版, 第 3 页。

② Doris Lessing. In Pursuit of the English. Simon and Schuster, 1961: 212.

思主义让她学会了批评方法……可见，莱辛在种族、性别、精神心理、意识形态等主体身份上都具有多元矛盾的混杂性，这导致她作品中不断出现超越对立、混杂的解构和跨界的趋势。本书尝试通过追索莱辛人生经历和作品中的种种空间意象来挖掘莱辛混杂性思想的发展脉络，探索她对解构二元对立所作的尝试和通过混杂多元来解决当代各项社会问题的思路。

第二节　莱辛作品研究现状

莱辛成名后几乎囊括了欧洲的所有奖项，是实至名归的 20 世纪英国成就最大的作家之一，也是文坛老祖母和常青树。1954 年，她凭借短篇小说集《五》获得毛姆作家协会奖。1976 年《金色笔记》获得法国梅迪奇最佳外国小说奖，她是该奖项的第一位英国获奖者以及第一位女性获奖者。1982 年她又获得奥地利欧洲文学国家奖和联邦德国莎士比亚奖。同年科幻作品《天狼星实验》获得澳大利亚科幻小说成就奖。在多次提名之后，她于 2007 年获得文学界的最高奖——诺贝尔文学奖，成为历史上年龄最大的获奖者。除此之外，她还获得哈佛大学等著名大学的荣誉博士学位和英国"对国家作出突出贡献"的荣誉爵士勋章。这些荣誉都说明了外界对莱辛创作所取得成绩的肯定。

英美对莱辛的研究很早就已经开展。1965 年布鲁斯特（Dorothy Brewster）最早写出《多丽丝·莱辛》一书对莱辛进行介绍。著名的莱辛研究专家施吕特（Paul Schlueter）在《多丽丝·莱辛的小说》（1973）中最早研究了莱辛已发表的 10 部小说，总结了莱辛作品的主题。他认为莱辛的作品贯穿着莱辛对自由的思考，个人自由和个人责任是相辅相成的，责任感把个人与自我、个人与他人、个人与社会联结起来，从而获得最高意义的自由。西姆斯（Sudan K. Suran Sims）在《多丽丝·莱辛小说中的重复》中认为莱辛把现实看作一个循环过程，人类只有通过自省方能摆脱这种循环。另一位著名莱辛研究专家鲁宾斯坦（Roberta Rubenstein）在《多丽丝·莱辛的新视野》（1979）中第一次运用心理分析理论研究莱辛作品，探讨人物心理意识所折射的莱辛思想。第一本从主题转向作品形式的研究莱辛的专著是德雷恩(Betsy Draine)的《压力下的实质》，详细探讨了莱辛作品在结构形式方面的变化。皮克林(Jean Pickering)的《理解莱辛》(1990)第一次把作者生平经历和作品主题联系在一起，试图找到她的经历对作品创作的影响。夏普(Martha Jayne Sharpe)发表了《伍尔夫、莱辛和阿特伍德的自主性、自创性和女艺术家形象》一文，对《到灯塔去》《金色笔记》和《猫眼》中女艺术家形象的自我创造和自立进行了比较研究。李德奥特(Alice Ridout)和沃特金斯(Susan Watkins)编辑出版《多丽丝·莱辛：跨越界限》(2009)，通过分析莱辛创作的不同文本形式展现了莱辛作品不断"跨越界限"的特点。

我国学术界从 20 世纪 70 年代开始关注莱辛，近 40 年来中国出现了一批翻译、研究莱辛的专家学者，他们或翻译或撰写文学史，或评析具体文本，使得莱辛研究在我国蓬勃发展。孙宗白先生发表于《外国文学研究》上的《真诚的女作家多丽丝·莱辛》一文是国内第一篇专门介绍莱辛的文章，文中对莱辛的创作与生平进行了评述。莱辛成为 2007 年诺贝尔文学奖得主促进了莱辛研究进一步发展。在我国学术领域，研究者对她的关注度进一步提升。

根据中国知网搜索情况统计，2008 年至 2017 年的十年间，期刊、报纸、会议发表的相关论文和博士、硕士论文累计 592 篇，这几乎与 20 世纪 80 年代国内莱辛研究起步以来至 2010 年近三十年全部相关论文数量持平。可见莱辛 2007 年获得诺贝尔文学奖后这十年莱辛研究迅猛发展的态势。

关于莱辛研究现状，2008 年发表的《20 世代 80 年代以来国内多丽丝·莱辛研究述评》认为经过这 20 多年来的发展，国内学界在多丽丝·莱辛创作研究领域形成了主题批评、女性主义批评、宗教哲学批评和形式研究批评这几个较为集中的研究板块。2014 年发表的题为"中国的多丽丝·莱辛小说研究"的综述则认为截至 2010 年国内莱辛小说研究主要采用女性主义、心理分析、后殖民主义、文化研究等理论视角，探讨莱辛的艺术创作形式、女性主义观点、她的生命哲学和认识论思想、她的殖民主义立场和空间问题。综合两篇综述，国内莱辛研究集中在主题批评、女性主义批评、宗教心理批评、殖民主义批评、形式研究批评、空间批评等领域。本书以空间批评为主，但鉴于莱辛本人拒绝给自己的作品贴标签，认为所有的作品是一个密切联系的整体，因此本书的研究必然和其他各个领域有密切的关系。因此这里简要梳理一下十年来国内这些领域的发展。

主题研究主要是对作家创作的基本母题和总体方向进行探析。莱辛曾说过"我写一本书就是提一个问题"①。至于问题是什么，莱辛并未在书中言明，反而作品意象纷纭、主题众多，历来研究者各抒己见、未有定论。《拷问人性：再论〈金色笔记〉的主题》认为《金色笔记》是一部用艺术的方式探讨人和人的本性的哲理性的作品。拷问和反思人性才是该作品的核心题旨。②《从〈金色笔记〉看多丽丝·莱辛的历史书写》认为作品叙述了二战时期的战争进程和殖民地民族斗争、冷战时期的两大阵营对立和共产主义的兴衰等历史事件，实现了对历史的追问和对历史的反思。③《对莱辛〈野草在歌唱〉的原型阅读》认为作品中包括圣经原型、经典作品原型和一些模糊原型。莱辛以这些原型为基础，塑造了拯救者形象、无能者形象，并描写了小人物的苦难历程。④《〈裂缝〉的象征意义与莱辛的女性主义意识》认为小说通过象征手法隐喻了自然与人类以及男女之间的和谐。⑤《〈玛拉和丹恩历险记〉：伦理混乱中的伦理选择》认为小说模拟反乌托邦的写作方式书写了未来世界混乱的伦理环境，表达了作者对这些伦理混乱的不安和困惑。⑥《莱辛的悖论："一个冬天的意识"》认为《玛拉和丹

---

①　http://www.guancha.cn/culture/2013_11_18_186528.shtml.

②　肖锦龙：《拷问人性：再论〈金色笔记〉的主题》，《外国文学研究》2012年第2期，第27~34页。

③　印玲：《从〈金色笔记〉看多丽丝·莱辛的历史书写》，《当代外国文学》2010年第3期，第21~29页。

④　李正栓、孙燕：《对莱辛〈野草在歌唱〉的原型阅读》，《当代外国文学》2009年第4期，第12~18页。

⑤　田祥斌、张颂：《〈裂缝〉的象征意义与莱辛的女性主义意识》，《外国文学研究》2010年第1期，第89~94页。

⑥　熊卉：《〈玛拉和丹恩历险记〉：伦理混乱中的伦理选择》，《外国文学研究》2015年第3期，第71~79页。

恩历险记》不仅对现实进行了批判，而且从哲学层面对关乎人类生存的问题进行了考量。① 《莱辛〈天黑前的夏天〉中的女性成长主题研究》通过展现女主人公凯特的内心成长之路来研究莱辛小说中的女性成长主题，揭示莱辛叙事模式与小说主题的相互关系。② 《莱辛〈我的父亲母亲〉中的战争创伤书写》认为莱辛的战争创伤书写揭示了战争的残忍及其带给个体与群体及社会的巨大危害。③ 主题研究的趋势是莱辛越来越多的作品得到研究，尤其后期颇具实验色彩的作品，如科幻小说系列、空间小说都得到比前期更深入的研究。

形式研究一直是莱辛研究的热点。当前国内莱辛研究还是集中在莱辛代表作《金色笔记》的形式研究。《从莱辛的〈金色笔记〉看她的小说创作理念》认为从小说创作理论的角度看，《金色笔记》可以当作一部思考如何写小说的小说来读。莱辛在这部作品中首先借主人公安娜对现实主义和现代主义小说形式的模拟和评论彻底否定了过去的现实主义和现代主义小说创作模式，接着借安娜对理想小说形式的理论阐发和写作实验创立了一种新型的小说创作模式。④ 《〈金色笔记〉的空间叙事与后现代主题演绎》认为莱辛创造性地使用空间叙事来结构整个作品框架，《自由女性》被作家用颜色各异、主题不同、写作手法多样的笔记片段割裂开了四次而并置其中，这些笔记相互交叉、映照、改写、戏仿不同的叙事模式。⑤ 《双声部结构的变奏曲：〈金色笔记〉的文本意义生成机制》认为《金色笔记》的结构以五线谱的形式，通过主音线"自由女性"与"黑"、"红"、"黄"和"蓝"这四本笔记，

① 王丽丽：《莱辛的悖论："一个冬天的意识"》，《外国文学研究》2009 年第 2 期，第 24~29 页。

② 刘丽芳、李正栓：《莱辛〈天黑前的夏天〉中的女性成长主题研究》，《当代外国文学》2016 年第 1 期，第 114~119 页。

③ 张琪：《莱辛〈我的父亲母亲〉中的战争创伤书写》，《当代外国文学》2016 年第 3 期，第 140~146 页。

④ 肖锦龙：《从莱辛的〈金色笔记〉看她的小说创作理念》，《国外文学》2011 年第 3 期，第 94~102 页。

⑤ 陈红梅：《〈金色笔记〉的空间叙事与后现代主题演绎》，《外国文学研究》2012 年第 3 期，第 97~103 页。

构成旋律声部与副旋律声部的先后四次变奏，营造出《金色笔记》的主旋律，即自由、生存、信仰、爱情、精神等各种危机构成的谐音。同时，作家又以小说创作与注释和议论形成的双声部，表明人生的荒谬和价值就在于过程之中。生活和文学创作共同构造了一个文本意义的生成机制。① 莱辛很多其他作品，如《简述地狱之行》、《幸存者回忆录》等的形式都比较特别，显然学界目前在这方面还没有系统的研究。

女性主义、殖民主义等方面也是莱辛研究的一些传统题域，这一时期研究依然很多。《从"黑色笔记"的文学话语看多丽丝·莱辛的种族身份》回应了学界关于莱辛是殖民主义者还是反殖民主义者的争论，认为莱辛的叙述话语以及呈现于叙述话语中的人物话语，从形式到内容都是西方式的。她完全是在用西方白人的基调和方式讲述非洲故事，讲述白人和黑人之间的关系。②《人类起源神话与走上神坛的女人：解读莱辛的小说〈裂缝〉》指出作品对比远古时代和古罗马男权社会的两性关系，让我们感受到男性掌握话语权之后对事实的歪曲和篡改，也让我们看到了女性在男权社会中转变为他者的命运。③《追寻传统母亲的记忆：伍尔夫和莱辛比较研究》把莱辛研究放在女性研究的传统上来考量，探寻莱辛和伍尔夫的异同之处，认为正是她们对缺失的女性文学传统母亲的追寻导致了她们的相似。她们在追忆传统和重构女性传统中的不同态度也导致了她们艺术形式的迥异和人生命运的完全不同。④

2010 年以前莱辛研究的综述中曾指出当前莱辛研究存在的问题还很明

---

① 颜文洁：《双声部结构的变奏曲：〈金色笔记〉的文本意义生成机制》，《外国文学研究》2013 年第 5 期，第 135~140 页。

② 肖锦龙：《从"黑色笔记"的文学话语看多丽丝·莱辛的种族身份》，《国外文学》2010 年第 3 期，第 116~123 页。

③ 朱彦：《人类起源神话与走上神坛的女人：解读莱辛的小说〈裂缝〉》，《当代外国文学》2010 年第 4 期，第 51~58 页。

④ 王丽丽：《追寻传统母亲的记忆：伍尔夫和莱辛比较研究》，《外国文学》2008 年第 1 期，第 39~44 页。

显，其中突出的一条是"整体研究有待加强"①。经过 7 年的发展，整体研究取得长足进步。《多丽丝·莱辛的获奖及其启示》从主客观两方面分析了莱辛获奖的原因，认为莱辛的创作富于理想主义的倾向，她既是一位跻身女权运动的女性作家，又在作品中描写了殖民地题材，再加之她本人的流散身份，这使得莱辛同时成为文学创作界和理论批评界特别关注和研究的对象。②《多丽丝·莱辛文学道德观阐释》认为在不同时期不同风格的作品里，莱辛始终以人类生存为着眼点，在人类所经历的不同困惑和危机里寻求和探索人类生存的和谐之道，她的文学道德观因此也是一种以整个人类为着眼点的生存伦理观。③《多丽丝·莱辛：否定中前行》认为多丽丝·莱辛在对自我、传统和既定思想的不断否定和发展中逐渐形成自身独特的创作理念，这种不断否定的品格和对人类命运的忧思成就了莱辛创作的经典价值。④《多丽丝·莱辛笔下的狗与她眼中的西方文明》从莱辛笔下多种狗的形象着眼，认为对不同形象的狗的塑造反映了她对西方基督教文明从批判、肯定到超越的复杂态度，这种态度与其跨文化经历有关。⑤ 这些研究从多个角度研究了莱辛作品多样的价值。

莱辛获奖十年来国内学界在传统研究领域基础上，在莱辛科幻作品研究方面成果显著，并日益成为一个热点题域。莱辛科幻作品众多，"老人星"系列、《简述地狱之行》、《幸存者回忆录》、《玛拉和丹恩历险记》、《裂缝》等作品都带有科幻的神秘色彩。《从〈西方科幻小说史〉看多丽丝·

---

① 姜红：《中国的多丽丝·莱辛小说研究》，《当代外国文学》2014 年第 3 期，第 154~164 页。

② 王宁：《多丽丝·莱辛的获奖及其启示》，《外国文学研究》2008 年第 2 期，第 148~156 页。

③ 夏琼：《多丽丝·莱辛文学道德观阐释》，《外国文学》2009 年第 3 期，第 95~101 页。

④ 朱振武、张秀丽：《多丽丝·莱辛：否定中前行》，《当代外国文学》2008 年第 2 期，第 96~103 页。

⑤ 刘玉环、周桂君：《多丽丝·莱辛笔下的狗与她眼中的西方文明》，《当代外国文学》2016 年第 2 期，第 98~104 页。

莱辛的科幻小说创作》通过对著名科幻小说作家和学者布赖恩·奥尔迪斯
（Brian Aldiss，1925—　）的《西方科幻小说史》相关部分的解读，在西方科
幻小说传统的语境中探讨莱辛的科幻小说创作的重要特征。① 《〈什卡斯
塔〉：在宇宙时空中反思认知》指出《什卡斯塔》借助科幻小说的形式，以认
知水平远高于人类的老人星人教导其学生为名，向读者描绘陌生化了的地
球，以此挑战读者习以为常的理性禁锢，揭示人类的认知局限。② 其他如
《人类起源神话与走上神坛的女人：解读莱辛的小说〈裂缝〉》、《〈玛拉和
丹恩历险记〉：伦理混乱中的伦理选择》等已在前文介绍，这里不再赘述。
《裂缝》改写了远古造物神话，书中世界之初先有女性，然后才有男性，
《玛拉和丹恩历险记》把背景设置在未来，可是呈现的却是远古荒蛮可怕的
场景。这些作品含义丰富，今后必是莱辛研究的热点。

第三节　莱辛作品中的空间研究现状

20 世纪末西方社会思想和文学发展中举足轻重的事件之一便是文学研
究中的空间转向。在法国哲学家亨利·列斐伏尔（Henri Lefebvre）《空间的
生产》一书中，列斐伏尔认为空间是社会关系至为重要的组成部分，它既
是在历史发展中生产出来的，又是随历史的演变而重新结构和转化的。列
斐伏尔在强调空间的多维性的同时，提出了三种不同的空间概念：空间实
践、空间的表征和表征的空间。其中，空间实践是指观察到的事物是空间
中的社会关系的物质性表现；空间的表征则指空间实践的实际形态的理论
抽象；表征的空间是指想象力所挪用的空间。

在列斐伏尔研究的基础上，爱德华·索亚提出了第三空间的概念，将历
史性、社会性和空间性联系在一起。他认为第一空间是真实空间，是一个具

---

①　舒伟：《从〈西方科幻小说史〉看多丽丝·莱辛的科幻小说创作》，《当代外国
文学》2008 年第 3 期，第 74~82 页。

②　姜红：《〈什卡斯塔〉：在宇宙时空中反思认知》，《外国文学》2010 年第 3 期，
第 37~46 页。

象事物的世界；第二空间倾向于主观性想象，是关于空间的思想；第三空间则跨越了空间二元对立的思考模式去探索地理性和空间性想象的范围及其复杂性。把空间视为既是真实的又是想象的。第三空间不仅包含空间的物质和精神维度，而且对其关联域进行整合，揭示了空间的多样性和复杂性。

几乎和列斐伏尔同一时期，福柯提出异托邦概念。异托邦是迥异于现实又和现实密切相关的空间。异托邦 heterotopias 是福柯参照乌托邦创造的新词，他认为异托邦是"这样一些真实的场所、有效的场所，它们被书写入社会体制自身内，它们是一种反常规空间的场所，它们是被实际实现了的乌托邦"①。可见异托邦是与常规空间相对立或相关联的"其他空间"，是在常规空间中的集中表达个人、文化和意识形态特征因素的特殊空间。②在异托邦，常规空间的秩序被修改，或者常规的生活规则被悬置，悬置和修改的存在产生异位，异位是常规的断裂，异位凸显了常规的建构性，是对日常生活秩序的一种偏离。

作为空间概念的景观（spectacle），原指一种被展现出来的可视的客观景色、意象，也指一种主体性的、有意识的表演和作秀。法国哲学家居伊·德波（Guy Debord）将景观概括为当代资本主义社会新特质，认为作为图景性展现的景观是当代社会存在的主导性本质。景观的在场会遮蔽社会的本真存在，导致景观与外界真实存在之间关系颠倒，从而使民众因为对景观的迷恋而丧失自己对本真生活的渴望和要求。③

在空间理论的基础上，作为人类生存的一个重要维度，空间也成为诗学研究的重要课题，成为当代许多作家作品的一个重要内容。

后现代主义小说叙事理论家布莱恩·麦克黑尔（Brian McHale）认为后现代主义小说的系统性特征是它的本体论成为主导因素。他认为后现代主义小说与现代主义小说的主要区别在于文本的本体论因素取代认识论因素成为主因。后现代主义作品追索的本体论问题是"这是哪一个世界？"及"在

---

① 张锦：《福柯的"异托邦"思想研究》，北京大学出版社 2016 年版，第 128 页。

② 张锦：《福柯的"异托邦"思想研究》，北京大学出版社 2016 年版，第 147 页。

③ 居伊·德波：《景观社会》，王昭风译，南京大学出版社 2007 年版，第 10 页。

这个世界里应该做些什么？"等。托马斯·鲍威尔指出，本体论是对世界的理论描述。麦克黑尔认为，后现代主义本体论主导因素使得文本不仅描写现实空间，而且描写可能的甚至不可能存在的多样化空间。当代小说中的空间既与真实空间交叠，又保持独立不会融合为一。

空间既是真实的又是虚幻的，后现代文本这种处于真实和虚幻之间的空间是由后现代主义对于现实的看法转变形成的。现实不仅仅是一种客观存在，按照博格尔和拉克曼的说法，现实还是一种集体虚构，是由人类的社会化、制度化，尤其是通过语言的中介沟通作用来建构和维持的。因此既存在日常生活的社会现实，又存在一个由符号打造的现实，这个现实是由神话、神学、哲学和科学等建构的。因此后现代文本对现实的展示就是多元的，作品所创造的空间注定不是一维的，它既反映日常生活的空间又反映符号的异质空间(heterocosm)。

因此麦克黑尔指出，后现代小说所反映的现实是多元的，它既是对现实内容的模仿，更是对现实形式的模仿，是多样化的复杂分裂的。日常生活的现实构成了社会成员互动的共同基础，这些成员也共同经历了另一些现实：梦想、剧本、小说等，但人们一般注重日常生活的现实而把另一些现实边缘化。①

在后现代主义时期，重要的已经不是参符及它所代表的客观世界，而是意符与它所指的意义本身。在空间批评中，目前很多研究把着眼点放在对具体空间的研究上，而对麦克黑尔所说的符号打造的异质空间尚缺挖掘。本书虽然也使用空间理论为批评工具对具体文本进行分析，但着眼点并不放在空间理论研究，而是对莱辛的空间意象进行评论研究，这里既包括莱辛生活空间意象，也包括莱辛作品中房屋、城市、太空等空间意象，并对空间意象背后解二元对立的思想及在叙事上的体现进行研究。

一、莱辛空间研究国外现状

评论界在评论莱辛作品时倾向于将其划分为四个阶段：第一阶段主要

---

① 　Brian McHale. Postmodernist Fiction. Routledge，1987：37.

以社会政治斗争为题材，采用传统的现实主义叙事手法，代表作为莱辛成名作《野草在歌唱》；第二阶段以现代女性的心理活动和意识为主要题材，在艺术形式技巧上进行大胆的实验，《金色笔记》是这一阶段的代表作；第三阶段主要采用科幻、寓言、神话、梦境、玄幻等形式，来显示人类所面临的危机和预言世界的未来，最重要的作品是她的空间小说；第四阶段现实主义风格又有一定回归，如《第五个孩子》《本，在人间》等。

莱辛丰富、细致、深刻的人生体验使她得以在作品中创造了许多含义丰富、具有内在生命力的具体的空间意象。同时莱辛小说中的空间叙事是一种完全自觉的艺术形式，她将空间艺术融入线性叙述文字中，开拓了小说叙事中的空间形式。国外对莱辛空间的研究主要集中在以下三点：

一是评论家试图通过对具体空间的阐释揭示隐藏在其背后的作家的情绪与情感。卡尔（Frederick R. Karl）在《60 年代的莱辛：忧郁新剖析》中重点分析了"房子"在《金色笔记》和《四门城》中的关联意义。鲁本斯坦（Roberta Rubenstein）在《自我的房间：莱辛小说内心世界中的地理》则认为外部空间影响人的精神空间："一直困扰着莱辛笔下的许多主人公的精神分裂就是外部混乱世界对人内心的投射——而读者总认为这是人物内心世界的写照。"①《荒凉的房子：多丽丝·莱辛、德拉布尔·玛格丽特与英格兰现状》一文中作者格林（Gayle Greene）将莱辛的《天黑前的夏天》和《好人恐怖分子》和德拉布尔的小说作了比较，指出房子里发生的故事其实就是英国社会的缩影。② 柴斐（Patricia Chaffee）在《莱辛〈非洲故事集〉中空间格局和封闭的群体》中按城市不同的空间布局将居住的人群划分为有色人和白人、孩子的世界和成人的世界以及男人圈和女人圈，作者认为空间是研究《非洲故事集》的着力点。③ 斯普莱格（Claire Sprague）在《没有对比就没

---

① 　Roberta Rubenstein. The Room of the Self: Psychic Geography in Doris Lessing's Fiction. Contemporary Literature, 1979(5): 77.

② 　Gayle Greene. Bleak House: Doris Lessing, Margaret Drabble and the Condition of England. Forum for Modern Language Studies, 1992(4): 304-319.

③ 　Patricia Chaffee. Spatial Patterns and Closed Groups in Lessing's "African Stories". South Atlantic Bulletin, 1978, 43(2): 45-52.

有进步：莱辛的〈四门城〉》中着重论述了《四门城》中房子的不同寓意。①
皮克林（Jean Pickering）在《马克思主义和疯癫：多丽丝·莱辛神秘性两面
观》中以城市为指意系统，述及城市在莱辛多部作品中呈现不同的布局以
及莱辛作品中的主题嬗变。②

　　二是很多评论家认识到具体空间的文学隐喻功能。布道斯（Shirley
Budhos）在专著《莱辛相关作品中的封闭主题研究》中指出："在莱辛的作品
中……身体的、精神的乃至社会的限制都是通过房子这一空间隐喻体现出
来的。"③布道斯认为草原和城市可以被看作莱辛作品最基本的起决定作用
的意象，草原象征着莱辛无拘无束的爱的空间，与此相对，城市则意味着
分裂。他认为，莱辛笔下的主人公为保持自由而逃离政治、社会、心理的
禁闭，这尤其表现在女性主人公对婚姻的逃离。斯尼托（Ann Sniton）在《房
子像机器，城市像几何形状，世界像友好情感的地图坐标：多丽丝·莱
辛——一位建筑师》中指出作家在作品中有意将主人公心理的变化投射到
房子上，房子作为一种主观意象始终贯穿于文本中。④ 辛格里顿（Mary Ann
Singleton）在《城市与草原：莱辛小说研究》一书中集中关注城市和草原，从
而建立起一个论述体系观照莱辛的全部作品，进而挖掘贯穿于文本中的
"一以贯之的玄学思想"⑤。戴蒙德（Margaret Daymond）在《莱辛小说中文化
地形学与空间隐喻对自我的界定》一文中认为《暴力的孩子》五部曲展示了
"社会的权力构成以及地形结构都能产生隐喻功能，从而对'自我'的思考

---

① Claire Sprague. Without Contraries is No Progression: Lessing's The Four-Gated City.
Modern Fiction Studies, 1980(1): 99-116.

② Jean Pickering. Marxism and Madness: the Two Faces of Doris Lessing's Myth. Mod-
ern Fiction Studies, 1980(1): 17-30.

③ Shirley Budhos. The Theme of Enclosure in Selected Works of Doris Lessing. The
Whitston Publishing Company, 1987: ix.

④ Ann Sniton. Houses Like Machines, Cities Like Geometry, Worlds Like Grids of
Friendli Feelin: Doris Lessing- Master Builder. Doris Lessing Newsletter, 1983(7): 13-15.

⑤ Mary Ann Singleton. The City and the Veld: The Fiction of Doris Lessing. Bucknell
University Press, 1977.

与界定产生心理影响"①。

三是评论者对符号打造的抽象空间的研究。前人的研究充分肯定了空间因素在莱辛作品中的重要作用，不过他们的研究多侧重具象的层面，如房间、城市、草原等空间对莱辛作品的影响。但莱辛的小说对空间的描写更注重的是抽象层面，即在具象基础上笼罩着神秘氛围的超验存在，也是后现代小说理论家麦克黑尔所说的既反映日常生活又反映符号的异质空间（heterocosm）。因此研究莱辛此层面的空间叙事就显得尤为必要。事实上国外早有学者注意到这一点，如在《精神空间简述：莱辛和 R. D. 莱恩》一文中作者鲁本斯坦用莱恩（R. D. Laing）的精神分析学说来分析莱辛作品中女性的精神空间，阐述女性疯癫的根源。德雷恩（Betsy Draine）在《压力下的本质》中指出莱辛的理想城市是"用神话和原型来表达自己"②。布朗（Sandra Gay Brown）在《消失的心灵:〈荒原〉以及多丽丝·莱辛小说中的圣杯传奇比喻》中探讨了《荒原》对莱辛创作的影响。费什伯恩（Katherine Fishburn）在《多丽丝·莱辛出人意料的宇宙—叙事技巧研究》中揭示出莱辛通过运用不同的叙事视角促使我们从新的角度对当代社会和政治结构进行批判的良苦用心。③

阅读莱辛的作品就像走进了一个多变的世界。她的作品具有现实主义、现代主义、后现代主义的多种风格，但人们对她的看法多固定在现实主义写作阶段，当她的作品从写实型转向幻想类型时，引起了评论界的质疑。美国文学评论家哈罗德·布鲁姆（Harrold Bloom）认为："尽管莱辛在早期的写作生涯中具有一些令人仰慕的品质，但我认为她过去 15 年的作品

① Margaret Daymond. Cultural Topography and Spatial Metaphors for Self in Doris Lessing's Fiction. In Bauer, etal. (eds.). Roger Proceedings of the XIIth Congress of the International Comparative Literature Association(II). Iudicium, 1990：182.

② Betsy Draine. Substance under Preesure：Artistic Coherence and Evolving Form in the Novels of Doris Lessing. The University of Wisconsin Press, 1983：144-148.

③ Katherine Fishburn. The Unexpected Universe of Doris Lessing：A Study in Narrative Technique. Greenwood Press, 1985：157.

不具可读性，是四流的科幻小说。"①而英国学者汉森（Clare Hanson）则认为评论界对莱辛作品的批评不得要领，忽视了其小说艺术上的创新。莱辛风格转变的原因是什么，如何评价莱辛小说空间书写的价值，成为莱辛研究界未有定论的话题，也是本书从莱辛作品的"空间"入手，希望弄清的一个问题。

二、莱辛空间研究国内现状

近年国内一些学者也关注了莱辛作品的空间问题。王晓路等的《局外人与局内人：V. S. 奈保尔、多丽丝·莱辛与空间书写》以三人谈话的形式从四个层面论述了两位诺贝尔文学奖得主 V. S. 奈保尔与莱辛，集中谈论了他们空间书写的四个层面：（1）房屋：居无定所；（2）地点：空间记忆；（3）都市：伦敦情结；（4）流亡：书写立场。② 肖庆华的《论多丽丝·莱辛的都市书写》阐述了在莱辛的都市书写方式中，在启蒙现代性和审美现代性的张力结构中莱辛的都市创作的积极意义。她的专著《都市空间与文学空间——多丽丝·莱辛小说研究》在都市空间的视阈下从都市漫游、都市空间、伦敦的内外视角、差异空间以及性别空间等方面深刻探讨了莱辛的都市创作经验，对莱辛研究很有意义。③ 刘玉梅、刘玉红撰文《论莱辛〈第五个孩子〉的空间意义》，指出《第五个孩子》在形式上可谓一部空间小说，运用福柯关于空间及权力关系的理论将小说中实在的空间上升为具有象征意义的空间。④ 赵晶辉在《英美及中国多丽丝·莱辛研究中的"空间"问题》一文中认为英美学界从房间、地区、空间隐喻、叙事变化等方面切入的研究对莱辛作品空间因素进行了有益的探索，体现了空间是社会、文化和地域的多维存在，空间视角为莱辛作品的研读开辟了有效的途径。

① Harold Bloom. Doris Lessing. Chelsea House Publishers，1986.

② 王晓路、肖庆华、潘纯琳：《局外人与局内人：V. S. 奈保尔、多丽丝·莱辛与空间书写》，《西南民族大学学报》（人文社科版）2008 年总第 197 期。

③ 肖庆华：《都市空间与文学空间——多丽丝·莱辛小说研究》，四川辞书出版社 2008 年版。

④ 刘玉梅、刘玉红：《论莱辛〈第五个孩子〉的空间意义》，《广西民族大学学报》2005 年第 3 期，第 151 页。

梳理过去的研究成果可知，虽然很多学者研究了莱辛的空间问题，但至今还未有全面系统地把作家经历和创作相结合，探讨莱辛作品中的空间意象问题的成果。鉴于此，本书拟对她笔下的空间意象作全面梳理，并就它们的本质特征及根源作进一步的阐发说明。

第四节　混杂性理论研究现状

本书通过研究莱辛作品中的空间意象来揭示空间书写所表达的混杂性思想。混杂性是当代理论研究的一个关键词，通过反本质、反同化的认识论变革试图改变二元论（dualism）这种西方占主导地位的思维模式。所谓二元论"是指以主——从地位组织两种概念（比如男性和女性的性别身份），并将其关系建构为相互对立和相互排斥的"[1]。但并非所有对差异的区分都会导致二元论，二元论的本质是一种等级关系，"是一种分离和支配的关系，它被镌刻于文化当中，并以极端排斥、疏离和对立为主要特征"[2]。不同的哲学家关注着不同的二元关系，比如黑格尔和卢梭强调的是公共/私密、男性/女性和理性/自然的二元关系；柏拉图强调的主要是理性/情感、理性/身体、普遍/个别的二元关系；而笛卡儿的关注重点主要是身体/心灵、主体/对象、人/自然等方面；马克思着重的是自由/必然、文明/原始、脑力/体力的关系。[3] 二元论思维模式造成很多弊端，后现代主义很多理论家指出二元对立的逻辑谬误。如德里达认为，二元对立建构了一种非常有害的价值等级体系，这一等级体系不仅试图为真理提供保证，而且还排斥和贬抑那些被说成是低级的方面或立场。

---

[1]　薇尔·普鲁姆德：《女性主义与对自然的主宰》，马天杰、李丽丽译，重庆出版社 2007 年版，第 16 页。

[2]　薇尔·普鲁姆德：《女性主义与对自然的主宰》，马天杰、李丽丽译，重庆出版社 2007 年版，36 页。

[3]　薇尔·普鲁姆德：《女性主义与对自然的主宰》，马天杰、李丽丽译，重庆出版社 2007 年版，33 页。

在这种语境下，越来越多的理论家关注混杂性，混杂性理论遂成为理论界新近研究的热点。从词源上来讲，混杂性或杂糅性一词指两方面的内容，一方面指的是生物或物种意义上的杂交，特别是人种方面的混杂；另一方面指的是语言，尤其是不同语系、语种或方言之间的混杂。在当今的跨文化研究和后殖民研究中，混杂性成为十分重要的词汇，这不仅仅是因为混杂性可以消除各种等级制严格的界限与桎梏，而且可以在混杂相交的地带生成多力抗衡的空间。

混杂性的理论最早可以追溯到俄国文艺理论家巴赫金的"对话理论"。巴赫金提倡的混杂性是一种"众声喧哗"式的、多声部相互交融的混声合唱，而不是与之相对的单声部、权威性的独白或"一言堂"式的官方话语。混杂性的渗透对官方话语的权威性无疑起到了消解的作用，二者既相互依存又相互制约，维持着各种社会力量之间动态的稳定与平衡。巴赫金关于混杂性的观点当然和他著名的"狂欢化理论"在精神实质上不无相通之处。从这个意义上讲，他开启了混杂性这个概念的后现代性的一面。[①]

其后，霍米·巴巴、罗伯特·杨和比尔·阿什克罗夫特等后殖民理论家把混杂性用在后殖民研究方面。霍米·巴巴认为，在殖民话语与被殖民文化接触的过程中，最初的理想状态并不能实现，殖民话语并不能形成单方向的流动，完全按照本来面目灌输给被殖民者，实际的情形则是双向的渗透与彼此互相影响。被殖民文化在受到殖民文化的入侵时，也同样会对殖民文化产生作用，使殖民文化发生改变。被殖民一方正在用一种无声的方式，默默地抵抗着殖民文化。所以霍米·巴巴的研究重点不是在于东西方如何对立，而是关注东西方之间的相互交融，他甚至推崇文化间的这种流动性，认为世界上所有文化都是流动的、混杂的。他说："国际文化的基础不是倡导文化的多样性的崇洋求异思想，而是对文化的混杂性的刻写和表达。"除了后殖民研究，霍米·巴巴还通过混杂性来研究当代文化问题，用杂糅来取代二元对立的冲突。在《文化的定位》中他描写了现实事件

---

① 陆巍：《混杂性》，《国外理论动态》2006 年第 5 期，第 60~61 页。

对他的触动。在英国，1984—1985 年的矿工罢工运动是一个影响英国煤炭业的重大产业行动。当时煤矿行业不景气，但英国政府不是通过提高裁员离职费的办法鼓励矿工们投票赞成关闭煤矿，而是在分析报告出台前就关闭了大部分不盈利的煤矿厂。另外，为了提高煤矿矿主的利润，政府要求煤矿厂提高效率，提高效率意味着要提高机械化程度，这将导致裁员。因此许多工会都抵制这种做法。此次罢工影响深远，也最能代表英国工人阶级的斗争传统。对立的双方，一方为撒切尔主义的支持者，另一方为罢工工人，或者人们通常以右派和左派来称呼他们。在斗争过程中，许多女性矿工也参与了罢工，虽然她们备受称赞，但人们却只承认男性罢工者的革命性功绩。在罢工一周年的纪念性报道中，《卫报》采访了许多女性罢工者，显然，她们的理解和感受与男性矿工并不完全一样，甚至更加复杂，但传统的二元分类方法无法显示她们的存在，以至她们开始质疑自身在罢工中的角色，并对她们所捍卫的工人阶级文化产生怀疑。由此可见，在政治变革过程中，混杂要比泾渭分明的二元划分更重要。因此霍米·巴巴认为，二元的划分方式无法涵盖丰富多彩的现实世界。①

从空间领域着手探讨混杂性问题最著名的理论家当属爱德华·索亚，他提出的"第三空间"是对列斐伏尔所提出的空间理论的进一步发展。在列斐伏尔看来，空间不仅是物质的存在，也是形式的存在，是社会关系的容器。空间具有其物质属性，但是，它决不是与人类、人类实践和社会关系毫不相干的物质存在。反之，正因为人涉足其间，空间对我们才显现出其意义。空间也具有它的精神属性，一如我们所熟悉的社会空间、国家空间、日常生活空间、城市空间、经济空间、政治空间等概念，但这并不意味着空间的观念形态和社会意义可以抹杀或替代它作为地域空间的客观存在。所以，空间既不是客体，也不是主体。索亚指出，列斐伏尔始终是在上述两个层面上使用社会空间概念的。而第三空间的概念，将具备列斐伏尔所欲赋予社会空间的那些更为复杂的含义，它既不同于物理空间和精神

---

① Homi Bhabha. The Location of Culture. Routledge，1994：27.

空间，或者说第一空间和第二空间，又包容二者，进而超越二者。第三空间既是生活空间又是想象空间，它是作为经验或感知的第一空间和表征的意识形态或乌托邦空间的第二空间的本体论前提。索亚是在最广泛的意义上使用第三空间这一概念的，是尝试用灵活的术语来尽可能地把握观念、事件、表象。第三空间在把空间的物质维度和精神维度包括其中的同时，又超越了前两种空间，而呈现出极大的开放性，向一切新的空间思考模式敞开大门。① 因此可以看出，索亚"第三空间"理论的精髓在于，他认为应当否定非此即彼的二元论方法，而走向更为开放的亦此亦彼模式，即"第三空间"模式。

混杂性理论在女性主义领域的代表人物当推唐娜·哈拉维。她提出的科技女性主义将男性/女性的性别对立置于后人类情境中，通过对性别歧视者的知识论所依赖的认识论基础提出质疑，以及对以男性为标准的"男性科学"的文化批判，哈拉维描述了我们目前所面临的认识论上的挑战和政治上的难题，创立了一套反本质主义、反种族主义和多元文化的女性主义认识论。她的《赛博格宣言：20世纪晚期的科学、技术和社会主义女性主义》是20世纪80年代最具影响力的女性主义文化批判著作之一。"赛博格"这一术语由美国天体物理学家曼菲德·克林兹和内森·克莱恩创造。他们把"控制论的"（cybernetic）和"有机体"（organism）两个词合拼成了"赛博格"这个词，用来指那些经过改进，可以在严酷的太空环境下生存的电子人。因此，"赛博格"作为机械和人的结合体，是一个"虚构的生物"。作为"机器和有机体之混成物"的赛博格，是在特定的历史和文化条件下出现的，它既是"社会现实的创造物"，又以"虚拟之物"的理念为前提，将现实与虚拟混杂为一。"赛博格"的半是机器、半是有机体的杂交状态，为人们研究人和技术之间存在的纷繁复杂的关系提供了一个行之有效的隐喻，这一隐喻"作为想象的策略暗示了一些卓有成效的结合。……赛博格是后性

---

① 陆扬：《析索亚"第三空间"理论》，《天津社会科学》2005年第2期，第34~35页。

别世界里的生物"①。哈拉维呼吁，运用技术将人类建构成赛博格，打破西方传统中"自然—文化""男性—女性"的固有区分，进而打破传统的西方白人资本主义父权制制度，建立一种新的性别、阶级、种族的政治生态。借用了"技术"对人类的介入（人机结合体）来打破对于"人"的传统理解，打破二元对立，重新思考人类的存在、后人类存在的可能性。

综上所述，混杂性是后现代语境下对西方二元论思维方式的重新思考，对传统西方占主导地位的理性主义产生了巨大的冲击作用。因此，对此问题的研究具有极大的理论价值和现实意义。

---

① 唐娜·哈拉维：《赛博格宣言：20世纪晚期的科学、技术和社会主义女性主义》，韦德、何成洲编：《当代美国女性主义经典理论选读》，郝志琴译，南京大学出版社2014年版，第195～196页。

第一章　莱辛自传作品中的空间意象①

序　言

"我独自从灌木丛中走出来。房子前并排放着两张椅子，父母并肩坐在椅子里，我可以清晰地看到他们的情形。从一个孩子的视角来看，他们是两个面露沉闷和疲惫的老人，而实际上他们还不到五十岁。两张衰老的面孔上布满焦虑和担忧，我几乎可以断定，他们是在为钱操心。他们坐在香烟弥漫的雾里，慢慢地吸着烟，又缓缓地吐出来，似乎每一口都是一剂麻醉药。他们就坐在那里，紧紧依偎着。贫穷让这对夫妻无法动弹，更糟糕的是，他们的内心深处都充斥着秘不可宣的东西。对我来说，他们就像让人无法忍受的、可悲的存在，而他们的无能为力正是我难以忍受的。"

"我俨然变成了一个暴怒的、无情的小孩。我坚定地对自己说：我不，我不要！我不要变成那个样子，我永远不会变成他们那样。我永远都不要坐在那儿用熏黄了的手指夹着烟，坐在那儿把恶心的烟抽进我的肺里。记住这一刻的想法，永远记住！千万别让自己忘记。绝不能像他们一样。"

"我的意思是说，永远别让自己陷入困境。换言之，我所抵触的是人类生存的普遍情况——为境遇所困的情况。"

莱辛曾在多本传记中描写过发生在父母身上的这幕场景，它带给幼年

---

① 本章部分内容已发表于《现代传记研究》2020 年第 1 期。

的莱辛极大的震撼,并促使她走向成熟,成为她一生叩问、质疑种种不公社会现象的思想起点。这一幕"就好像突然被赋予了某种才能,让你可以看清一些事情"。由此我们可以看到幼年时非洲的生活际遇、父母的困境对莱辛产生了非常重要的影响。莱辛认为这是一种宿命,而她一直在抗拒、抵触、逃离这种"宿命"。那么宿命到底意味着什么?非洲生活经历对莱辛多元身份塑造、混杂性思想形成又具有什么样的作用呢?

第一节 作为"第三文化儿童"现象的非洲经历

作为令人景仰的"文坛老祖母",莱辛人生中值得书写的事情不胜枚举。可当她于2007年获得诺贝尔文学奖时,很多评论文章不约而同地聚焦她四处迁移的早年经历,如《纽约时报》写道,"莱辛生于波斯,长于罗德西亚,定居伦敦,她的自传作品传遍各国,作品反映了她对社会和政治问题的深刻思考",评论家们可能敏感地意识到莱辛的人生经历和写作思想之间的联系,但学界并没有对这个问题进行深入的探讨。而近年来关于"第三文化儿童"(Third Culture Kids,简称TCK)的研究"以新颖而独特的方式开启了文化混杂性议题,日益形成全球化社会中最有趣、最复杂和最具有潜在解放意义的方面",它证实了儿童年少时多元文化的迁移经历会对身份认同造成极大的影响。因此理解这一全球化时代新的文化现象,对理解莱辛和她的作品具有重要作用。

"第三文化儿童"是美国社会学家鲁斯·尤西姆(Ruth Hill Useem)在研究寄居印度的北美儿童时首次使用的术语,用来称呼那些"成长时期被父母带往另一种文化中成长的人群"。最初指传教士、军队任职人员或政府官员的孩子,后扩大到任何居住并往返于母国和东道国之间的儿童。学者曼尼西斯(Liliana Meneses)认为第三文化儿童是"生活在护照国家(passport country)以外的儿童/少年,他们跟随在海外工作的父母生活在海外,父母通常工作在非东道国主办的公司或机构中。换句话说,他们是工作在大使馆、军事组织、驻外机构、传教组织、跨国公司、教育机构、联合国等国际组织的工作人员子女，他们按计划会回国接受高等教育，并在国内工作、定居，第三文化儿童另一个广泛使用的称谓是全球游牧人（global nomad）"①。这些孩子和移民后裔不同，很多移民后裔希望通过尽快融入移入国的文化来获得身份进而重塑自身归属感，第三文化儿童则因为日后还要回到母国等原因清楚地知道自己和身边东道国文化的疏离关系。但是，因为远居异国，母国文化对他们的吸引力和影响力也很薄弱，他们在母国文化和异国文化之间难以抉择而对两者都保持一定距离，进而产生家在何处的疏离和漂泊无根感。

第三文化儿童成长在颇具特殊性的"第三文化"之中。尤西姆把第三文化又称作间质文化（interstitial culture）或文化中的文化（culture between cultures），认为它是东道国文化（host culture）和母国文化（home culture）之外的第三种文化。远在异国他乡，他们既无法完全复制家园文化，也不能完全摒除身边无处不在的东道国文化，而是更为认同介于它们之间的第三种文化，这种文化的独特性在于它是多元混杂的，既包含两种文化因素又独立于它们之外。所以出生、成长在这个特殊的第三文化中的孩子也与单一文化中成长的孩子不同，他们更为开放和包容，善于从多元文化的角度思考问题因而更具全球化特质，社会学家泰德·沃德（Ted Ward）预言"第三文化儿童是未来的公民原型"②，指出他们符合未来全球化社会对人的要求。

需要指出的是，第三文化儿童现象并非当代特有，但当前却日益引起人们的关注，这是因为20世纪后半期以来因各种原因生活在海外的群体人数不断增加。多元文化的成长环境对他们产生正面影响，使得他们在政治、演艺、体育、文学等领域脱颖而出，影响力持续增强。在中国，最典型的人群就是在海外成长的华人与华侨。西方具有此种文化背景的人群数

① Liliana Meneses. Homesick for Abroad: A Phenomenological Study of Third Culture Identity, Language, and Memory. Dissertation of The George Washington University, 2007: 4.

② Ted Ward. "The MKs' advantage: Three Cultural Contexts". Understanding and Nurturing the Missionary Family. William Carey Library, 1989: 57.

量众多，典型例子是美国总统贝拉克·侯赛因·奥巴马（Barack Hussein Obama）。他有一半黑人血统，6 岁时随母亲在印度尼西亚首都雅加达生活，后又回到美国读书。研究者认为他的经历中最重要的不仅在于他黑白混种的种族属性，而且在于其文化的多元混杂性。生活在异国文化之中沉浸式体验异国文化，和在单一文化环境下通过观看、学习、分析等方式来习得异国文化是不可同日而语的。第三文化儿童的成长经历反映了全球化时代的变化趋势，这种成长模式正快速成为后现代社会人们习以为常的成长模式，甚至那些一直生活在国内的人的成长模式也因之而悄然发生变化，因为随着日益增多的儿童在国际学校学习，他们的身份认同也在多种文化的冲突和磨合中趋向混杂。

第二节　莱辛的文化身份认同

虽然混杂的身份认同符合全球化时代的发展规律，但第三文化儿童建立此种身份认同的过程则是异常痛苦的。第三文化儿童有两个最基本特征：身处多元文化的环境和四处迁徙的高流动性。两者是相辅相生的。他们年幼时就经常在母国和东道国之间往来迁移，不同文化的差异和冲突使他们无所适从，无法建立正常的身份感。他们中有相当大的一部分从西方发达国家来到第三世界国家。经济、文化等方面的差异使他们有较强的排异心理。他们在肤色等种族特质上也和东道国人群差异明显，这使他们无法融入东道国同龄人群。而由于常年多元文化的成长环境，他们在价值观等方面和母国同龄人群也有明显差异，所以他们童年时代往往非常痛苦，造成其敏感、成熟、早慧等性格特质。同时，他们的家庭由于特殊原因来到东道国，但并没有扎根异国的打算，而是抱着有朝一日能够"回家"的美好愿景。不管最终由于现实的羁绊他们有没有能够回归，这种临时性的、寄居的心态都会对孩子产生影响，导致他们难以从心理层面接受东道国文化，从而游离于身边的主流文化环境之外。东道国和母国的文化拉锯导致他们在不同的文化认同和疏离之间徘徊，无法形成明确的身份定位。

作为典型的第三文化儿童，莱辛在其自传《刻骨铭心》(Under My Skin，又译作《在我的肌肤下》)中详细记录了其早年的生活经历，分析这部作品可以看到"第三文化儿童"的两个决定因素对她形成混杂身份起到了关键的影响。

首先是多元文化环境带来了文化冲突并造成文化失衡。《刻骨铭心》中，莱辛的家成了英国和非洲两种文化争斗的战场。莱辛家位于南罗德西亚东北部的洛马贡迪(Lomagundi)，这里人烟稀少，非常荒芜。父亲以极低的价钱买下了大片土地，却从没意识到自己殖民行径的侵略性，"他们两人(莱辛父母)一定没想到，这片土地是属于黑人的。因为大英帝国在造福全世界，所以他们觉得，自己也把文明带给野蛮人"。莱辛写道："白人踏足南罗德西亚的时候，已经有25万名黑人居住在这个与西班牙面积相当的土地上；1924年我的父母到达南罗德西亚的时候，这一数字已经上升为50万。"父母无视土地属于黑人这一事实表明他们的思想观念是受到帝国意识形态影响的，身处英国文化之中，他们不会也不可能从异国文化的角度思考问题。当时莱辛家房屋四周是茂密的野生丛林，丛林里还有野豹等动物出没，生活条件非常艰苦，但是为了保持英国中产阶级的生活水平，母亲从英国带来了很多精美的装饰品，"远赴波斯的时候，她将所有中产阶级的生活必需品都带了过去。现在来到非洲，她又带来了出行拜访和'应酬'时穿的衣服，还有名片、手套、围巾、帽子和羽毛扇。她的晚礼服每一件都精致又优雅"。除了衣服，母亲还带来了属于英国的精致生活，并且认为"围绕在她身边的一切也都预示着这样的生活：银质茶盘、英国水彩画、波斯地毯、红色皮革的名著、自由百货的窗帘"。在食物方面，母亲也毫不含糊地参照英国的标准，即使生活贫困入不敷出，他们依然享用"英国味儿十足的早餐：粥、熏肉、鸡蛋、香肠、炸面包、炸番茄、烤面包、黄油、果酱、茶，以及当季的木瓜，还有橘子"①。英式生活方式和水

---

① 多丽丝·莱辛：《刻骨铭心》，宝静雅译，北京联合出版公司2016年版，第49、58、63、71页。

平是和他们对大英文化的认同息息相关的。

虽然莱辛一家努力忘掉周围环境，营造文化上"在家"的感觉，但还是很快陷入困境。身在非洲，他们所住的房屋无法避免会混杂有非洲元素，"我们的客厅里摆放了一个由灌木加工而成的餐桌，这样就可以边吃饭边欣赏山丘下的风景；浅灰色泥墙没有再进行粉刷，因为它和自由百货里买来的窗帘非常搭配……写字台是上了色的汽油桶"。配有英式精致窗帘的泥墙、变身写字台的汽油桶这些混杂因素不时就会提醒莱辛母亲，这是在非洲，虽然向往英国的生活方式，"可她如今却住在一个泥屋里，从高床上望向外面，她所能见到的只是非洲灌木，还有小山坡上聚集的农场"①。所以虽然她极力保持英国生活方式，却无法抗拒、阻拦非洲文化元素进入房屋，最终一病不起，濒于疯狂。几十年后莱辛回顾了这段经历，她感叹道"现在，我终于明白了母亲那时候为什么会生病。那一年，她正在经历内心的重构，这种情况大多数人一生中至少要经历一次——完全放弃自己想象中的生活"。母亲的内心因为文化的冲突而经受了极大的折磨。

莱辛家的这段遭遇可以从文化失衡的角度进行分析，文化失衡指对文化平衡(cultural balance)的破坏，这种状况经常发生在从一种文化转入异种文化的初期。著名人类学家加里·韦佛(Gary Weaver)认为，文化犹如一座冰山，水上看得见的部分是表层文化，包括举止、言辞、习俗、语言和传统等。水下看不见的部分是深层文化，包括信仰、价值观、世界观、思维路径等。通常可以通过表层文化来标识深层文化，比如现实生活中人们通常凭外貌、衣着等外部特征来评判人的身份，但事实是即使在习俗、语言等表层文化上相同的两个人，他们的世界观、信仰等深层文化领域的差异也会导致他们爆发冲突。因此文化平衡在身份塑造上具有非常重要的作用。一个人要在团体中形成文化身份需弄清楚两个关键问题，即我们是谁和我们属于哪里。这是在和周围所处环境不断磨合的过程中才能形成的。

---

① 多丽丝·莱辛：《刻骨铭心》，宝静雅译，北京联合出版公司2016年版，第56、63页。

从孩童时代开始，人们就学会了自身所处文化的基本规则和价值观。最终，他们会内化这些基本规则和价值观为自己的一部分并借此成为此种文化的成员。可见，达到文化平衡状态意味着不用多加思考、几乎下意识地就能理解和掌握某些知识，这些知识能够告知人们在某种文化中如何选择妥当适宜的行为举止。当人们内化了某种文化习俗，他们在任何情况下都会本能地感知对错，因此会有自信心、归属感，以及深层的稳定感和安全感。在单一文化环境下，文化平衡很容易获得，因为人们具有相同的价值观、传统、习俗，在彼此交流过程中能够探知深层文化的界域所在，因此不会因为表层文化和深层文化的不一致而撞上"冰山"。但当两种文化混杂在一起时，人们无法达到单一文化中的文化平衡状态，文化冲突直接导致文化失衡状态的产生。

文化失衡是导致莱辛家陷入困境的根源。非洲的现实境遇使得他们原来坚守的帝国文化遭到极大挑战，原本单一的文化认同变得复杂、可疑。虽然母亲坚持按英国标准安排日常生活，但无论是房屋内饰还是英式风格的食物，都只是表层的英国文化，而不是它的核心价值。莱辛一家虽然在非洲拓殖，但父母认同并深以为傲的始终是大英帝国的文明，可是表层文化与深层文化之间的紧密联系被环境切断了，他们无法通过坚守表层文化的方式来坚守自身的文化身份。因此早年生活的房屋更像是一个战场，冲突不断导致伤害连连。莱辛记录了自己在穿衣问题上和母亲之间的斗争，"我们的主战场在穿衣问题上。我有个表妹在英格兰，她拥有一切我母亲想要给我的东西。她在一所很好的女子学校读书，她的衣服被打包成精美的包裹寄送给了我，一层层绵纸下的衣服跟我母亲的一样精致，虽然她的那些服装早就已经被孩子剪着玩了。我如今仍记得，其中一件苹果绿的丝绸裙子装饰着小褶边和泡泡袖。表妹比我小很多，所以尺寸不合适，而且这些乖巧的小衣服也永远不可能在片区里穿。要穿着去哪儿呢？又怎么穿出去呢？人们看见都会笑死的"。母亲则强制莱辛穿这些衣服，她认为这是英国身份的象征，然而母亲不愿接受的事实是这里是非洲丛林地带，人们不会那样穿衣，而且衣服太小也并不适合莱辛，但母亲仍固执地拒绝承认这些服饰并不适合非洲。莱辛记述的另一件文化间的冲突发生在父母之间，"整个童年时期，我都看到父亲在跟母亲抗议，他所流露出的情绪中，悲伤多过愤怒。父亲抗议的是母亲对待仆人的方式——她会要求一个男仆去房外的灌木里站着想明白，怎样准确无误地按顺序摆好餐具是多么重要，让他想清楚下次如何在梳妆台上布置牙刷和镜子"。男仆当然无法理解摆放餐具、布置牙刷的重要性，因为他不是英国文化体系中的成员，无法理解蕴于这些细节之内的深层文化因素，所以根本无法如母亲所愿用心遵照礼仪。以上这些例子都形象地说明莱辛一家遭到表层文化和深层文化之间的断裂带来的痛苦，虽然有心但他们无力完整保持英国文化，进而固守大英文化价值体系内的身份认同，文化失衡状态导致的后果是一家人的心理困境，母亲一病不起，父亲憔悴沉默，孩子则留下了难以弥合的心理创伤，"小小的身躯总是处于紧张状态——这就是童年的真相"。①

　　其次是空间的高流动性导致归属感缺失。文化地理学家段义孚(Yi-Fu Tuan)曾辨析过空间(space)和地方(place)的区别，"当我们对空间有了更好的了解，并赋予它更多的意义后，原本无差别的空间就变成了地方"②。他以搬入新社区的新迁入者为例说明两者之间的区别，对于新来者来说，一开始他所选择生活的社区和其他空间没有不同，出入社区常常丧失方向感，找不到回家的路，但随着对有意义的地方特色如街道拐角、标志性建筑等越来越熟悉，"空间"就具有情感内涵，成为新迁入者熟悉热爱的"地方"。莱辛很多作品显示，她对非洲的家怀有复杂矛盾的情感。在自传《刻骨铭心》中，莱辛详细描述老房子带来的欢乐，这里的自然景观是美丽的，"站在房子前，向北可以望见艾夏尔高地，高地之下是平缓的山坡，以及一片水塘，还有缪内尼和穆科瓦迪兹两条河流。向东是一大片土地，一直绵延到被称为'大岩墙'的乌姆维克维斯。随着光线的变化，大岩墙呈现出

---

　　①　多丽丝·莱辛：《刻骨铭心》，宝静雅译，北京联合出版公司 2016 年版，第151、72、18 页。

　　②　Ti-Fu Tuan. Space and Place：The Perspective of Experience. University of Minnesota Press，1977：6.

水晶般的蓝色、粉色、蓝紫、淡紫。一天将尽的时候，太阳会落到绵长而低矮的呼尼雅尼群山那边。得益于大部分未被伤害的灌木，以及那些被伐掉后重新长起来的灌木，每当雨季来临，这里就变得极其生动美丽"。作品字里行间流露出莱辛对旧宅的热爱。莱辛对旧宅内部也颇为得意，"至于内部装饰，我家的房子则要优于绝大多数房子"。① 但当莱辛迁居英国多年后回家省亲时，却不愿再回到旧宅原址，她给出的原因是"如果房子还在那儿怎么办"？可以确信的是，她通过好几个渠道明明已经知道旧宅毁于大火，可任亲人怎么劝说，就是不愿再回家看看。莱辛对家宅的态度和她内心深处对自我身份的认识是密切关联的。对家宅的逃避也是对界定自我身份的逃避。文化地理学家詹姆斯·泰勒（James Tyner）指出，风景是塑造主体的媒介，"通过考虑'我们在哪里'可以了解'我们是谁'"②。旧宅位于非洲，对旧宅的情感和对非洲的情感是融合为一的，莱辛说过，非洲"是我的空气，我的景色，更重要的是我的太阳"③，虽然她笔下的非洲风景很美，但她知道非洲不属于自己，它并不是她的家园，相反她是殖民者的后代，清醒地知道"越早把非洲归还给非洲人越好"。一方面莱辛无法从对非洲的爱中得到身份归属，另一方面母国英格兰遥远又疏离，因此童年时期的莱辛始终处于身份认同的摇摆状态之中。这种热爱又疏离的混杂态度使得莱辛始终没有完成主体的身份建构，没有将家宅所在的"空间"转化成承载身份认同的"地方"。心理学研究表明"儿童如果没有建立稳定的身份认同，他的行为和心理发展会受到影响，进而造成成年时期各种心理问题"④。这也是为什么莱辛的人生中有很多次逃离经历。除了拒绝回旧宅，莱辛在 14 岁患眼疾之后拒绝回学校，从此结束了读书生涯，"因为静候其

---

① 多丽丝·莱辛：《刻骨铭心》，宝静雅译，北京联合出版公司 2016 年版，第 53、56 页。

② James Tyner. "Landscape and the Mask of Self in George Orwell's 'Shooting an Elephant'". Area, 2005(3)：261.

③ Doris Lessing. Going Home. Michael Joseph, 1957：12.

④ Johnetta Wade Morrison and Tashel Bordere. "Supporting Biracial Children's Identity Development". Childhood Education, 2001(3)：134-138.

中的只有悲伤、痛苦，还有从未消退的担忧"。更具典型意味的是莱辛对婚姻的逃离。莱辛第一次婚姻是平静快乐的，并没有特别大的变故发生，在结婚并有了两个孩子之后，她还是毅然抛弃了这一切，离婚并离开孩子。对于这一费解的行为，她的解释是，"我身上携带着如同基因缺陷、厄运或宿命一样的东西，只要我留下来，它就会使孩子们陷入困境，就像对我所做的那样。离开这里，我就可以打破循环往复的古老锁链"。"隐藏在我体内的这种宿命——是它将我的父母带到悲惨的境况之中。"①可见莱辛逃离的原因是她想摆脱曾将父母带到非洲的宿命，也就是因为文化失衡导致的身份迷失，这促使莱辛一直在逃离，导致她无法建构自身整一的主体身份。

莱辛逃离心态的根源可以追溯到幼年四处迁移的生活经历。莱辛5岁前生活在伊朗，在英国短暂停留后，又迁往南罗德西亚，无论在哪个殖民地，父母总是告诉她，很快他们就会回英国，因此总是抱着寄居的心态随时准备离开。莱辛写过一次记忆深刻的经历，那时"太阳从天空落下，变成了壮丽的日落"，美丽的非洲景观反而加速了她逃离的想法，"我还记得，自己独自站在那里，对远处燃烧着的那片天空心驰神往。我知道，我属于远方。我感到伤心又难过。我不属于这里，或者说，我不会在这里驻留太久，我将很快离开，很快"。研究表明，逃离是归属感缺失的表征，作为抵御机制，它保护主体免受失去其一直钟爱的物体或人物的痛楚。②归属感缺失则是因为来往不同国家的高流动性导致很难形成对一个地方和人群的归属心理，通常导致人们不做长期的计划，不准备融入周围文化，以至即使在某处居住很多年也很难完全安顿下来。莱辛家就是典型的例子。按照非洲殖民者传统，茅屋式建筑只适合移居的家庭过渡性地居住，

---

① 多丽丝·莱辛：《刻骨铭心》，宝静雅译，北京联合出版公司2016年版，第123、258、260页。

② Liliana Meneses. Homesick for Abroad：A Phenomenological Study of Third Culture Identity，Language，and Memory. Dissertation of the George Washington University，2007：10.

不久就会修建坚固持久的英式砖瓦房结构，但他们家一直生活在茅屋里，除了坚持英式生活方式之外，其他都是因陋就简，"把这些四加仑容量的罐子两两装入一个桶，就成了长沙发。或将两个或四个桶倒置过来，横上一条木板，再放上桶，这就成了餐具柜、写字台、梳妆台"。窗帘是用面粉袋改造的，"这些面粉袋洗过之后就会软化，而且易于染色。当然，有的帘子是由绣花麻布做成的"。难以想象一个每一件晚礼服"都精致又优雅，哪怕是去政府大厦那样的地方也绝对不会逊色"的人能够忍受那样的居住条件而不愿改善，但莱辛一家在这样的茅屋住了近二十年，母亲始终想着离开，没有认真经营非洲的生活，甚至一到非洲就盘算着离开，"说起到达非洲的第一年，在仔细对周遭的环境和邻居们进行了一番观察之后，她只是决定要晚些时候实现自己的抱负：农场不久就会成功，然后她就可以回到英格兰，把孩子们送去好学校上学，那时候真正的生活才要开始"①。所以家庭的遭遇使得莱辛生活在伤感失落的心理氛围和规避逃离的心态之中，而此种状态导致她无法建立整一的身份认同。

第三节 混杂性身份认同的意义

虽然幼年"第三文化儿童"的经历让莱辛备受苦楚，但所谓"诗家不幸文章幸"，不幸的遭遇常常能磨砺出杰出的作品，莱辛正是通过不断的书写建构和阐明自身文化身份的混杂性特质。在《文化的定位》一书中霍米·巴巴提出混杂性在界定身份上的重要作用。混杂性通过反本质、反同化的认识论变革来改变二元论（dualism），以厘清这种西方占主导地位的思维模式带来的消极影响。从词源上来讲，混杂性（hybridity）或杂糅性一词指两方面的内容，一方面指的是生物或物种意义上的杂交，特别是人种方面的混杂；另一方面指的是语言，尤其是不同语系、语种或方言之间的混杂。

---

① 多丽丝·莱辛：《刻骨铭心》，宝静雅译，北京联合出版公司 2016 年版，第 80、55、58 页。

在当今的跨文化研究和后殖民研究中，混杂性成为研究文化和殖民现象十分重要的词汇，这不仅仅是因为混杂性可以消除各种等级制严格的界限与桎梏，而且因为它可以在混杂相交的地带生成多力抗衡的空间。霍米·巴巴通过混杂性来解释当代社会身份的争议性、非二元性和流动性本质。在他看来，混杂性身份认同并非纯粹理论冥想，也不只是一个批评范式，而是当代社会正在发生的身份动态变化过程的文化载体。流动、多元、混杂是全球化时代的特质，生活在此种时代特质下的人群必然发生变化，他们的身份不再坚持原先单一文化中统一整体的认同观，而是更开放、混杂、多元。根据利科（Paul Ricoeur）的看法，认同基本上有两种类型，自我在某一特定的传统和地理环境下被赋予的身份为固定认同，而他将通过认同差异以及不同的文化位置和地域所形成的认同称为叙述认同（narrative identity），叙述认同强调身份认同的文化属性，认为通过后天文化建构和积累可以形成动态认同观，它处于文化之间不断流动的、冲突的、动态的接触与交流过程之中。① 霍米·巴巴也在《文化的定位》中强调身份的文化属性，认为文化认同应该"置放在克里斯蒂娃所声称的'身份缺失'或被法农描述为一种深刻的文化'不确定性'的边缘处"②，认为身份是通过差异的、不对等的认同结构形成的。霍米·巴巴文化身份的建构还引用并发展了人类学家维克多·特纳的"阈限"（liminality）概念，阈限意味着中间状态，作为一种过渡阶段或边界地带，它"表明并构成状态之间的转换"③。霍米·巴巴看重的正是阈限的这种"两者之间"（inbetweenness）或者说第三空间状态，混杂即产生于阈限之中边界之外的第三空间之中。

第三文化是第三空间在文化上的体现，它在当代后学框架中找到理论支撑，在两种文化的边界地带建构自身文化特性，以模糊、混杂、比较的

---

① Paul Ricoeur. Oneself as Another. University of Chicago Press，1994：140.

② 王宁：《叙述、文化定位和身份认同》，《外国文学》2002年第6期，第50~51页。

③ Victor Turner. The Forest of Symbols：Aspects of Ndembu Ritual. Cornell University Press，1967：93.

视野勾画全球化时代人的身份诉求。

莱辛游走在英国文化和非洲文化之间，架起两者沟通交流的桥梁。她的诺贝尔文学奖受奖辞鲜明体现了其第三文化的混杂性。在这篇名为《远离诺贝尔奖的人们》的文章中，莱辛经常穿越在欧洲和非洲、过去和现在、书本和现实之间，表达她对当前现实的忧虑以及在此情境下对文学功用的看法。她写道："我站在门口望着满天滚滚的沙尘暴，我被告知说，那里依然有没被砍伐的森林。昨天我驱车数英里，穿越被大火燃烧过的树桩和灰烬。1956 年，那里有着我所看到的最美的森林，如今全被毁灭。"历史和现实交织重叠，凸显了非洲不断恶化的环境问题。接着莱辛比较了非洲和英国的学校环境。在非洲"学校里没有地图或地球仪，没有教科书，没有练习簿，没有圆珠笔。图书馆里没有小学生爱读的图书，只有从美国大学运来的大本子书籍，很难翻阅"。接着空间快速转换成英国，"第二天，我去伦敦北部的一所学校作演讲。这是一所很好的男生学校，有着美丽的楼房和美丽的花园"。除了教室，莱辛比较了书本，"英国的一本好平装书在津巴布韦就要花上一个月的工资"。随着莱辛穿越两大洲的脚步，两种教育现实以及通过对比所呈现的文化资源的不对称跃然纸上。它们对莱辛的影响是深刻的，她发现处于不同文化中的人们很难理解彼此的境遇，"他们想象不到我告诉他们的这些情景：一座笼罩在风沙里的学校，那里缺水，那里学期结束时的盛宴是在大锅里煮一只刚宰杀的山羊"①。学者布瑞南指出"理解文化差异不是只学习另一种文化的术语、数字甚至语言，尽管这些是必要的。它不只是量的累加，而更看重质的解阈，它势必带来我们称作'换位'（conversion）的心理变化"②。换位是对不同文化行为方式的同情和理解，从而让人们理解彼此的文化，进而超越资源不对称带来的误解。莱辛身份的混杂性使她承担起沟通两种文化的作用，她的身份选择也

---

① 多丽丝·莱辛：《裂缝》，朱丽田、吴兰香译，南京大学出版社 2008 年版，第 1、1~2、5、4 页。

② Timothy Brennan. At Home in the World: Cosmopolitanism Now. Harvard UP, 1997: 27.

使得她看到了局限在单一文化带来的问题，它导致"受过多年教育的青年男女不了解世界，不读书，只知道一些专业知识"，她希望不同文化中的人们能换位思考另一种文化情境。莱辛混杂性的身份认同能让她看清事情的本质并提出解决办法，因此在受奖辞中她呼吁改变教育，让英国享受特权的学生们能够想象非洲赤贫的意象，并学会以第三文化的视角看待问题，帮助非洲做出改变。

小　结

本章讨论了莱辛幼年时期生活经历对她形成多元混杂思想的影响。莱辛出生于伊朗，成长于南罗德西亚，定居于伦敦。莱辛父母在她年幼的时候听信大英帝国的殖民宣传来到非洲，从此莱辛生活在两种文化的影响之下，成为典型的第三文化儿童。殖民/被殖民、欧洲/非洲、住家/丛林、母国/他乡……文化的冲突和尖锐的二元对立使幼年的莱辛变得敏感，以致在她的作品中刻下了浓浓的暗恐印记。暗恐来源于在两种文化间摇摆的不确定感，它是对自身所处的身份危机的深刻体认，并对莱辛今后的创作产生了深远的影响。

莱辛的混杂性身份认同很具代表性。在一篇美国《时代》杂志关于英国跨文化作家的评论文章中，作者里亚（Pico Lyer）研究了包括莱辛的多个具有第三文化儿童成长经历的作家后认为，"他们与其说是殖民分裂的产物，不如说是战后成长起来的国际文化（international culture）的产物"[1]。这里所说的国际文化是第三文化的另一种说法。总而言之，全球化时代日益频繁的人口迁移趋势必然影响人们的身份观，当代人们身份认同的危机既是挑战也是机遇。强调文化间的多元混杂而不是矛盾冲突，有助于建构新型的符合时代潮流的身份认同，因此莱辛的身份认同具有典型意义和现实价值，值得我们认真思考。

---

[1]　Pico Lyer. The Empire Writes Back. Time. 8th February, 1992.

第二章　非洲题材作品中的空间意象

序　言

"我还记得，自己独自站在那里，对远处燃烧着的那片天空心驰神往。我知道，我属于远方。我感到伤心又难过。我不属于这里，或者说，我不会在这里驻留太久，我将很快离开，很快——能多快？毕竟每天都看似这么久，这么久。"

在莱辛心里，非洲就是她的家园，但她没有办法亲近、热爱这个家园，因为她是白人，而尖锐的种族对立迫使她必须疏离这片土地，她知道黑人的土地注定不是她的乐土。对待自己白人的身份，她并没有父母所怀有的那种自豪感，所以她在很多作品中都对黑人怀有同情之心，理解、支持黑人的反抗运动，认为越早把非洲还给非洲人越好。为什么莱辛对非洲怀有如此复杂的感情？为什么作为殖民者后代，莱辛却对黑人的遭遇感同身受？也许走进莱辛年少时的家庭遭遇，从同为受害者的角度理解莱辛对黑人的同情之心，就能更好地理解莱辛混杂思想产生之根源。

第一节　博览会的空间意象

莱辛在很多作品中详细描述了早年生活的困境，而追溯莱辛家庭困境的肇始，得从 1924 年的温布利大英帝国博览会说起，这次博览会彻底改变了莱辛家庭的命运。莱辛家庭的命运也是那个时代无数普通民众的命运，因此分析博览会的空间意象有助于理解 20 世纪初意识形态的微妙变化，以及这些变化对民众命运的影响。温布利博览会是 20 世纪初大英帝国的一次盛会。它于 1924 年开幕，两年间共接待游客两千七百多万人次，是当时英帝国举办的最大规模的博览会，当时所建造的温布利体育馆等设施迄今仍是英国地标型建筑（见图 2-1）。

图 2-1　温布利体育馆

博览会规模庞大，它位于伦敦北郊温布利公园，是当时帝国所有展览中最大规模的，它有数不清的场馆、展厅。每个展厅展示一个殖民国家的物产、风俗，几乎囊括帝国所辖所有领地的地理和生活条件。维多利亚·罗斯纳（Victoria Rosner）曾援引《大英帝国展览：1924 官方向导》对温布利博览会作了详细的描述：展览会占地 220 英亩，耗资 2.2 亿英镑，是帝国展览史上规模最大、耗资最多的。展览会拥有自己的邮局、无尽的展品，还有由鲁德亚德·吉卜林命名的街道。在这里，参观者可以有意向地获得英帝国版图内的各地的地理和生活条件的知识。展览会的整个建筑好比泱泱帝国的微缩景观。较为重要的殖民地国家都有一个完全独立的展厅，此外还有一系列的"宫殿"用作陈列工业成就和艺术展品。博览会官方向导中象征帝国的雄狮昂然蹲伏在展览场地的指南针上，向人们昭示的不仅是展览本身，更多的是展览所代表的帝国锐气（见图2-2）。展览会中大部分的重要建筑是依循英国新古典时期的传统建成，但是许多展厅的设计则带有显著的当地建筑风格。例如，锡兰展厅是依据"康提著名的佛牙塔的样式建造而成的"；印度展厅的建筑风格则"透出东方的神秘意蕴"。①

图2-2　温布利博览会官方向导

博览会召开在"一战"后殖民地和宗主国都面临社会政治动荡的年代。"一战"耗费了帝国大量元气，它已无法像战前那样依靠军事统治各殖民地，两者的冲突不断爆发。从国际形势来看，美国和日本这两个昔日的盟国也在觊觎帝国的海上霸权，帝国意识形态出现动摇。从国内事件来看，1919年爱尔兰独立战争爆发，同年印度北部发生阿姆利则大屠杀，手无寸铁的印度抗议者被英国军队杀害。在这一年，许多主要的英国城市都发生

① Victoria Rosner. Home Fires: Doris Lessing, Colonial Architecture, and the Reproduction of Mothering. Tulsa Studies in Women's Literature, 1999, 18(1): 61.

了多起攻击黑人工人的暴乱。① 帝国需要调整殖民地政策，从传统的武力控制转向较少耗费人力、财力的经济、文化控制。帝国急需一场全员参与的盛事来完成这次转变，并借此事件提升士气以增强国民的帝国荣耀感，在这种形势下温布利博览会应运而生。

学者麦肯齐（John Mackenzie）指出，"温布利博览会是白人庆祝向地球最远处拓殖的盛会，让那些地方都效仿欧洲的社会模式"②。实际上，更符合帝国举办博览会目的的说法是——"温布利博览会是英国人庆祝向地球最远处拓殖的盛会，让那些地方都效仿大英帝国的社会模式"。帝国当局希望通过改变长久以来的英国形象来重振雄风。

那一年，莱辛父母从伊朗回国休假，带着五岁的小莱辛参观了温布利博览会，恰恰与此同时，已在伦敦文学界声名鹊起的伍尔夫也参观了博览会。这是一场统一展示帝国内所有殖民地商品的庆典。像帝国日和后来成立的帝国营销委员会一样，博览会成功完成了打造帝国新形象的目的，从领土扩张的、父权制的军国主义形象改造为包含所有英国殖民地、自治领等在内的充满活力、亲密无间的英联邦大家庭形象。对于这一形象，伍尔夫的反应是：她看着来往的参观者问道"他们都有自己的尊严，怎么能让自己相信这个？"③她指的是帝国新的意识形态宣传话语，也即对殖民地从军事转向经济、文化控制的帝国新话语。据资料记载，"随着《贝尔福宣言》（1926）和《威斯敏斯特法案》（1931）相继推出，英联邦开始逐渐取代旧有的殖民体系，英国对自治领地区的殖民政策发生了根本性变化，由直接统治转变为间接统治"，"一战"后英国国力的下降使得它不得不采取更为怀柔的政策，弱化直接的武力控制，但这绝不意味着它放松了对殖民地的

---

① Maroula Joannou, ed. The History of British Women's Writing 1920-1945. Palgrave Macmillan, 2013: 250.

② John M. MacKenzie. Propaganda and Empire: The Manipulation of British Public Opinion 1880-1960. Manchester University Press, 1984: 100.

③ Maroula Joannou, ed. The History of British Women's Writing 1920-1945. Palgrave Macmillan, 2013: 250.

控制，实际上它总体殖民态势呈现出一面撤退一面进取的特点，即武力撤退而意识形态宣传则进一步强化，这些特点在博览会这个舞台得到了很好的展示。

伍尔夫文化造诣深厚，所以一眼就看清真相，也一针见血地表达了质疑、不满。但童年的莱辛则没有那么幸运，她没有办法阻止自己父母被帝国宣传洗脑，从而成为新的殖民形式的牺牲品，也让整个家庭走入困顿的泥淖。莱辛把这一切归为"偶然"，在《我的父亲母亲》（Alfred and Emily）、《回家》（Going Home）等作品中她写道，"我在回忆录、小说、日记中多次提起这个博览会。它改变了我父母的生活，也决定了我和弟弟的人生道路。同战争、饥荒和地震一样，博览会也可以影响未来"①。父母参观博览会后选择举家移民南罗德西亚，在南罗德西亚，父母没有靠种植发家致富，反而深陷贫穷的泥淖，当初的梦想和非洲的现实情况天差地别。移民非洲看似父母一拍脑袋做出的冲动决定，实际上还原帝国博览会却能发现它隐藏着帝国殖民的真相，正如罗斯纳所说，"他们对南罗德西亚的态度是由帝国殖民宣传形成的"②。本书希望通过还原温布利博览会的实景来挖掘帝国殖民意识形态在"一战"后的微妙变化，通过揭秘莱辛家庭困境的根源探寻"一战"后帝国殖民政策的变化和对普通民众的影响，进而揭示帝国形塑空间秩序的目的。

20世纪80年代以来，对包括博览会在内的公共空间的研究如火如荼。比较具有代表性的是米歇尔·福柯关于博览会是颠覆日常秩序的异托邦的看法，"其不可思议的虚空位所处于城市近郊，每隔一两年便云集许多摊位、商品陈列台、非同寻常的物品"③。福柯指出，博览会是时间和地点都发生变化的异质空间，它在世界各地的每种文化中都有。在这样的异托

---

① 多丽丝·莱辛：《刻骨铭心》，宝静雅译，北京联合出版公司2016年版，第45页。

② Victoria Rosner. Home Fires: Doris Lessing, Colonial Architecture, and the Reproduction of Mothering. Tulsa Studies in Women's Literature, 1999, 18(1): 59-89.

③ 张锦：《福柯的"异托邦"思想研究》，北京大学出版社2016年版，第141页。

邦，一切秩序都变成传统秩序的异类、中立或颠倒。温布利博览会的建筑
正建构了这样一个迥异于常规空间的异托邦，使得博览会成为一个各种英
联邦国家文化相互叠加的空间，从而使博览会抽离常规空间，成为连接和
反映所有其他空间的异托邦。异托邦又译作异质空间，英文作 heterotopias，
它由 hetero（异）和 topias（空间）两个部分组成，"异"表明这个"空间"的特
殊性。Heterotopias 是福柯参照 utopia 创造的新词，他认为异托邦是"这样
一些真实的场所、有效的场所，它们被书写入社会体制自身内，它们是一
种反常规空间的场所，它们是被实际实现了的乌托邦"①。可见异托邦是与
常规空间相对立或相关联的"其他空间"，是在常规空间中的集中表达个
人、文化和意识形态特征因素的特殊空间。② 在异托邦，常规空间的秩序
被修改，或者常规的生活规则被悬置，悬置和修改的存在产生异位，异位
是常规的断裂，异位凸显了常规的建构性，是对日常生活秩序的一种
偏离。

　　温布利博览会把所有英属殖民地国家的建筑汇聚于一处，"在一个真
实的场所并置几个本身无法比较的位所"③，也即在一个空间内并置了几个
不同的异质空间。它的主建筑以英国传统新古典主义风格为主体风格，其
间构筑仿照殖民地风格的亭台楼阁，把殖民地和母国的建筑风格融为一
体，以此宣告并强化帝国对殖民地的统治主权。在修建过程中第一次使用
钢筋混凝土（reinforced concrete），正如博览会的官方手册所写，"这里没有
只能维持一季就走向衰朽的建筑，博览会用的是钢筋水泥的建筑"。这些
坚固建筑具有重要的比喻义，牢固耐用预示着帝国也将永世长存，建筑物
的耐久和精美象征着使殖民地臣服的先进而强大的专业技能。同时，聚合
各个殖民地的建筑风格，巧妙地把它们并置和叠加在同一空间，这样做就
使得博览会成为重构民众对于殖民地乌托邦想象的异质空间。

　　这个异质空间最重要的功能是营造与总体殖民态势相符的联邦意识形

---

①　张锦：《福柯的"异托邦"思想研究》，北京大学出版社 2016 年版，第 128 页。
②　张锦：《福柯的"异托邦"思想研究》，北京大学出版社 2016 年版，第 147 页。
③　张锦：《福柯的"异托邦"思想研究》，北京大学出版社 2016 年版，第 137 页。

态,即各殖民地国家紧密联合的意象。实际上这一阶段正是酝酿从帝国向英联邦过渡的阶段。帝国有着强烈的殖民、军事化色彩,它在各殖民地遭到越来越激烈的抵抗,同时"一战"后英国的实力已不再可能维持庞大的帝国,但它并不能轻易放弃对各殖民地国家和地区的控制,采用更隐蔽的经济、文化、意识形态等方面的控制更符合它的长远利益。因此帝国将其目标主要限定在社会文明方面:鼓励民主、人权及稳定的经济和社会发展。在 1926 年,英国各自治领与宗主国以"共同忠于(英国)国王"而组成英联邦,双方权利平等,互不隶属。到了 1931 年,英国议会通过《威斯敏斯特法案》,批准上述决议,确定各英属自治领都获得完全独立的主权,大英帝国名存实亡,英联邦正式形成。

博览会召开的 1924 年,英联邦还未形成,但通过宣传可以看到它为组建联邦大力造势。据文献记载,博览会主办方在 1924 年发布了 576000 张海报,这些海报几乎没有当前动态的关于帝国的展望,而主要是颂扬帝国的辉煌历史功绩。在博览会的一幅宣传海报中(见图 2-3),各个殖民地的国标围成一圈,最上面正中的位置是大英帝国的米字旗,其他殖民地国家和地区围绕在它周围,大家如兄弟一般亲密地紧紧相连。

这幅海报最值得注意的地方在于它清晰地体现了博览会宣传背后的殖民本质。画面的中心展示的是博览会印度馆的大门。两战期间印度的民族主义情绪高涨,1919 年印度通过新的《印度政府法》,帝国承诺让渡很多权力给当地政府,包括吸收 3 名印度人加入行政体制。[1] 但这只是帝国为稳定局势抛出的诱饵,实质性的权力并没有做出大的让步。这导致印度矛盾激化,1920 年圣雄甘地在国大党会议上宣布开展非暴力不合作运动。[2] 帝

---

[1] Report of the Committee Appointed by the Secretary of State for India to Advise on the Question of the Financial Relations Between the Central and Provincial Governments in India [Meston Committee]. Quoted from B. R. Tomlinson. "India and the British Empire, 1880-1935". Indian Economic Social History Review, 1975(12): 354.

[2] D. A. Low. "The Government of India and the First Non-Cooperation Movement 1920-1922". The Journal of Asian Studies, 1966, 25(2): 242.

图 2-3

国已无法维持原有统治，对印度的殖民政策正处于转折时期。虽然现实中帝国已失去牢牢控制印度的能力，印度本地民众要求独立的呼声也很高，但当局把印度留在帝国版图内的政策从未改变。在此背景下，博览会海报描绘印度馆被帝国大家庭紧紧环绕，明显有着意识形态上招抚、怀柔印度的现实目的。表面上它营造的是轻松民主的氛围，给人以印度自愿留在帝国大家庭的假象。实际上，海报表征的是当局理想的帝国版图，在这里帝国可以象征性地摆脱殖民困境。"博览会成为中介，使帝国在想象中连成一片"。同时，热烈融洽的展会氛围也让民众在心理上淡化殖民的暴力本质，产生身为帝国臣民的自豪感和优越感。

莱辛的父母就是深受博览会气氛的感染才临时做出去南罗德西亚拓殖的决定。在分析父母做出远赴非洲决定的原因时莱辛写道："他们所看到的是文明被带到了荒蛮之地，因为英帝国对于整个世界来说都是一个恩泽和好处。"可以说帝国通过开办博览会，把各个不同殖民地微缩展示在博览会中，形成"使帝国在想象中连成一片"的异托邦，极大地营造了英联邦亲密无间的气氛，使得普通民众被温情脉脉的殖民假象迷惑，成为帝国殖民的棋子而不自知，使得他们陷入异常悲惨的困境。

除了博览会总体营造的异托邦图景之外，博览会非洲展厅还通过载歌载舞的非洲人、非洲人现场劳动、硕大丰富的非洲物产等具体场景营造美好、和平、富庶的乌托邦殖民地景观。在《多丽丝·莱辛传》中，作者卡罗莱·克莱因（Carole Klein）这样描述莱辛父母在博览会的遭遇："在展览会上，他们看到南罗德西亚展览小摊子上挂着一英尺半长的玉米棒子做装饰，门口还立着一个大幅的海报，上面宣传说种玉米五年之内就可以致富。麦克（莱辛父亲）从小和农民的孩子一起长大，甚至还有很多当农民的亲戚，看到这个，他觉得自己再也不愿意为银行贡献自己的余生了。当时他手头有一千英镑左右的积蓄和为数不多的参战补助，加上退伍军人在非洲买地还享受特别优惠，冲动之下，他买下了1500英亩的土地，并决定搬到南罗德西亚"①。莱辛母亲才离开德黑兰多姿多彩的生活，对于"又不得不忍痛离开她心心念念的家乡伦敦"不太开心，但"她跟丈夫一样迫切地向往非洲的生活，其中原因之一，就是她也和麦克一样相信展览会的宣传上所描述的前景"②。要揭示帝国如何能够在短时间内让民众产生移民的冲动，这需要我们还原博览会的内部构造细节，看看博览会是怎样营造氛围、一步步诱惑人们做出殖民决定的。

据文献记载，温布利博览会的一个鲜明特色就是对非洲物产的展示，非洲土著居民现场展示农产品和工艺品，并现场销售（见图2-4、图2-5）。这一场景作为异域风情的景观吸引了大量的民众。所谓景观（spectacle），原意为一种被展现出来的可视的客观景色、意象，也意指一种主体性的、有意识的表演和作秀。法国哲学家居伊·德波（Guy Debord）将景观概括为

---

① 卡罗莱·克莱因：《多丽丝·莱辛传》，刘雪枫、陈玉洪译，江苏人民出版社2017年版，第32页。

② 卡罗莱·克莱因：《多丽丝·莱辛传》，刘雪枫、陈玉洪译，江苏人民出版社2017年版，第32页。

当代资本主义社会新特质，认为作为图景性展现的景观是当代社会存在的主导性本质。景观的在场会遮蔽社会的本真存在，导致景观与外界真实存在之间关系颠倒，从而使民众因为对景观的迷恋而丧失自己对本真生活的渴望和要求。①

图 2-4

图 2-5

① 居伊·德波：《景观社会》，王昭风译，南京大学出版社 2007 年版，第 10 页。

英帝国塑造和谐、美丽、富饶、和平的非洲殖民地景观，首先是出于经济利益，由于"担心"一战前国际领先的经济地位被赶超，英帝国希望把贸易流通"控制在大家庭里"，因此博览会丰富的农产品展示是和应对别国贸易进口的帝国贸易机制思想相一致的。贸易控制的好处在于，品种繁多的农产品不仅为制造业提供了丰富的原料，也为本土工人提供了工作机会。

其次，塑造非洲景观更深远的意义在于政治上的考量。"一战"前非洲在民众印象中是探险家猎奇的荒蛮之地，但它也是承载着作为贸易、投资、定居等经济价值的富庶领域，随着帝国经济实力的衰微，非洲越发成为它重要的原料产地。所以博览会极力抹杀非洲殖民地的荒蛮形象，而被塑造为发家致富的风水宝地。为了营造非洲展厅的美丽景观，帝国花费了很多心思。据记载，非洲展厅最引人注目的特色是来自南非开普敦的野花展。"这些新采摘的野花被放置在冷藏间里通过联邦城堡号蒸汽机船运到展厅，并且每周定期补给，新鲜得犹如刚采摘下来一样"，工作人员精心地把它们插在花瓶里，吸引得无数游客流连忘返。① 与此同时，展厅四周还张贴着渲染浪漫氛围的海报。其中，弗兰克·派普(Frank Pape)创作的"尼亚萨兰的烟草农场"把非洲农田中辛苦的劳作描绘得如同休闲一般(见图2-6)。

图 2-6　尼亚萨兰的烟草农场

① South African Plants at the British Empire Exhibition Source：Bulletin of Miscellaneous Information (Royal Botanic Gardens, Kew), 1925(1)：24.

　　画面中三个非洲工人坐在堆得高高的烟草的牛车上，他们中的一个冲着附近站着的一个非洲妇女挥舞着草帽，这个非洲妇女背上背着一个孩子，手上拉着一个。牛车背后是一望无际的农田，两个悠闲地抽着烟袋的英国人轻松地站在附近草屋的阴影下，只有在画面最边角处，几乎可以忽略的地方，三个非洲工人正扛着一袋烟草。另一幅名为"塞拉利昂村"的宣传画则把非洲描绘成天堂般的田园牧歌（见图2-7）。塞拉利昂位于西非，这里人民生活水平低下，曾经是欧洲奴隶的供应来源地，至今还是全世界最贫穷的国家之一。但在海报上，这里的村庄风景如画，棕榈树映衬下蓝天白云构成一幅美景，人民神态放松、悠闲自在。

图2-7　塞拉利昂村

　　还有一幅名为"东非交通——新风格"的海报中，英国人占据中心位置，他卷起裤脚似乎带领后面的黑人正在劳作。画面后方则是美丽怡人的群山和棕榈树，而船上黑人所从事的辛勤劳作则几乎可以忽略（见图2-8）。

图 2-8　东非交通——新风格

　　这些海报传达的意象是，非洲的殖民生活有序而富有成效，白人和黑人和睦地一起为帝国事业努力工作。显然通过塑造非洲景观，帝国有意识地淡化非洲自然环境的凶险，这样做的好处在于，通过刻画和平、美丽、宁静、安逸的殖民景观，帝国抹杀了尖锐的种族矛盾。

　　再次，通过丰富的物品和工艺品的展示，当局塑造了自身作为推动非洲繁荣发展的宗主国形象、巩固了自己推动非洲开化的文明角色形象。除了农产品，博览会还展示了很多非洲土著工艺品，当局的目的在于大张旗鼓地表明依靠这些工艺品，非洲有希望摆脱贫瘠原始的面貌、拥有发展进步的前景，而这一切主要归功于英国对殖民地的主导力量。当时主流的看法是"英国在非洲的统治把土著人从野蛮人转变成文明人，从部落战争和做奴隶的恐惧中解救出来，并能在和平、安全的环境下永享主权"①。因此莱辛父母从未觉得移居非洲有侵略目的，反而觉得是一项高尚的有献身意味的事情。通过营造农业景观社会博览会塑造了一个在帝国统治下繁荣昌盛的非洲，它吸引普通英国人远赴非洲，帮助帝国运营其殖民地事务。成

---

　　① Doris Lessing. Under My Skin：Volume One of My Autobiography to 1949. New York：Harper Collins，1994：50.

千上万民众"主动"前往殖民地拓殖，避免了帝国海外殖民人力不足的麻烦，同时还无需帝国动用武力胁迫，在民主、自由的假象之下让对英国怀有子女对母亲般亲情的民众甘愿远赴异乡。比如莱辛一家正是受到南罗德西亚展位上硕大的玉米等农产品的诱惑而远赴非洲的。因此可见殖民不仅给殖民地人民带来灾难，对宗主国人民也是场浩劫。

最后，通过塑造非洲景观，帝国迎合了民众对英国传统乡村的向往，从而缓和了国内资本主义发展导致乡村凋敝带来的情感冲击。英国人对乡村的留恋根深蒂固，静谧恬淡的自然风光、节奏缓慢的生活节奏一直是他们的追求。简·奥斯汀、托马斯·哈代等文学家笔下的田园风光一直备受追崇，但近代以来资本主义的发展使得乡村日渐凋敝。这种现实更增长了民众对田园的向往，认为乡村是近代机械文明压力下精神救赎的理想之乡，怀旧之风日盛。正如著名评论家威廉斯在《乡村与城市》中指出的，"资本主义赋予城市和工业以绝对优先权，以致农业和乡村只可能与过去或遥远的地方联系起来，成为文学怀旧的对象，这是资本主义造成的一个惊人的畸变"①。农业劳作是人类最中心、最迫切、最必要的活动之一，人类想要生存下来，就必须发展并扩展农业劳作，但长期以来对大都市工业化的过分信心导致了农业的日益边缘化。由于英国长久以来的霸主地位，20世纪以来它经济和政治关系当中的城市与乡村模式越过了一国的边界成为整个世界的模式，偏远国家变成了工业英国的乡村地区，其恶劣后果就是贫富差距的扩大以及世界范围内的食品和人口危机。

莱辛父亲一直梦想拥有农场，对于乡村怀有最深沉的热爱，因为"他的童年是在科尔切斯特的乡下与农民的孩子一同度过的"②。在莱辛最后一部作品《阿尔弗雷德和爱米莉》（Alfred and Amily）中，莱辛把虚幻和写实、传记和小说相结合，她绕过了给一家人带来伤痛的非洲记忆，在作品的小

---

① 雷蒙·威廉斯：《乡村与城市》，韩子满等译，商务印书馆2013年版，第7页。

② Doris Lessing. Under My Skin: Volume One of My Autobiography to 1949. Harper Collins, 1994: 46.

说部分安排父母没有相恋结婚。作为对父亲的美好祝福，莱辛让父亲阿尔弗雷德生活在他热爱的英格兰乡村。在这里，阳光明媚，生活富足，一派宁静而幸福的意象。对莱辛来说，父母结合并不是件好事，因为他俩属于完全不同的空间，母亲属于城市，而父亲则属于乡村。乡村不仅寄托着父亲的致富梦想，而且父亲具有与乡村密切相连的精神气质。

当我们说到乡村一词时，我们所指称的是直接或间接的以之谋生的土地，但一直以来，文学传统把乡村刻画成一种与城市截然不同的居住形式。这里原因很复杂，最主要的原因是，随着经济的发展，城市聚集了大量工厂、产业和劳动力，这不仅带来物质富足，也导致阶级对立，城市成为颇具压力的生存环境。作为它的对立面，乡村成了人们梦想摆脱城市压力的空间表征。英国文学中，乡村逐渐成为宁静、纯洁、纯真的生活方式的代表，并慢慢变成一种固定的形象。但实际上，这类描写乡村的抒情诗在公元前 1 世纪的维吉尔时代，是有着另一支不同的发展方向的。威廉斯在《乡村与城市》中认为"田园诗通过文学性的精心描写，保留了与劳作和乡村生活真正的社会条件之间的联系"①。但长期以来，乡村成了怀旧的乌托邦，"它的情感和它的文学同乡村经历息息相关，而乡村经历中有关惬意生活的观点——从乡村宅邸的气派到茅舍的简朴——又多数保持了下来，甚至还得到了加强"，"这种情势使得 20 世纪乡村经济的重要性和乡村观点在文化上的重要性之间形成了反比"②。现实中的乡村日益凋敝，但在英国民众的情感中，乡村仍是富足美丽的理想生活的表征。

因此可以看到，温布利博览会及其宣传海报极大地迎合了大众对乡村的憧憬。如诗如画的背景下没有对劳动工人辛劳的刻画，这符合人们对殖民地和乡村类比的想象。它的作用是"创造一个不同的空间，另一个完美的、拘谨的、仔细安排的真实空间，以显现我们的空间是污秽的、病态的

① 雷蒙·威廉斯：《乡村与城市》，韩子满等译，商务印书馆 2013 年版，第 21 页。

② 雷蒙·威廉斯：《乡村与城市》，韩子满等译，商务印书馆 2013 年版，第 340 页。

和混乱的"。在莱辛父母眼里，南罗德西亚就是他们梦寐以求的乡村社会，这个乡村社会在英国失落了，但通过远赴非洲还可以找到，甚至通过自己的努力能够在非洲再造比英国更美丽的乡村乐土。"人类希望自己像上帝一样再造和模仿一个真实的上帝创造的世界，并能在这个空间亲眼目睹上帝的世界且站在它的外面，这也是西方人文主义的最大愿望"①。实际上，帝国通过大力操办温布利博览会，其背后目的就是通过塑造非洲景观让民众找到乡村社会，从而操纵民众为其殖民利益服务。可见虽然莱辛把温布利博览会后父母举家迁往非洲拓殖称为"偶然"，但细究之下这是帝国殖民策略导致的必然。莱辛父母虽然到非洲后发现事实并不是博览会宣传的那样，但为时已晚，从此一蹶不振，母亲精神崩溃、卧床不起，父亲整日劳顿、贫病交加。他们的困境并不仅仅是经济上的，更是心理层面的。他们在"一战"中被送上战场，凭着对祖国的爱九死一生冲锋陷阵，而在带着战场遗留的心理创伤和生理病痛回到母国后，却没有被好好对待，被帝国殖民宣传哄骗到殖民地，帝国对像莱辛父母这样的普通民众造成了深深的伤害。莱辛在作品中不断哀叹、思索家庭命运的变化，这一变化也导致莱辛自身对自我身份的思考，它构成了未来莱辛一家非洲生活悲伤、失落、挣扎的潜在基调。

第二节 房屋的空间意象

在1980年的一次访谈中，莱辛谈到建筑对住在里面的人的影响，她认为，"这不是一种比喻，而是很现实的想法，我近来越来越多地会想到这个问题"②。莱辛很多作品都写到她童年时代居住的位于南罗德西亚洛马贡迪的老房子，这所房子由她父母所建，全家在此生活了数年。但蹊跷的是，当莱辛迁居英国多年后回家省亲时，却不愿再回到旧宅原址，她给出

① 张锦：《福柯的"异托邦"思想研究》，北京大学出版社2016年版，第138页。
② Doris Lessing. "Creating Your Own Demand". Doris Lessing: Conversations. Ontario Review Press, 1994: 61.

的原因是"如果房子还在那儿怎么办?"可以确信的是,她通过好几个渠道明明已经知道旧宅毁于大火,可还是不愿回家看看。省亲而不回旧宅,要想理解莱辛这一颇为奇怪的举动,就要回到莱辛小时候一家人居住在那所旧宅的时光,通过当时的境遇来揭示他们所面临的危机和困境。

在博览会上决定远赴非洲之后,莱辛一家几星期之内就收拾好行囊来到了洛马贡迪,但他们见到的并不是博览会宣传海报那样的田园美景,而是连绵不绝、人烟稀少的原始丛林。这里到处是各种昆虫,有些还会致命,"一家人渐渐意识到,在南罗德西亚生活就需要经常和各种昆虫打交道,尤其是蚂蚁。不管想什么办法来隔阻,成群的蚂蚁总会像布帘一样挂在墙上,向四面不断延伸着。蜘蛛、甲虫和黑马蜂总是在房子里四处乱爬、肆无忌惮,完全把住家的房子当成了荒郊野地"①。因此在非洲立足的当务之急是建造一所坚固结实的房子。事实证明,在南罗德西亚建房子是有很多规矩和讲究的。这些规则以建议的形式印在温布利博览会向导上,规则所体现的是主导殖民社会正常运转的二元混杂性。

在殖民地,建筑是种族、阶级、性别结构的空间图示,也是理解非洲殖民文化的载体。为了在一个陌生甚至有敌意的环境创造母国空间,殖民者在种族、性别隔离基础上建立了一套规则,空间意象必然既包括殖民者与被殖民者两种因素,又必然是二元混杂的——内和外、安全和危险、家宅和荒野等,它被征服、驯化,这些区分都用来服务最基本的那个二元混杂:白人和黑人,或者说,英国殖民者和非洲被殖民者的混杂。

首先,土著人建筑风格与殖民者建筑风格形成二元混杂。南罗德西亚的土著人是住在圆形茅草房中的,但帝国博览会向导手册建议殖民者须住在水泥建成的长方形房屋里。土著只会画圆,一间房的草屋是圆形的,整个村庄都建在圆形区域中,相较而言,直线标志着和土著的显著区别,长方形房屋更是直接体现了殖民者的优越地位。帝国博览会向导手册写着:

---

① 卡罗莱·克莱因:《多丽丝·莱辛传》,刘雪枫、陈玉洪译,江苏人民出版社2017年版,第43页。

长方形表示把空间圈住的能力，宣誓主权，但也表示隔离。殖民者和土地的关系的决定因素在于他有能力树立疆界，在"我的"和"非我的"之间进行分隔。而对于土著建筑来说，关键是居住而不是主权，正如普鲁辛（Labelle Prussin）说的，"农田和丛林区分开，只有开垦了它才属于某些人，而没有使用，它回归群体，或回归丛林，建筑形式也是一样：只有居住它才存在"①。

在建造房子前，莱辛父亲先在洛马贡迪的丛林里选了块地，邻人们都告诫他把地点选在山坡下，"因为将房子建在山丘顶上就意味着要让牛沿着陡坡搬运东西"，但莱辛父亲还是把房子地点安在山顶，因为这里风景好。"我的父母坐在房前的油箱上观赏高山、日落、云影，看卷袭而来的雨水在风景中穿行而过"②。接着要把杂草和树木清理干净，再沿着预先画好的房子外形轮廓挖掘出两英尺深的地沟。建筑所需材料完全来自自然，房屋主体框架的木材也来自自然，施工者在丛林中砍伐足够数量的大树，将树枝和须根砍削掉只留树干，剥去粗糙厚实的树皮，再把这些树干修剪得尺寸相当。最特别的取自自然的材料是用来泥墙的土，"用来填充墙体缝隙的材料取自蚁冢上的土壤，那里的泥土是最好的，因为土里搅拌着无数工蚁的颚骨"。这些颚骨来自某个逝去的部落首领，"建造者可能会在土堆里发现有三块并列放置的骸骨，这种情形表明这些骨头是某个已经逝去的部落首领的……为此当地的建房者不会再去靠近这个冢堆，因为他们惧怕触犯祖先的神灵"。屋顶也来自丛林，是从农场里割来的长得最好最高大的茅草。"茅草要先从屋脊开始向下一层层铺下去，每一层用灌木的须根固定好位置。草要铺到 18 英寸厚……"房间内的地面也来自自然，铺设房屋内的地面"需要更多的蚁冢土壤，待这层土壤铺好后还要再撒上新鲜的牛粪"。

---

① Labelle Prussin. African Nomadic Architecture：Space，Place and Gender. Smithsonian Institution Press and National Museum of African Art，1995：188.

② 多丽丝·莱辛：《刻骨铭心》，宝静雅译，北京联合出版公司 2016 年版，第 53 页。

正常情况下，定居者一发财就会把茅草屋拆除，砖石结构的长方形建筑就会建起来。向导手册中写道："暂时的居所是由当地人用柱子和茅草草草建成的，墙上的裂隙用泥巴糊住，这种建筑是暂时的，好的房子才能带来好身体。"以当地风格所建的房子不是"好房子"，莱辛一家所建造的房子过于破旧简陋，是典型的定居者建造的过渡性质的房子，离当初他们在手册上看到的适合英国家庭居住的建筑相差太远，但他们一家因为没钱重建一直生活在那里。

在莱辛笔下，她家的房子虽然简陋却是有生命的。"从树的躯干上扯下纤维组织，在粗糙的黑乎乎的躯干下是光滑的肉体"，虽然读起来不舒服，因为它给人一种给活物剥皮的感觉。墙体是由活物的血肉做成的，房屋的外皮是莱辛经常描述的意象"房顶的草倒伏下来就像老人的皮肉"，"墙上盖着一层厚厚的皮肤一样的烂泥"，墙和皮肤之间建立了一种联系，房屋的建构为莱辛提供了一种模式，去理解皮肤下的生命，房子成为一种生命形式，通过这种生命形式去理解殖民社会。

其次，茅草屋与内部英式装饰风格形成二元混杂。尽管莱辛一家住在茅草屋里，房屋内部装饰则完全是英伦风格的。他们从英国带了银器、地毯和来自英国利伯蒂用来做窗帘的布料。莱辛曾这样描写她家的室内布局。"至于内部装饰，我家的房子则要优于绝大多数房子——我们在客厅里摆放了一个由灌木加工而成的餐桌，这样就可以边吃饭边欣赏山丘下的风景"，"隔壁是我父母的房间，里面有优质的床垫、床上用品、自由百货窗帘和波斯地毯"。莱辛母亲强调，虽然房屋外观可以使用土著风格，内部装饰则必须完全采用英国风格，因为对她来说，房屋内部装饰对塑造殖民者身份起到重要作用。房屋内外风格的隔离对莱辛母亲维持阶级、种族、国家意识以及性别身份都很重要。莱辛在读到移民非洲女性的回忆录时曾这样回忆道，"这两本回忆录让我记起对我母亲来说最糟糕的是什么，比起非洲的荒蛮和艰苦，最难忍受的是，她们会自问：她们还是中产阶级的'高雅'人士吗？"可见即使在恶劣的条件下，定居者仍然以英国生活方式来观照自己的非洲境遇，对他们来说，"真正的生活"在英国。英式生活成为文明和野蛮的一把标尺，而非洲生活造成莱辛父母不断在这两端中撕扯。最终，莱辛母亲崩溃了，"她发觉自己掉进了一个无法逃脱的陷阱——租赁条款意味着他们在五年之内不能离开农场。情绪灰暗的时候，莫德觉得自己可能会在这个不开化的国度，住在原始的房子里，看着一片蛮荒的风景过完自己的一辈子"①。

再次，房屋和房屋外部的丛林形成二元混杂。莱辛母亲禁止女儿进入丛林，虽然她家就位于密林深处，而莱辛，既是出于天生的热爱也是故意为了显示和母亲的对立，经常偷偷跑到丛林深处。莱辛母亲对丛林的恐惧是有原因的。在殖民地，女性被要求待在家里或家附近。女性被限制在房子里既是完成家务劳动所需又是因为丛林代表着对女性的威胁。向导手册写道："无论是乡村还是城镇，女性未受保护独自居住是不被允许的。"殖民地女性怀有深深的"强奸恐惧"。莱辛在《刻骨铭心》中写道，"强奸恐惧使得女性只得待在家里"②，《回家》中她还写道，"你永远不能把女儿交给一个非洲男性，也不能让她待在人烟稀少的地方"。强奸恐惧是有原因的，"创造出性上无法控制的黑人男性可以抑制黑人和白人女性亲密关系，两者因家务劳动要一起度过很长时间"。白人女性被限制在家里，保持白人种族优越感，而黑人对从事家务劳动则是必不可少的，黑人和白人女性作为主妇和仆人禁绝身体接触。自相矛盾的是，通过对仆人阉割来降低这种风险，仆人被称作"家务男童"，而不论他的年龄，正如女性害怕出门可能带来的强奸风险，任何非洲男性，如果不是佣人，是不允许走入屋内的。不管怎么说，"家务男童"设了阈限，是无法跨越的，尽管是虚假的，却禁锢森严地设置了"内"、"外"（或我们、他们）的界限。

因为强奸恐惧，也因为丛林对身体可能造成的侵害，女性特别脆弱，男性能没有任何风险地在丛林地带待上十年，女性至少四年就要去海外度

---

① 卡罗莱·克莱因：《多丽丝·莱辛传》，刘雪枫、陈玉洪译，江苏人民出版社2017年版，第48页。

② 多丽丝·莱辛：《刻骨铭心》，宝静雅译，北京联合出版公司2016年版，第15页。

假一次。男性定居者对新居的态度是征服感，正如一位历史学家1930年所说"这儿，苍天之下，男性极目所及是他的领土，他是自己的主人"。男性通过占有来定义自己和土地，而女性则通过和房屋的关系来定义自身。房屋与女性身体具有了同一性。房屋—身体之间的关系不仅是性别的，也是种族的和国家的，在外部空间的威胁之下，毫不奇怪的是，尽管置身小农场，女性（包括莱辛母亲）特别想通过改变房屋内部空间去创造英国居住环境。尽管有忠告"好的房子才能带来好身体"，但是莱辛一家始终没有经济能力去重建住屋，他们不得不住在这个"临时居所"20多年，除了必要时进行修修补补。

屋顶的坚固程度经常可以标明家庭财政状况。莱辛第一部小说《野草在歌唱》中，主人公玛丽不断问丈夫迪克"我们就不能有天花板吗？"但修理计划往往遭到无限期的拖延以待未来发大财。玛丽的房顶是铁质材料，一个花费不多的解决办法是用当地的茅草替换，但他们不愿意更换，因为茅草屋顶不体面，同时铁制屋顶虽然热但有个好处是它不需维修，并显得很坚固。因此殖民者往往倾向于牺牲妇女孩童的健康，"尤其对妇女和儿童，因为他们在一天中最热的时段得待在家里，如同在铁锅上煎烤"①。玛丽就在这样的屋顶下备受煎熬，但物理环境对她的伤害没有"强奸恐惧"来得深。为了解决屋内酷热的问题，玛丽想到在房里戴个帽子，却怎么也不肯走出屋子，虽然屋外的空气更凉爽，更不用说走入丛林里，对她的安全感来说，丛林是个巨大的威胁，因此保持房屋/丛林之间的区分是非常重要的。

莱辛在小说中所书写的这种对丛林的恐惧源于她对母亲生活状态的观察和思考。对莱辛母亲来说，坚持房屋和丛林之间的区分是如此重要，以至于这些空间之间的冲突会导致她精神崩溃。莱辛在自传中写道，母亲的精神崩溃毫不稀奇（殖民地妇女或多或少都有），是无法协调房屋内外导致的。"围绕她的是她相信自己理应拥有的生活的象征物，银茶盅、波斯毯、

---

①　多丽丝·莱辛：《野草在歌唱》，一蕾译，译林出版社2013年版，第66页。

精致的经典小说；利伯蒂窗帘，而她却住在一个简陋的茅草屋里，门外所见就是一望无际的非洲丛林。"母亲把房屋内从英国带来的小装饰品看作护身符，认为是他们家身份、地位的象征。但这些物品却和非洲景致不相容。因此从一定程度上来看，母亲的精神崩溃是非洲地理同化的结果，是极力分隔英国和非洲的界限却希望破碎的结果。

和母亲处理空间态度完全不同的是，少年莱辛通过消融内外界限来实现超越。她无法把丛林和房子看作两个完全隔绝的空间，也无法把房子与身体完全区分。她体会到与房子之间的身体联系，房屋与个体之间的身份认同是高度一致的。当母亲因为被困于狭小空间而倍感痛苦时，莱辛拒绝了以保护为名施加于她的种种限制，以及这些限制之下的种族主义根源。莱辛母亲努力把房子内部隔绝成英式风格，以避免精神崩溃，但实际上，倾尽全力仍无法做到隔绝内外是她最终精神崩溃的主要原因。为了摆脱母亲的影响，莱辛必须抹去房屋/丛林之间的区分，此种区分是母亲脆弱的心理安全所依赖的。同时，母亲努力保持两者的区分是为了以殖民者身份来形塑女儿，母女矛盾通过建筑来传达：女儿寻求革新，母亲则坚持捍卫已存殖民体系。房屋是一个战场，母女因差异而战。

尽管莱辛告诉我们，她的房间有个大窗户，她却总是用石头抵着门，让它随时敞开，使她能随时看到几码外的丛林。莱辛写到"我不听妈妈的劝阻，把房门大开，妈妈总是说'有蛇、蝎子还有蚊子，关门，别让它们进来!'但是我开着门，知道在蚊帐里我是安全的"。和对强奸这种想象中的危险一样，莱辛母亲最害怕那种接触肌肤的威胁，比如蚊虫叮咬，这是来自非洲的危险。莱辛母亲想象中肌肤要像墙一样坚固才能抵御危险，但实际上肌肤却是脆弱的，无法完全抵挡蚊虫的侵扰。莱辛想象中肌肤像蚊帐一样可渗透，却是安全的。因此在莱辛看来，房屋需像肌肤、鸟笼、蚊帐一样，是可内外渗透而不是密闭的，这样交流、开放的姿态要比隔绝效果好得多。莱辛母亲坚信房屋应隔绝才安全，正如她相信种族隔离的重要性。两人在空间上的差异同样表征着他们对待殖民的态度。

在反抗母亲保持房屋密闭性命令时，莱辛既远离了母亲的权威也远离了权威背后的需求：房屋内部与外部隔绝，以抵御外界可能的伤害。开门、关门成为母女竞争和土地关系的行为。母亲密封房屋的倾向受到莱辛的挑战，此挑战通过帮助丛林侵占房屋实现。莱辛记述，每年她房屋地板上一棵小树都会发芽、试图长高，通常她会把这一情况汇报父母，然后父母会把它砍断，但有一年她没有报告父母，静静地看着它长大并把地上所铺的油毡都撑破了，一直抵到床边，"我把床移开，觉得房间里有棵树真是太棒了"。长在床边的树是丛林对房屋的入侵，莱辛的态度表达了对父母房屋/丛林对立态度的反抗。

莱辛对房屋的敌对态度首先源于对母亲的反抗，再扩而言之，是对殖民社会二元对立规则的无意识反抗。这种反抗因为在现实中无力改变而以幻想的方式表现出来。在《回家》中莱辛详细地描述了旧宅毁灭的梦境，"最终的征服者是蚂蚁，当我们离开后，那座丛林中孤零零的房子很快成了它们的乐园，仅仅一年房间里就到处是蚂蚁丘，到处是抽芽生长的树，那年雨下得很大，很快房子就衰朽坍塌了"。《在我的肌肤下》也有类似记载"在梦中，我出生于斯的房子坍塌了，蚂蚁横行，到处是蚁丘，茅草从横梁落下，积成堆堆肮脏的草垛"。

莱辛梦境中房屋的毁灭折射出她的两重希望，一者为摆脱母亲的控制，另者为摆脱强加于殖民地女性的性别角色，从更大方面来说，此想象也折射出莱辛与帝国殖民事业的冲突。莱辛家的老屋实际上在莱辛一家搬离后的几个月就毁于大火，尽管没有亲眼见证，但莱辛很多年都会想到那场大火。"很长一段时间我经常梦到房子的坍塌、衰朽和火舌的四处肆虐，希望在梦中能复原房子的每一处细节。"

旧宅所代表的恐惧，以及与这种恐惧相伴而生的对房屋/丛林对立的殖民意识给年少的莱辛留下了多年挥之不去的阴影。家对她形成主体身份、摆脱母亲规训，甚至形成独具特色的种族、国家观念都发挥着重要的作用。

莱辛将英帝国殖民的整个历史和困境融入个人的家庭、表现为个人的心理体验，从居住空间入手，揭示家庭和社会机制的不稳定性是莱辛特有的写作路径。她把个人隐私、生理体验、家庭矛盾、心理创伤等"属家的"信息暴露在"非家的"公众语境下，使得"本该遮蔽的东西"展露出来，房屋在属家与非家之间难以界定。拉康也曾指出：个人的冲突指向文明的各种制度问题，通过主体或个人的危机进入对文明和集体的思考。

莱辛家茅草顶的简陋小房子以当地土著风格建造，油毡盖住粪肥、泥巴，土墙上偶尔有大黄蜂做巢。作为殖民者的孩子，莱辛宣称这所丛林中的房子是她真正的家，这意味着与英国凭武力占领的土地的复杂的亲和关系。房屋的建造过程就体现了英帝国的殖民心理。莱辛父母 1924 年移居南罗德西亚，在他们看来殖民是"把文明带进荒蛮之地，因为大英帝国是给全世界的恩惠"。把荒蛮之地变成文明之土更多的是建筑和机械之功而较少宗教、文化之力，建筑的权力表征着殖民的权力。南罗德西亚移民的第一个房子都是土著式半游牧风格，"是流放建筑，和英国本土的建筑截然不同"。房屋采用土著风格是因为害怕引起英国文化占领的反感，所以莱辛家附近的城市索尔兹伯里都是采用土著圆形茅草建筑，但这只是权宜之计，过段时间就会用英式风格建筑取代土著建筑，因为钢筋水泥、牢固耐用的建筑预示着帝国也将永世长存。土著建筑虽然展示异国情调，但殖民者最终目的还是把异域变成本土来为帝国大业服务。所以属家和非家之间的界限含混始终使莱辛一家对"家"怀有模糊的恐惧感，也让莱辛内心矛盾不已，这直接导致她矛盾的行为方式。一方面，她热爱非洲，也留恋生活多年的家庭，所以不远万里回归故土。另一方面，年少时房屋的压抑、母亲的强势、殖民的对立都给她留下深深的创伤，直至成年都难以治愈。所以莱辛仅仅希望旧宅能在想象中继续存在，她选择用自传作品《回家》重构"旧宅"，而不愿回到真正的旧宅。在莱辛看来，用文本重构的旧宅，"不是一座房子，而是一种我的自我存在于斯的感觉"。这种坚固的基础不是来自那个泥巴、茅草做的房子，而是由语言构成的，来自一种身份，来自作家通过文本言说自身的存在感。她可以在文本中用符号建构父母无力完成的舒适、宽敞的住宅。通过这种方式，她既完成了父母拥有体面房屋的梦想而又超越了父母陷于殖民地、进退维谷的困境。

第三节　丛林的空间意象

　　莱辛作品中的房屋不是承载亲情、抚慰创伤的空间，她笔下的丛林则更为令人恐惧，常弥漫着一股浓浓的神秘而残酷的氛围。这里走夜路的女孩会被豹子吃掉，密密麻麻的蚂蚁能瞬间蚕食一头鹿，建在丛林中的房屋很快会被疯长的丛林遮蔽。实际上，这一氛围既是因为非洲大陆本身具有的辽阔神秘性，更是莱辛对弥漫在殖民社会中的一种恐慌情绪的体认。这里运用1919年弗洛伊德在《暗恐》一文中提出的暗恐概念来分析这种恐慌情绪从何而来。"暗恐"一词来源于德语"非家"（unheimlich），学者童明将音译意译相结合，把它译作暗恐，也有学者把它译作恐惑。由于本书强调的是莱辛作品中无意识的那种说不清道不明的暗暗的恐惧感，因此沿袭了暗恐的说法。

　　弗洛伊德指出，作为一种心理现象，暗恐是把人带回到很久以前熟悉和熟知的事情的惊恐感觉。主体过去经历的情境，因压抑而潜至无意识，故而主体对这些不再现身于意识中的事物之熟悉度降低，多年以后原来的情境再次出现，虽然是以变异的形式复现，但是依然使得主体对该情境产生似曾相识的暗恐感。暗恐是意识中的无意识，熟悉中的不熟悉，弗洛伊德把它归结为"本该遮蔽的东西却显露出来"，是"压抑的复现"。系统的暗恐研究开始于20世纪六七十年代，至今已成为文学、文化、哲学等研究的热门题域。其中文学与暗恐的关系最为紧密，文学如何营造暗恐氛围是当今很多性别研究、后殖民研究等文学研究的焦点，甚至有学者认为"文学就是暗恐"。莱辛描写非洲的作品大多有着暗恐的印记。

　　首先，暗恐来自莱辛的非家幻觉。莱辛在离开非洲之后还在不停书写非洲，不断诉说年少时那段惊恐的回忆，她的作品中始终萦绕着非家幻觉的暗恐感。非家幻觉指"非家的源自家里"，非家幻觉总有家的影子在徘徊、在暗中作用。熟悉的与不熟悉的并列、非家与家相关联的这种二律背反，就构成心理分析意义上的暗恐。

　　属家和非家之间界限含混体现在房屋与屋外丛林间的界限难以划清。虽然殖民者筑一道坚固的屏障来区分家和外面不熟悉的丛林，要求房屋能"避开太阳辐射、高热、风、雨和蚊子，围绕房子的空间应没有树丛或杂草"。但由于非洲草木生长很快，丛林不断向房屋侵袭。莱辛记述，每年她房屋地板上一棵小树都会发芽、试图长高，通常她会把这一情况汇报给父母，然后父母会把它砍断，但有一年她看着它长大并把地上所铺的油毡都撑破了，一直抵到床边"我把床移开，觉得房间里有棵树真是太棒了"。长在床边的树是丛林对房屋的入侵。除此之外，各类昆虫能轻易造成房屋的毁灭，"最终的征服者是蚂蚁，当我们离开后，那座丛林中孤零零的房子很快成了它们的乐园，仅仅一年房间里就到处是蚂蚁丘，到处是抽芽生长的树，那年雨下得很大，很快房子就衰朽坍塌了"。

　　暗恐还体现在莱辛的空间书写中对自然的无意识恐惧。莱辛家经常会冒出一些小昆虫，一次家人对弟弟说"如果他不把嘴巴合上，就会有蚂蚱跳到他的阑尾里去"，有一次莱辛在夜里醒来，"发现自己被一阵毛骨悚然的沙沙声包围了"，"整座房屋都像是在轻声细语"[1]。在建造房屋的过程中，工人挖出老酋长的骨头并把埋葬他的地方的泥土做成建造房屋土坯的材料，同时房屋的外皮是"从树的躯干上扯下的纤维组织，在粗糙的黑乎乎的躯干下是光滑的肉体"，"房顶的草倒伏下来就像老人的皮肉"，"墙上盖着一层厚厚的皮肤一样的烂泥"，这些描写给人一种给活物剥皮的既视感，营造出了浓厚的暗恐气氛。

　　莱辛笔下的丛林具有神秘的生命力。《金色笔记》中记录了安娜年轻时和朋友一起去丛林深处捕猎看到这样的意象，"到处都是昆虫的世界。一切都似乎在喧闹和蠕动。在低低的草丛上，几百万只长着玉色翅膀的蝴蝶在盘旋起舞。它们全都是白的，只是大小各有差异。那天上午，有一种蝴蝶刚刚孵化，跳跃着爬行着离开自己的蛹，此刻正在庆祝它们的自由。草

---

　　① 多丽丝·莱辛：《刻骨铭心》，宝静雅译，北京联合出版公司 2016 年版，第 61~62 页。

丛里，人行道上，则到处是一对对色彩艳丽的蚱蜢。它们的数目足有几百万只"，"这些光怪陆离、半身掩没在绿油油的矮草丛中的昆虫如果只有一只，或者五六只，或者上百只，那意象是很美的。但一旦成千上万只聚在一起，绿莹莹、红彤彤地连成一片，一只只睁着一双黑乎乎、呆兮兮的眼睛。现在我们不仅没有笑，而且感到很不自在，总觉得我们已被这些丑陋的爬虫包围住了"。安娜她们感到，"这是一个丑陋的意象，我们所感到的不仅仅是困窘，更多的是畏惧"①。

短篇小说《草原日出》中主人公看到一匹雄鹿受伤倒地，几分钟就被蚂蚁啃噬，"在他身边，草在低语，生生不息。他四处张望，然后往下看。地面上布满了蚂蚁，巨大的精力旺盛的蚂蚁没有注意到他，但匆匆忙忙地奔向仍在挣扎的雄鹿，就像闪闪发光的黑水在草地上流淌"。

出现在莱辛作品中的暗恐意象体现的是莱辛所处的殖民者阶层对占殖民社会大多数的被殖民者的恐惧心理。5%的白人控制着非洲90%的庞大土地，他们惧怕黑人的反抗，但这种恐惧是不会公开表达的，却能从殖民社会的幽微之处体现出来。莱辛的作品中这种暗恐情绪正是这种殖民困境的鲜明体现。

同时这种暗恐意象也是莱辛的殖民生活困境的形象体现。莱辛热爱非洲，虽然移居伦敦，但她非常想念非洲，在《回家》一书中她写道"我感觉我从没有离开。这是我的空气，我的山峦，还有，我的太阳"。对非洲的感情跃然纸上。但同时，她对非洲的感情又是异常复杂的，在这些文字的下一行她又写道"非洲属于非洲人民，他们越早把它拿走越好。但是——这片大陆也属于那些把它当作家的人。也许会出现那么一天，对非洲的爱能让彼此仇恨的人们联合起来"。她在非洲生活了25年，早已把非洲当作故乡，但殖民者的身份使她明白当地黑人对他们抱有极深的仇恨，故乡/他乡、殖民者/居民造成她无法建立自己的身份认同，这份痛苦与纠结在

---

① 多丽丝·莱辛：《金色笔记》，陈才宇、刘新民译，译林出版社2000年版，第441~442页。

她的笔下化作种种非洲大陆神秘的暗恐意象，宣示了作家所敏锐洞察到的
生存困境。

小 结

　　莱辛非洲题材作品中的空间意象和莱辛的自身经历密切相连。还原莱
辛幼年那段生活经历有助于理解莱辛的种族身份，早年生活经历对她混杂
性思想建构产生了深刻的影响。温布利博览会通过莱辛家庭际遇与帝国命
运的碰撞阐释20世纪初期的帝国殖民政策，帝国的殖民宣传使莱辛一家举
家远迁，最终陷入困境，也为后来家庭生活添上抑郁、灰暗的基调，理解
此次变故才能真正理解莱辛为何对非洲怀有既热爱又疏离的混杂情感。房
屋的空间意象则描述了围绕莱辛家早年建造的茅草屋发生的母女之间的冲
突和冲突的本质，揭示房屋内外所体现的空间分隔和背后所隐含的二元混
杂状态和意象。莱辛作品中的丛林意象则揭示了殖民者与被殖民者、母国
与他乡的二元混杂状态对莱辛创作的影响。此种二元混杂空间意象贯穿在
她一生的创作中并成为她的鲜明特色。

第三章　伦敦题材小说中的空间意象

序　言

"巨轮上，我高高地站在船舷边，抱起小儿子："看！那就是伦敦。"码头在前面，浑浊的水道和沟渠，暗灰色的朽烂的木墙和房梁，吊车、拖船、大大小小的轮船。对我来说，真正的伦敦还在前面。我真正的生活将在那里开始。要不是战争阻断了通往伦敦的道路，那种生活早在几年前就应该开始了。洁净的白板，崭新的一页，一切都将要重新书写。"①

1949年，莱辛离开生活了25年的非洲，乘船来到英国，开启了她人生"重新书写"的重要篇章。她离了两次婚，不得不离开年幼的一双子女。对于她，身后是她决绝地要逃离的家庭，前方却没有一间属于她的房屋。这种境遇在她的很多作品中反复书写，实际上，这也是她一生境遇的隐喻。生活中她不断寻求一个栖身之地，从南罗德西亚丛林中那个简陋的茅草屋，到索尔兹伯里狭小的婚房，再到伦敦嘈杂、破旧的公寓房。房屋在她的作品中遂成为一个重要的载体，《老妇与猫》中，房屋是穷人求而不得的庇护所，它见证了老妇人赫蒂无依无靠、孤苦而死的生命历程。《追寻英国性》中，房屋容纳了来自各地的各色人等，它见证了英国民族问题的历史和现实。在莱辛笔下，房屋成为一种空间意象，它是化抽象为具象的

---

① 多丽丝·莱辛：《影中行》，翟鹏霄译，北京联合出版公司2012年版，第3页。

一个表征、一种隐喻、一个符号，房屋背后，体现的是族群、城市等当代社会亟须解决的重大都市问题。那么，这些问题的根源是什么？莱辛对解决这些问题有哪些创见？

第一节 《老妇与猫》中的空间意象

当今社会，经济的发展使得城市规模越来越大，但各种城市问题也相伴而生。人们从多视野跨学科的角度不断刷新城市的定义。城市是"规模较大、人口密集的异质个体的永久定居场所"①，是"为日常民用和经济活动服务的物质结构"，也是"为人类文化服务的戏剧性场景"②。城市居民"在城市建设中间接地改造自己"③。可见城市并非只是由房屋等基础设施构成的物质空间，它还包括道德、伦理等影响城市发展变化的社会因素。因此在著名地理学家、社会理论家大卫·哈维看来，城市是资本积累的具体空间手段和结果，是汇聚众多矛盾的特殊地域。城市的诸多矛盾导致20世纪六七十年代西方国家普遍经历了一场社会危机，其根源是资本剥削空间以谋取利润的要求和城市空间中人的社会需要之间的冲突，具体表现在三个方面：城市中心区的衰退；城市空间重构；劳动者分化。这些变化及其带来的人的生存感受强烈地反映在同时代产生的文学作品中。

莱辛从1949年怀揣20英镑和书稿来到伦敦开始，她的作品就与这座大都市结下了不解之缘，伦敦成为她直接或间接描写的对象，理解她笔下的伦敦可以深入理解作家对城市空间的思考，对在城市化过程中普通人命运的关注和同情，以及作家对于城市权利的诉求。

---

① 转引自孙逊编：《阅读城市：作为一种生活方式的都市生活》，上海三联书店2007年版，第7页。

② 刘易斯·芒福德：《城市文化》，宋俊岭等译，中国建筑工业出版社2007年版，第507页。

③ Park R. On Social Control and Collective Behavior. Chicago University Press，1967：3.

　　本节通过分析莱辛短篇小说《老妇与猫》来聚焦莱辛对城市问题的思考。莱辛一生共写有一百多篇短篇小说，基本和长篇小说创作同步，贯穿其整个创作生涯，并且她的长篇小说很多是在短篇小说情节基础上扩展而成，两者的互文关系成为学界探讨的热点之一，因此《老妇与猫》中的城市主题在莱辛其他作品中反复出现。《老妇与猫》最初收录于1967年版的《另外那个女人》一书，作品描写了老妇人赫蒂被家人抛弃，与一只名叫蒂贝的猫相依为命，在伦敦流离失所，最终冻饿而死的故事。身在繁华的大都市，赫蒂是在城市挣扎颤动的普通人群中的一员，从空间角度解读作品，赫蒂的悲惨命运源于西方国家资本剥夺性积累产生的恶果。"二战"以来城市经历了中心化到解中心化的过程，因而当下的城市意象是中心化与非中心化的混杂物。城市的空间重构不断形成对边缘居民的排挤，导致了现代性内含的经济发展与城市权利的矛盾冲突。

　　《老妇与猫》中有很多关于伦敦市容风貌和城市建设的描写，忠实再现了战后伦敦的建筑格局和空间重构情景。年轻时赫蒂一家住的地方"与尤斯顿、圣潘克拉斯和金斯克劳斯几个大火车站相距不到半英里"，"那地方就像港湾一样，人群潮水般地涌进涌出"①，赫蒂爱看人们往返于伦敦和各地之间，她喜欢那里的氛围。那种热火朝天建设的氛围是伦敦战后发展特有的。伦敦到处在进行基础设施建设，赫蒂住所附近的小屋"不久就会被拆除，好在那儿盖更多的灰色高楼"②。当赫蒂在一处贫民窟安顿下来，很快"当局开始对这条街上的房子进行翻修了"③，街的一半是改建过的雅致住宅，另一半则是摇摇欲坠的破房子。在名流、阔佬云集的汉普斯特德区的住宅和花园之间，破旧危险的三幢空房子耸立在那里，太危险以至于

────────────

　　① 多丽丝·莱辛：《老妇与猫》，傅惟慈等译，浙江文艺出版社2009年版，第177~178页。

　　② 多丽丝·莱辛：《老妇与猫》，傅惟慈等译，浙江文艺出版社2009年版，第177页。

　　③ 多丽丝·莱辛：《老妇与猫》，傅惟慈等译，浙江文艺出版社2009年版，第183页。

"连流浪汉都不去住，更不用说伦敦那支浩浩荡荡的无家可归的穷人大军了"①。伦敦表面繁华的背后有它不为人知的一面，"在被街道和房屋包围的市中心"一平方英里范围就有六七个野猫群。②

莱辛用文学家的笔触捕捉了战后伦敦空间生产及其对都市人群的影响。二战后的英国为维护受到质疑和威胁的资本主义社会秩序，迅速重建遭到战争重创的伦敦，增加公共建设开支，大力兴建城市基础设施。资料表明 20 世纪 60 年代伦敦城市规划很大的一个特点就是运输和通信产业的发展。1964 年伦敦成立"大伦敦议会"(GLC)统一负责伦敦的规划设计和统筹管理，兴建了许多快速交通干线。这些交通运输系统的建立通过压缩时间来消灭空间，也就是说，运输系统节约了商品和劳动力流动的时间，这样通过减少运输时间把相距很远的两个空间相连，把原先未经开发的土地纳入规划版图，能够开发大量远距离市场，从而扩大城市的界域。运输业的发展带来的好处在于商品能够被运往广阔的未开发地区，人口分布也从核心区域的伦敦城向外围迁移，使得伦敦城市布局发生了很大变化，这些变化极大地体现在城市规划的修订上。

"二战"前后至 20 世纪 50 年代初，由于伦敦人口过于密集地集中于城市中心区，艾伯克隆比于 1944 年主持编制《大伦敦规划》③，主张伦敦的分散化发展模式。1946 年，英国议会通过"新城法"，大规模造城运动从此开启。1951 年，伦敦郡议会编制了《伦敦行政郡发展规划》(Administrative County of London Development Plan)，引导人口向新城扩散。到 50 年代末期，8 座卫星城被建在距离伦敦半径 50 公里的区域内。1964 年又设立了一个管理大伦敦规划的专门机构"大伦敦议会"，它于五年后编制了《大伦敦

①　多丽丝·莱辛：《老妇与猫》，傅惟慈等译，浙江文艺出版社 2009 年版，第 189 页。

②　多丽丝·莱辛：《老妇与猫》，傅惟慈等译，浙江文艺出版社 2009 年版，第 198 页。

③　Self P. The Evolution of the Greater London Plan, 1944-1970. Progress in Planning, 2002(57)：145-175.

发展规划》，规定城市沿着三条主要快速交通干线向外围扩展。

从伦敦城市规划的发展可以看出，城市空间不断向外扩展是通过交通运输的发展达到的。交通运输设施的快速发展把城市人口从中心城区扩散到新城，不过也由此造成了城市中心区的衰退，《老妇与猫》中莱辛生动刻画了时代背景下城市的变化。赫蒂命运的起伏总是和房屋建筑的兴建拆毁紧密相连。当她丈夫还在世时，他们一家"很不舒服地挤在伦敦当局盖的一座便宜公寓里"，公寓"冰冷、灰暗、丑陋地耸立在一大片花园和小屋中间。这些小屋不久就会被拆除，好在那儿盖更多的灰色高楼"①。丈夫死后，由于无力承担高额房租费用，赫蒂离开住了三十年"几乎占去她生命一半时间的那条街"，搬到一处等着拆建的贫民窟。这里"街的一半是改建过的精美雅致的住宅，里面都是大把花钱的人，而另一半则是快要完蛋的房子，住着像赫蒂这样的人"②。穷人无家可归徘徊在街边，成了整个城市的象征。后来，赖以遮风挡雨的贫民窟要重建，赫蒂流落到"居住着许多阔佬、名人、知识界人士的汉普斯特德区"③，在那里的花园和住宅之间，矗立着三幢大空房子，赫蒂给自己安了个窝，而她能否在那里熬过冬天则取决于房子是在 1 月还是在 4 月翻修这件由当局随意决定的小事上。最终，赫蒂在这个四面透风的破房子里冻饿而死。

赫蒂的生命轨迹和伦敦城市建设息息相关。"新城法"通过以后，伦敦人口、工业不断向郊区迁移。由于不断采取疏散政策，导致中心城区萎缩凋敝，许多原来的建筑被废弃，大量仍有使用价值的住房被拆毁重建，以满足资本主义工业发展的需要，兴建大量现代性的建筑以安顿产业工人。正像莱辛在作品中描述的，和赫蒂家住宅相同的大批灰色公寓楼拔地而

---

① 多丽丝·莱辛：《老妇与猫》，傅惟慈等译，浙江文艺出版社 2009 年版，第 177 页。

② 多丽丝·莱辛：《老妇与猫》，傅惟慈等译，浙江文艺出版社 2009 年版，第 184 页。

③ 多丽丝·莱辛：《老妇与猫》，傅惟慈等译，浙江文艺出版社 2009 年版，第 189 页。

起，"人群潮水般地涌进涌出"①。而原本居住于此的中产阶级以及城市贫民人群则大批迁移到郊区，这种局面直到 1978 年英国政府通过"内城法"（Inner City Law），开始对内城区施行大规模援助计划，情况才开始扭转。不过莱辛创作《老妇与猫》的年代，城市人口向新城迁移正如火如荼地进行，城市人群迁往郊区，中心城区聚集了大量劳动力，巨额商业资本的离开使得城市失去了往日的繁华，也使像赫蒂这样的普通城市居民在城市居住变得异常艰难，因为无论是购买房屋的巨额贷款还是租住房屋的昂贵地租，都不是普通城市居民负担得起的。最后他们不得不被政府强行迁往郊区，离开城市里自己熟悉的生活方式。

赫蒂原来有一个小套间，本不至于流离失所，而她不得不逃离住所，"离开了住了三十年，几乎占去她生命一半时间的那条街"是因为她"欠着房租"②。哈维创造性地发展了马克思的地租理论来阐释资本主义城市空间中昂贵的租金（地租）问题。马克思把地租分为三种类型：垄断地租、级差地租和绝对地租。哈维认为这三种地租类型也适用于对城市地块租金的分析，认为在这三种类型中垄断地租的重要性尤为突出。垄断地租与城市地块的地理位置和区位优势紧密相关，它的价格不是由产品价值决定而是取决于地块的稀缺性，其本质在于资本对土地所有权的垄断。

不断攀升的房租负担远远超过城市平民的承受能力，这使得赫蒂不得不离开原来的住宅。离开居住地之后赫蒂选择了一处"等着拆建的贫民窟"，"街的一半是改建过的精美雅致的住宅，里面都是大把花钱的人，而另一半则是快要完蛋的房子，住着像赫蒂这样的人"③。在艰辛的生活之余，她和邻居四个老人太变成好朋友经常串门唠嗑，但好景不长，很快当

---

① 多丽丝·莱辛：《老妇与猫》，傅惟慈等译，浙江文艺出版社 2009 年版，第 177 页。

② 多丽丝·莱辛：《老妇与猫》，傅惟慈等译，浙江文艺出版社 2009 年版，第 182 页。

③ 多丽丝·莱辛：《老妇与猫》，傅惟慈等译，浙江文艺出版社 2009 年版，第 184 页。

局通知要对这一带进行翻修，强令她们搬离。翻修是当时城市基础建设的一种方式，是通过对建筑的室内改造来适应现代化居住和商业扩张的需要。同时大伦敦规划要求将市区人口向郊区迁移，使得城市人口整体密度下降。在这样的大环境下，像赫蒂这样一辈子待在伦敦的人无法再在伦敦生活下去，"她和那所房子里的其余四个老太太应该搬到北郊市政当局办的一所养老院里去。……在那里面，老人被当做不听话的呆傻儿童对待，直到有幸死去"①。

为了缓解城市压力，城市大力向郊区迁移。在现代化造就了人们舒适的居住环境之外，向郊区发展是资本主义社会经济发展的本质要求。哈维从空间角度发挥了马克思的资本积累理论，以资本过度积累为其理论着眼点，阐明了资本在城市空间生产方面的重要作用。资本积累理论认为，资本积累过程必然导致资本过度积累危机。为了消耗过剩资本以避免经济危机，资本沿着三级循环渐次流动。

资本的初级循环主要指资本投资生产资料和消费资料所进行的利润性生产，在初级循环中，个体资本家为了利润最大化，必然不顾市场限制而不断投资生产领域，造成市场上的商品数量不断积累，从而导致利润率下降和资本过剩危机，为了消化日益膨大的过剩资本，次级循环成为规避经济危机的有效途径；次级循环是指资本流向城市基础设施，如房地产业和城市环境建设等领域的投资。哈维从空间生产角度提出固定资本对于城市经济的重要意义，他认为以往马克思主义价值理论强调流动资本，但随着晚期资本主义社会形势的变化，固定资本成为资本积累的重要一环，并日益显现出对于城市空间生产的意义。固定资本是指住房、学校、公园、公路等城市物质基础设施。相对于流动资本，固定资本周期长规模大，它可以大量吸收剩余劳动力和资本，从而推迟资本重新进入流通领域的时间。资本通过大量投资城市基础设施，客观上改善了城市物质环境，使资本相

---

①　多丽丝·莱辛：《老妇与猫》，傅惟慈等译，浙江文艺出版社 2009 年版，第184～185 页。

比初级循环获得更大的利润，但这只是暂时缓解了过度积累的矛盾而没有从根本上解决经济危机，投资城市基础设施对经济的促进作用被称为"时间修复"，即通过城市空间生产来延迟资本在未来重新进入流通领域的时间，从而延缓经济危机爆发的时间。

次级循环把大量资本投资基础设施，对城市空间现代性重构起到积极作用，但随着资本不断过度积累，当更新、更便宜、更高效的固定资本被生产出来时，虽然原有固定资本还没有结束投资偿还期，但为了攫取更高利润，原有固定资产必将遭到淘汰。体现在空间生产领域，房屋建筑会在还具有使用价值的情况下被拆毁重建以获取更高的资本收益。哈维借用巴特里尔(Jean-Francois Batellier)的一幅漫画形象地描绘了城市空间生产的这种现象，漫画中一台联合收割机正在啃啮和摧毁城市原有建筑，收割机的后方吐出一排排整齐划一的高层公共住宅。① 他把这种现象称为创造性破坏(creative destruction)，并用它来解释城市空间生产的过度开发现象。创造性破坏的根源在于资本循环，为了疏导过剩资本资本家，不得不大量投资基础设施，并缩短建筑的使用时间以便重新建设和维护需要投入更多资本的建筑，通过破坏原有建筑的方式来创造新的环境，并使其成为延缓经济危机来临的手段。正如《老妇与猫》描述的，许多还没有失去使用价值的房屋被拆毁重建，导致传统城市被肆虐摧毁，现代性的新城市规模不断扩大，但城市居民的幸福感并没有随着物质设施的更新而提高，反而生存所需要的空间不断缩小，不断被城市边缘化。

当城市中心区的基础建设趋于饱和时，资本转移至郊区。郊区化是一种"空间修复"策略，即"通过在别处开发新的市场，以新的生产能力和新的资源、社会和劳动可能性来进行空间转移"②。一连串的"空间修复"扩大了资本主义市场的版图，使过剩资本暂时得到安置，过度积累的危害暂

---

① 哈维：《后现代的状况：对文化变迁之缘起的探究》，阎嘉译，商务印书馆2013年版，第27页。

② 大卫·哈维：《新帝国主义》，初立忠、沈晓雷译，社会科学文献出版社2009年版，第90页。

时没有表现出来，资本发展相对稳定，城市进行空间重构的速度不断加快。这些措施开始时客观上促进了城市的繁荣发展，不过随着资本积累不断堆积使得固定资本贬值严重，这样资本不得不流向第三级循环。第三级循环是资本投资于科学技术研究和与劳动力再生产过程相关的社会支出。不过不论资本怎么循环，都无法从根本上解决资本过剩问题，反而会催生许多现实问题，因为城市空间的改造、重构与资本需求息息相关，是为实现资本的积累、循环和利润服务的，而很少考虑人的现实感受和需求。

莱辛深刻地洞悉并刻画了城市空间生产给人带来的伤害。城市空间生产受资本驱动，而生活于其中的人则日益被边缘化。《老妇与猫》中，伦敦的建筑越来越美观，可是那支"浩浩荡荡的无家可归的穷人大军"的队伍也越来越壮观。① "汉普斯特德区的住宅和花园之间"阔佬汇聚，主人公却在冻饿交加中死在附近摇摇欲坠的破房子里。赫蒂生前有儿有女，儿女却因为觉得她"不体面"而和她断绝来往，她不得不四处搬迁寻找栖身之地，被迫与猫相依为命。置身繁华的大都市却孤苦无依，刚结交几个朋友又被拆散，被迁往郊区养老院里"被当做不听话的呆傻儿童对待，直到有幸死去"②。

赫蒂的悲剧看似偶然，却深刻反映了城市空间生产在创造物质繁荣的同时给民众带来的苦难，空间生产及城市中人们之间的社会关系无不受到资本逻辑的制约。《老妇与猫》中，赫蒂是个吉卜赛人，她身材高大，长着黑亮头发，黑色的眼睛烈性十足，她爱穿色彩鲜艳的衣服，脾气火爆。由于这一切，她被附近几条街的人称为"那个吉卜赛女人"。她决意离开自己民族的原因，是想"嫁给一个定居在房子里的男人"。赫蒂一生都在向往城市，希望拥有自己的房子，成为城市的一分子，可是她的吉卜赛身份使她屡受歧视，甚至被子女看不起，他们怕"她的吉卜赛血统会以比老往火车

---

① 多丽丝·莱辛：《老妇与猫》，傅惟慈等译，浙江文艺出版社 2009 年版，第 189 页。

② 多丽丝·莱辛：《老妇与猫》，傅惟慈等译，浙江文艺出版社 2009 年版，第 184～185 页。

站跑还要糟糕的方式表现出来"①。

资本攫取利润的冲动使它在全球范围内寻找最廉价的劳动力，其造成的后果就是劳动力在全球范围内频繁流动，从而形成规模庞大的移民潮。但由于文化、种族、宗教等方面的差异性，移民内部很难融合。而随着越来越加快的城市化步伐，大批移民涌入城市，从而使得像伦敦这样的大都市人口更加庞杂，种族更加多样，语言更加分裂，文化也更加多元异质。体现在《老妇与猫》中，赫蒂的吉卜赛人身份很难融入身边人群，这个种族的很多特性，如爱好四处流浪而不事生产，不符合资本主义要求的生产伦理，因此在主流意识形态观照下显得和周围格格不入。

如果说邻居们不喜欢和赫蒂来往有其特定原因，那么赫蒂的四个子女的行为则显得有悖人伦，他们也"不希望和她来往，因为她这个卖破旧衣裳的老太婆使他们感到难堪"②。他们觉得赫蒂的行为"不体面"，而"他们都是些体面的人，有家有业，有好工作，有汽车"③。所以，"这几个子女中，只有一个女儿给她寄圣诞卡，此外，她在他们眼里并不存在"④。在伦敦，有无数"被子女遗弃的老人得不到由当局照料余年的机会"⑤。可见这种遗弃现象非常普遍。

要理解这种遗弃现象，我们首先需要理解城市空间生产所造成的人们之间社会关系的疏离。城市空间的社会关系是由空间生产所造成的社会矛盾的性质决定的。空间生产本质上是为资本积累而进行的，然而"这种空

---

① 多丽丝·莱辛：《老妇与猫》，傅惟慈等译，浙江文艺出版社 2009 年版，第 1/8 页。

② 多丽丝·莱辛：《老妇与猫》，傅惟慈等译，浙江文艺出版社 2009 年版，第 180 页。

③ 多丽丝·莱辛：《老妇与猫》，傅惟慈等译，浙江文艺出版社 2009 年版，第 177 页。

④ 多丽丝·莱辛：《老妇与猫》，傅惟慈等译，浙江文艺出版社 2009 年版，第 177 页。

⑤ 多丽丝·莱辛：《老妇与猫》，傅惟慈等译，浙江文艺出版社 2009 年版，第 185 页。

间建造过程充满了矛盾和紧张，资本主义社会关系不可避免地产生大量激烈的相互冲突"①。究其根源，这是资本主义基本矛盾在城市空间生产领域的新发展，原先价值与使用价值的矛盾凸显为资产阶级占用空间以获取利润的要求与劳动者占用空间以满足生存需要之间的矛盾。② 随着资本占用空间越来越大，城市居民被挤压到社会边缘，被剥夺许多本该属于自身的城市权利。

不过，城市空间权利受到侵害的劳动者的利益并不一致，这使得他们之间在政府权力的干预和福利社会各项政策措施之下产生了分化。"二战"以来，为了避免劳动者因为居住条件而进行斗争，破坏资本积累的有序进行，西方国家普遍扩大了个人住房私有制，允许劳动者拥有住房。这项政策符合个人占有的资本主义私有制精神，也顺应了城市劳动者对住房占有的需求。不过，为了拥有住房，劳动者大多采用贷款的方式来购买住房，支付高昂的本金和利息，使得劳动者长期受金融资本的支配。同时，贷款这种金融方式使得许多工人为维护自身的房屋所有权而心甘情愿维护资本主义私人财产制度。劳动者内部也以是否拥有房屋为标志分为不同阶层，一部分劳动者成为住房所有者，维护资本主义私有财产原则，关注房屋的产权和保值增值。而另一部分劳动者，失去原本拥有的住房空间，生活环境恶化，因为无法适应空间生产规律而日益被边缘化，自身的城市权利受到极大的侵害。

在《老妇与猫》中，"不体面"是出现频率极高的对赫蒂的指责。儿女遗弃她，是因为觉得她不体面，而他们都是体面人。所谓的体面，他们衡量的标准就是"有家有业"，这里房屋是一个极为重要的衡量标准。子女们拥有住宅，是资本逻辑需要的"体面人"，不同的阶层归属使得他们和母亲关系越来越淡漠，直到不再联系。

没有子女供养只能靠自己工作，可当赫蒂放弃了"体面"的职业，不再

---

① Harvey D. Consciousness and the Urban Experience. Blackwell，1985：3.

② 张佳：《大卫·哈维的历史——地理唯物主义理论研究》，人民出版社 2014 年版，第 113 页。

通过当售货员来挣一份微薄的工资时，"二三十年的老邻居都说她神经有点不正常了，再也不愿意理睬她"，赫蒂喜欢推着旧儿童车，里面塞满买来的或要卖的东西，走街串巷，邻居们反感这一点，他们觉得"这是乞讨，体面人不会乞讨"①。人们对赫蒂的反感究其根源可从人们一贯所接受的资产阶级价值观看出端倪。为使劳动者安心接受因生产而带来的物化命运，主流意识形态反复宣传工作伦理，他们把对权威的尊重、对法律的服从和对私人产权和契约协议的遵从提高到非常显著的地位，经常灌输这些价值观以培养劳动者的自豪感和幸福感。根据这样的工作伦理，售货员的工作比小摊贩更能为资本的流通服务，更能创造剩余价值，所以也更"体面"。

上文分析了城市空间生产怎样受资本推动，以创造性破坏的方式重构城市空间。虽然城市化规模越来越大，基础设施越发完善，但是居民的幸福感和城市建设速度却不成正比，甚至有所恶化。《老妇与猫》中，赫蒂"一生从来没有在一间烧得暖暖和和的房间里居住过，从来不曾有过一个真正温暖的家"②。那些被当局赶到郊区养老院的老太太"被当做不听话的呆傻儿童对待，直到有幸死去"。繁华的城市街头流浪着"浩浩荡荡的无家可归的穷人大军"。

城市规划专家把城市看作机器，认为城市是由相互分离的具有可设计的功能和定量属性的部件组成。③ 传统观念也认为城市是一个中立的容器属性的物理空间。而实际上，城市空间包含着各种社会关系和社会矛盾，经济、文化、政治等各种矛盾使城市成为冲突不断的领域。在空间生产中资本的决定作用使得掌握资本的某些特权阶级不断壮大，而大量城市人群则被边缘化，失去赖以生存的空间。但居住于城市的广大人群应该不仅仅

① 多丽丝·莱辛：《老妇与猫》，傅惟慈等译，浙江文艺出版社2009年版，第179页。
② 多丽丝·莱辛：《老妇与猫》，傅惟慈等译，浙江文艺出版社2009年版，第191页。
③ 哈维：《叛逆的城市：从城市权利到城市革命》，叶茂奇、倪晓晖译，商务印书馆2014年版，第ii页。

是拥有服从资本逻辑生产各种商品的权利，还应该拥有进一步的城市权利，这些权利包括决定生产什么样的城市和怎样生产的权利。这是一种按照广大城市居民意愿塑造城市和生产空间的权利。只有大力倡导、坚持城市权利，才能减小资本带来的创造性破坏的负面作用。这些负面作用导致低收入甚至中等收入的家庭无法在城市维生，不断加剧的社会分化给他们带来了灾难性的后果。《老妇与猫》中，主人公赫蒂的命运形象地展现了这种灾难后果，使人们意识到争取城市权利的重要性。

城市权利的概念最早是由亨利·列斐伏尔提出的。1967 年，他提出城市权利是"获得城市生活和参与城市生活的更为广泛的权利，以及居住和生活在城市的权利"[1]。虽然城市化的发展导致城市规模庞大人口众多，但城市权利还没有得到充分的重视。城市规划和研究思想家法英斯坦进一步解读列斐伏尔思想，认为城市权利是指能否"获得就业和文化，居住在一个合适的住宅里，拥有适当的生活环境，获得满意的教育，获得个人的社会保险，参与城市管理"等具体权益。[2]

学者们对城市权利的探索启发了哈维，他从权利缺失的制度源头追索造成今日城市权利未被重视的根源。对个人权利和私人物权的保护构成了西方人权概念的基础，这使得新自由主义有了传播的市场，渐渐成为主流意识形态。新自由主义宣扬个人自由，崇尚市场调节和自由贸易，主张国家少干预而更多地发挥市场机制的积极作用。虽然倡导个人的自由权利，但究其本质它仍然是一种利润中心的资本积累体制。正如威廉姆斯（R. Williams）所说，"自由是匹好马，但关键看它向何处去"[3]。虽然我们都追求自由，但不同社会制度保障的是不同意义的自由，而建立在保障资本权益基础上的私有制的自由必然使普通劳动者的生活无法保障。哈维一针见

---

[1]　哈维：《叛逆的城市：从城市权利到城市革命》，叶茂奇、倪晓晖译，商务印书馆 2014 年版，第 iii 页。

[2]　哈维：《叛逆的城市：从城市权利到城市革命》，叶茂奇、倪晓晖译，商务印书馆 2014 年版，第 ii 页。

[3]　Williams R. Culture and Society. Chatto & Windus, 1958：118.

血地指出，"自由的理念堕落为仅仅是对自由企业的鼓吹，这意味着那些其收入、闲暇和安全都高枕无忧的人拥有完全的自由，而人民大众仅拥有微薄的自由"①。人们不是作为诗意栖居的主体而是作为市场和资本积累的附属物的价值存在。因此，这种自由的经济政治环境不能解决城市的现实问题，反而使人们在城市空间中的各种矛盾日益突出。

莱辛通过描绘赫蒂这样在大都市里日益被边缘化的人群促使我们关注城市权利问题。城市权利是生活在城市中人们不可剥夺的权利，而私有制社会的资本积累逻辑使得城市成为少数特权人群的乐园，如何摆脱资本的控制来构建更适宜普通人群居住的城市，是专家、学者们需要研究的课题，也是我们所有人需要认真思索的。

第二节 《追寻英国性》中的空间意象

20 世纪中期以来，移民问题成为困扰西方国家的重要问题。移民与本土居民的冲突甚嚣尘上、愈演愈烈。作为移民大军的一员，莱辛深深感受到歧视对移民所造成的伤害，并在她的第一部自传性纪实作品《追寻英国性》(In Pursuit of the English)中表达了对族群冲突和族群身份认同的看法。"二战"后伴随着从殖民地流向宗主国的逆向移民潮，大批民众涌入英国。但本土居民对他们的到来抱以反感和敌视，很多英国人感叹"这里不再像是我们自己的国家了"，指责移民损害了本土英国人的利益。一方面，莱辛独特的身份使她能从一个非常独特的视角审视这一问题。莱辛五岁时父母举家搬迁至非洲拓殖，她是盎格鲁·撒克逊人的后代，父母是纯正的本土英国人。另一方面，她来自遥远的非洲殖民地，当她在 30 岁回到伦敦时被本土居民称为"外国人"，这种境遇使得她的身份超越了内/外的疆域分界，具有得天独厚的混杂性，因此她对英国族群身份的理解既不同于本土

① 大卫·哈维：《新自由主义简史》，王钦译，上海译文出版社 2010 年版，第 43 页。

英国作家，也不同于出生、成长于异族文化的移民作家，而是更为客观中立。通过追索莱辛对族群身份的看法，本节主要阐释她对族群身份认同的思考以及对传统的族群身份建构方式和认同模式的质疑。

莱辛 1949 年从南罗德西亚回到英国。此前一年英国颁布了国籍法，确认原英国殖民地属民有权移居英国，并承认他们的英国国民身份。在自传性作品《影中行》（Walking in the Shade）中，莱辛回忆了站在南非开往伦敦的船舷上眺望伦敦的心情，"对我来说，真正的伦敦还在前面。我真正的生活将在那里开始"，未来的生活如同"洁净的白板，崭新的一页，一切都将要重新书写"[①]。但回到伦敦之后，她很快发现本土英国人对移民抱有很深的偏见和敌意，最常见的说法是觉得移民"从我们嘴里抢面包"[②]。这种敌视情绪是有着客观的现实背景的，国籍法颁布后，前殖民地大批移民涌入英国，伦敦汇聚了来自加勒比海、东欧、爱尔兰、亚洲和非洲等不同族群的人口，导致族群冲突越发激烈，并造成英国内阁在 1954 年做出控制有色人种移民的决定。[③] 其后又多次调整移民政策，1962 年《英国联邦移民法案》规定对有色移民实行受配额限制的雇佣担保制度。1971 年《移民法》限制出生在英国的移民后代定居英国，1981 年进一步立法限制移民后代加入英国国籍。[④] 可见这一时期英国采用行政手段来干预移民流动，主要通过维护本土民众的利益来防范族群冲突、保持族群间的平衡。莱辛的《追寻英国性》写于 1960 年，此时正处于英国国内族群冲突的高潮期，可以说莱辛见证了"种族主义一步一步地被体制化、合法化、全民化"[⑤]。

[①] 多丽丝·莱辛：《影中行》，翟鹏霄译，北京联合出版公司 2012 年版，第 3 页。

[②] Doris Lessing. In Pursuit of the English. Simon and Schuster, 1961: 212.

[③] Bob Carter. The 1951-1955 Conservative Government and the Racialization of Black Immigration. Inside Babylon: The Caribbean Diaspora in Britain. Verso, 1993: 58-59.

[④] Dennis Kavanagh. British Politics: Continuities and Change. Oxford UP, 1996: 32-34.

[⑤] Peter Fryer. Staying Power: The History of Black People in Britain. Pluto Press, 1984: 381.

族群来自法文 ethnie，英文常译作 ethnic group，并有 ethnicity、ethnic community 等相近的概念。作为英国著名民族学家安东尼·史密斯"族群-象征主义"（ethno-symbolism）理论的核心概念，族群普遍存在却很难对它进行精准的语言概括，大体而言族群需具有以下基本要素：它是拥有名称的人类群体，具有共同祖先神话、共享历史回忆和一种或数种共同文化要素，与某个地域有关联，并至少在精英中有某种程度的团结。族群享有共有的价值、信仰、规范、趣味、行为、经验以及对种类、记忆和忠诚的意识，更为彰显人群对自我的正面认识。因此 20 世纪 60 年代以来族群的观念得到越来越广泛的应用。族群身份是人最基本、最本质的身份属性之一。

莱辛对族群身份的感知首先来自自己的切身经历。虽然她 5 岁就随家人去南罗德西亚定居，但她和父母一直以自己的英国人身份为傲，始终把英国视为母国并怀着真挚的热爱之情，她写道："我的父母亲都是英国人，他们怀念他们的英格兰"，"英格兰对我来说就是我的圣杯"①。因此当她终于踏上伦敦的土地，她觉得未来是"洁净的白板，崭新的一页"②。但很快美梦就破碎了，她成了自己母国的外乡客，因自己的移民身份而备受本地居民的歧视。这是很多移民的共同感受，在英国作家安德丽娅·勒维的《小岛》中是这样描述这种感受的，"想象一下，你有一个住得很远的你挚爱着的亲人，她被亲切地称为母亲……然后有一天你听到母亲在召唤：离开家、离开亲人、离开爱人……而在这糟糕透顶的旅程终点迎接你的却是……一个变态的、谎话连篇的、令人厌烦的老太婆。没有舒适的家，没有笑容满面的迎接。反而她用主人的眼神居高临下地看着你说'你他妈的到底是谁'？"莱辛在《追寻英国性》中描述了她四处寻找能收留她和儿子彼得的公寓，而伦敦本地人对移民怀有深深的敌意，不愿租房给她的一段经历。初来伦敦她拿着指南书摸索着到处寻找住房，伦敦在她眼里成了找不到出口的迷宫："在我的左手、右手边的街道和伦敦所有的街道毫无二致，

---

① Doris Lessing. In Pursuit of the English. Simon and Schuster, 1961：15.

② 多丽丝·莱辛：《影中行》，翟鹏霄译，北京联合出版公司 2012 年版，第 3 页。

相同的街道名经常出现，房屋都是相同的砖石结构"①。她觉得伦敦是一个"可怕的城市"而倍感失落，"当我精疲力竭地来到伦敦，白色的多佛悬崖让我失望，它们太小了，多格斯岛也让我提不起精神，泰晤士河丑陋无比，我得承认整个第一年，伦敦对于我来说是如此丑陋的城市以至我只想离开它"②。伦敦涌动着对于移民群体的敌对情绪，本地居民认为自己是受到损害的一方而诉诸政治力量来打压移民，觉得移民的涌入抢夺了他们的很多资源，因此认为针对移民所制定的各项限制法案是合理的。

其次，莱辛对族群身份的感知是通过对英国人这个群体身份的追寻来完成的。她一直在追索英国人的本质特征，即：谁是英国人？莱辛认为自己是英国人，可是伦敦本地人却否定了她的身份认同，认为她是"外国人"。身份的迷失使她非常困惑，她一直在寻找真正的英国人，却惊讶地发现几乎所有伦敦本地人都不认为自己是英国人。他们心目中纯正的英国人是居住在伦敦的盎格鲁·撒克逊人，而现在的英国人已经难以找到纯正的族群属性。女房东福露不是英国人，因为她祖母是意大利血统。男房东达恩不是英国人，因为他来自东北部劳工聚集的港口城市纽卡斯尔（Newcastle）。房客普瑞瓦特小姐也不是英国人，因为她操着一口流利的法语。血缘、地域、语言作为公认的界定族群的有效标准，在界定英国人身份上却遇到了难题。可见英国人的族群身份不具本质主义属性，而是变动不居的、混杂的、流动的，是历史上不断进行的族群融合的产物。梳理英国史可知，以盎格鲁·撒克逊人为核心的英格兰人不断有其他族群的汇入，本身并非一成不变。如中世纪后期英格兰人在不列颠岛与其他族群对抗，融入了其他族群的成分，"这些抗争是促进民族性和英国性的自我意识的温床"。战争也促进了民众的民族情感，"使英格兰人意识到他们的特性、统一性和共同的传统和历史"③。因此安东尼·史密斯认为，族群冲突最终促

①　Doris Lessing. In Pursuit of the English. Simon and Schuster, 1961: 41.

②　Doris Lessing. In Pursuit of the English. Simon and Schuster, 1961: 35.

③　肯尼思·O. 摩根主编：《牛津英国通史》，王觉非等译，商务印书馆 1993 年版，第 236 页。

成英国民族国家的建立。英国人身份是混杂的，本身就是移民不断涌入、交流、结合的结果。

在《追寻英国性》中，莱辛详细描绘了一座聚集了各色不同人群的公寓房。她将入住房屋的各色人等隐喻组成英国社会的各个组成部分，通过不同类型冲突表明英国人的族群身份本身就不具稳定性，是混杂流动的，因此保持本土族群纯正性、认为移民对族群身份造成威胁的看法是荒谬的。

学者路易斯·叶林(Louise Yelin)认为，莱辛对于族群身份的描写依循的是英国作家的写作传统。安东尼·特罗洛普(Anthony Trollope)和乔治·艾略特(George Eliot)都曾在作品中把民族国家比作混杂有各色人等的房屋，记录生活在其中的人群的日常生活，并据此来解读民族的本质属性以及他们对民族的看法。房屋是人群聚居之地，具有不同背景的民众集合于此。人群聚集通常发生在特定空间场域并结合一系列现实社会问题，因此从房屋这个空间的视角进行分析能够深度探索各种社会凝聚力量对人群所发挥的巨大作用。《追寻英国性》中聚集在公寓里的各色人群就隐喻着这样一个在冲突中不断寻找动态平衡、追寻身份认同的共同体。

作品主要描写了三种类型的冲突。第一类冲突发生在房东和一楼的老夫妇之间。这一矛盾是历史上代表英国性的英格兰人和其他族群之间争斗的艺术表征。老夫妇是苏格兰人，在战前就已经住在底层的两间屋里。战时房子遭到轰炸，他们依然住在那里，虽然那时地下室积满了水，头顶上都是碎片，没有自来水，没有电，也没有卫生间，他们都熬了过来。房东夫妇买下房子时不知道老夫妇住在里面，后来虽然想了种种办法却没法让他们搬离。冲突也随着矛盾的激化不断升级。有一次房东达恩在老夫妇窗户旁架了个梯子修房顶，老太太从屋里偷偷把梯子推倒，差点砸到站在那里的达恩的女儿。达恩气冲冲地把老太太打倒在地上。还有的时候达恩用大铁锤猛砸老夫妇的门直到把门砸变形。老夫妇则经常把垃圾倒在达恩家的楼梯上。两边的仇恨根深蒂固，难以化解。历史表明英国一直是多元族群混杂的民族国家，1536年至1543年，英格兰兼并威尔士公国；1707年，议会通过了英格兰与苏格兰合并的法案；1800年，又通过了英格兰与爱尔兰合并的法案。可见在不断的融合过程中，英国族群身份从英格兰人扩展至不同族群，本身就是一个不断混杂的产物。因此通过标榜自身的纯正性而不断挑起冲突完全是不理智的做法。

第二类是房东福露夫妇和房客罗斯的冲突。通过这一冲突莱辛表达对本土核心族群身份认同中存在问题的看法。罗斯是男房东达恩的弟弟的女朋友，算是房东的家里人。因此她的房费较低但需承担清洁、整理等家务事，为了熨烫全家人的衣服要忙到夜里两点钟。她和房东的冲突主要在于她看不惯福露爱贪小便宜的习惯，因此暗地为"我"出谋划策，戳穿福露的小伎俩，争取合理的房租优惠。所以总体而言，罗斯和福露夫妇都是本土族群的代表人物。这些本土族群的代表人物一般是盎格鲁·撒克逊人的后代，讲究血统的纯正性，以自己是地道的"英国人"为荣。他们把自己看作英国的核心族群，认为自己是"建立时间长的、占统治地位的'核心'共同体"，凭借自身的"历史优势、人口数量优势、社会优势，在很大程度上决定了民族国家的边界以及变化中的认同的大部分特征，其中包括公共生活的道德典范、法律规章和制度规范的性质、教育和政治所用的语言、学校所教授的文化和历史的大部分内容，还包括它们的文化和政治生活传统"。作为塑造民族的核心力量，核心族群的特性非常重要。英国性聚焦英国的族群本质，尤指民众对自身族群身份的认同。英国性和帝国的殖民话语处于此消彼长、二元对立的状态，在大英帝国的全盛期，随着帝国在殖民地不断开疆扩土，帝国宣传必须凸显族群多样性，因此帝国身份的彰显必然意味着以英格兰人为核心的族群身份的隐匿。而帝国的衰落则使得核心族群越来越强调"英国性"。"20世纪二三十年代，之前那种关于民族命运的英雄和官方的男性公共修辞，那种维多利亚和爱德华时代'大英帝国'中产阶级高调和传教式观点，转变为一种'英国性'，这种'英国性'顷刻间变得不再那么帝国主义，而是更加的内省，更加面向国内，更加私人化"①。随

---

① Alison Light. Forever England: Femininity, Literature and Conservatism between the Wars. Routledge, 1991: 8.

着帝国走向衰落，核心族群内心充满失落感，不复帝国全盛时期的自信和雄心。《追寻英国性》中不论罗斯还是福露夫妇都否认自身的英国人身份，觉得配得上"英国人"称号的人群已经随着帝国消逝，成了记忆中上一代的辉煌往昔。"当我说到英国人，我指的是我的爷爷奶奶，他们和我们很不一样"①。罗斯认为自己不配被称作"英国人"，而更认可"伦敦人"的称谓，这是帝国衰落期核心族群的普遍心理。作家普利斯特利(J. B. Priestley)曾明确表示："我希望自己……能被叫做'小英国人'。这虽然是一种冷嘲热讽，但我乐意用它形容我自己。那个'小'把喜爱之情表达得恰到好处。我喜欢的是小英国。我想我不喜欢'大英国人'"②。"小"既体现在地域的缩小，也指帝国衰落后身份认同从帝国到英国本土的转变。

在莱辛笔下，核心族群身上体现出一些具有共性的缺点。首先是长期生活在固定空间地域导致的狭隘性和保守性。文中罗斯的伦敦只限于儿时生活的几条街的范围，身边是熟知的人群。她认识那里的每一个人，知道他们的来历，如果遇到一个陌生面孔，她会费尽心机调查清楚。福露的伦敦更狭小，甚至从没去过繁华的伦敦西区，她的伦敦就囿于她生活的地下室、她采购的小商店、她家五分钟距离外的电影院这么大的范围。她从不去剧场、画廊和音乐会，甚至多少年没看过泰晤士河。这种生活空间的固定也导致了其思想的保守性。罗斯从没去过泰晤士河的对岸，有一次她有些心动想和"我"一起去河那边住一星期，可犹豫半天又改变了主意，"我觉得我不会喜欢那边的，真的，我喜欢熟悉的东西"③。

其次是固守传统文化导致的生活节奏缓慢。当罗斯带"我"逛街时，我们总是去相同的公交站台，乘坐同一辆巴士，尽管前面有好几辆巴士到站，罗斯总是把我拉到后面不让我上车，"不是这辆，这辆车牌号我不喜欢"，即使来的车辆牌号合她意，如果没有座位、座位在双层车的楼下、

---

① Doris Lessing. In Pursuit of the English. Simon and Schuster, 1961：116.

② J. B. Priestley. Little Englanders. Writing Englishness, 1900-1950：An Introductory Sourcebook on National Identity. Routledge, 1995：26.

③ Doris Lessing. In Pursuit of the English. Simon and Schuster, 1961：104.

座位靠左边，她都会坚持等下一班车来。如果逛街时需要排队，罗斯从不觉得这是浪费时间的枯燥活儿，等待再长时间也不会心烦。逛街的速度也极慢，每个窗口都会停下来对里面的服饰品评一番。实际上，罗斯缓慢的生活节奏并非个案，莱辛还写下了她最初四处租房时的一段经历，一次她去一位本地老太太家看房，发现她的房间还保持着三十年前的老样子，"说话间好似三十年只是病后的一小段康复期，房间仿佛让流逝的时光凝结而保持住一如既往的舒适"①。莱辛在自传《影中行》中提到这段经历时写道"那时的伦敦拥有一种狄更斯式的夸张。并不是说，我在透过狄更斯编织的帘幕看伦敦；我的意思是，我看到的伦敦跟狄更斯眼中的伦敦一样——一幅诡异的意象，处在超现实的边缘"②。狄更斯的《远大前程》塑造了一个抗拒时光流逝，永远穿着婚纱让房间保持结婚那天原样的古怪老妇人哈维沙姆小姐。莱辛发现现实伦敦还保有狄更斯式的"诡异的意象"，而人们却把它当作引以为傲的英国性的象征。生活节奏缓慢是乡村社会的特点，但随着全球化、都市化日益加速，这样的生活模式必然成为社会发展的阻力。但冲突之处在于，移民的大量涌入让本地人感到各个方面巨大的压力与危机，因此他们反而更炽烈地怀念乡村英格兰缓慢、恬淡的旧有时光。因此固守狭小的空间而拒绝变化、固守传统崇尚慢节奏的生活方式体现了本土居民心里层面对移民导致的生活方式变化的排斥。

文中描写的第三类冲突发生在房东夫妇和以"我"为代表的租客之间，形象地表征了移民融入英国社会的艰难。"我"既是莱辛又不是莱辛，莱辛在自传中写道，"那本小书(《追寻英国性》)更像一部小说，具备小说的形态和节奏"，尽管"书里写的内容是真实的"。因此"我"超脱于莱辛的个人经历而成为具有相似境遇的移民人群的表征，"我"的遭遇浓缩了当今全球化时代移民的共同际遇。"我"来自殖民地国家南罗德西亚，那是个种族歧视严重的"可怕、狭隘的国家"。"我"带着对母国的热爱来到伦敦，相信

---

①　Doris Lessing. In Pursuit of the English. Simon and Schuster, 1961：43.

②　多丽丝·莱辛：《影中行》，翟鹏霄译，北京联合出版公司 2012 年版，第4~5页。

"真正的生活将在那里开始"，"一切都将要重新书写"，却发现伦敦也有着严重的种族歧视现象，并不像"我"想象的那样美好。伦敦"墙壁没有粉刷，建筑物污迹斑斑，到处都有裂缝，沉闷而晦暗"①，本地人称"我"为"外国人"，使"我"受尽排挤和刁难。但这种跨国的、边缘的、流动的状态正好赋予"我"观察族群身份的绝佳视角，并得天独厚地从局内/局外人的双重维度来描写英国社会。

"我"和房东夫妇的矛盾主要围绕生存空间的大小展开。房东租给"我"的是"手帕大小的屋子"（a handkerchief-sized landing），小屋是顶层的阁楼，只有微弱的阳光照射，一张床占据了房间的大部分面积。墙和屋顶之间的缝隙近乎半英寸，墙缝里的填充物如纸屑、泥灰、破布一览无余。这样的屋子"给猫住都不合适，更别说一个女人还带着个孩子"②。房间也不隔音，"整天都能听到楼下水龙头滴答作响的声音"，如果邻居没关收音机的话，那么房间里整天都充斥着乐曲声和说话声，"有时候就好似四堵墙都消失了"。经过"我"的争取，房东答应换一个稍好些的房间，条件是要支付每周五英镑的租金，这是初来乍到、无依无靠的"我"难以承受的价格。房东福露还得空就压榨"我"一下，问"我"索要香烟、尼龙袜等生活物品。对此罗斯警告"我"说"以对待英国人的方式对待福露是没用的"，要学会讨价还价、据理力争。"我"和房东夫妇围绕租住房的斗争形象地代表了本地居民与移民对生存空间的争夺。根据 1949 年英国皇家人口委员会的报告，战后英国每年需补充约 14 万劳动力才能满足经济重建和规模化发展的需求，因此英国迅速由移民输出国变为移民输入国，形成大规模入境移民潮。移民的迁入对社会资源分配产生了冲击，导致本地人认为移民是从他们嘴里抢面包，两者展开了对生存空间的激烈争夺。为了控制局势，"二战"以来英国多次出台了各种限制移民的政策，如最新的 2005 年的移民法宣布引入评分制度来控制移民规模，这使得只有高技能的人士才能在英国

---

① 多丽丝·莱辛：《影中行》，翟鹏霄译，北京联合出版公司 2012 年版，第 4、3、5 页。

② Doris Lessing. In Pursuit of the English. Simon and Schuster, 1961：63.

定居。这些政策的一个趋势是不断缩小移民规模以减少矛盾，可见移民生存空间和生存机遇仍然面临考验。

后殖民主义理论家霍米·巴巴指出，身份不是稳定静态的，而是流动变化的，作为"流动的、临时的社会建构"，它对一切稳定的、本质的、静止的身份观提出质疑，认为"文化纯正性"、"统一的民族身份"等概念不足以表述当前人们的身份认同。而认同方式的混杂性则说明人们不再满足于一个稳定、同质的族裔身份。这符合全球化时代人口的迁移特征，因为在当代社会一个不可忽视的事实是，人们的出生地和生活的国家不再完全重叠，从而导致人们对一个地方的归属感被打破，空间和自我之间的联系被中断。随着社会流动性加剧，身份益发处于归属/排斥、团体/个人等二元对立力量的持续作用之下。原本静态、稳定的身份认同让位于流动、混杂的身份认同。

在莱辛等很多具有移民背景的英国作家笔下，这种身份认同的混杂性是她们经常描述和探讨的话题。如作家安德丽娅·勒维的《小岛》、莫妮卡·阿里的《砖巷》、扎迪·史密斯的《白牙》等都有描述。它们的共通之处在于重新界定了英国性的本质以凸显其多民族共存的混杂特质。她们认为身份应保持流动混杂性，既不是强调移民去适应英国社会以融入主流族群的大潮，也不是强调移民保持自身族裔属性，标举族群独特性。新的认同观认为，身份不是在归属/疏离（belonging/exclusion）之间做身份认同的选择，而是创造流动性、混杂性的第三空间。这就要求所有社会成员都做出调整，重新定义归属的核心内涵，"如果'英国性'无法界定我，那就重新界定'英国性'"。这些作品强烈质疑了以盎格鲁·撒克逊人为基础的纯正"英国性"的合理性，认为混杂多元的"第三空间"才是建构移民身份的界域所在。

《追寻英国性》结尾，莱辛描写了坚持固有族群身份、不做出改变会导致的问题。作品中她写到了象征族群共同体的公寓的破败情况。战争时期的爆炸已经使墙体裂痕斑斑。墙体里塞满废纸。修墙的工人感慨道："这真让人羞耻到痛哭，过去它是栋很好的房子……表面上看房子还能用，没有问题。伦敦有成千上万这样的房子，多到让你吃惊——你以为只要在街上喊一嗓子这些破房子就能倒塌，但它们强撑到现在就是不倒。"莱辛"二战"后不久就敏锐地看到了这一问题对英国社会带来的危害，看到族群身份认同的差异给人们思想造成的混乱，并在作品中构设了可能的解决方法。作品结尾，房东夫妇最终花时间和精力仔细维修了自己的公寓，"我"也以更便宜的价格住进了宽敞的大房间。房客和房东一家围坐在大长桌前享受丰盛的晚餐，品尝家的滋味。虽然还有诸多未解决的矛盾，但对于公寓的热爱使他们放下争执、像一家人一样和睦相处。

除了《追寻英国性》，莱辛在很多作品中反复表达了以情感连接不同族群、以承认混杂多元来建立身份认同的构想。在短篇小说《木施朗加老酋长》中，叙事者白人小女孩认为她所在的非洲国家"也是我的遗产，我在这里长大，这不仅是黑人的祖国，也是我的。这里有足够的空间，可以容纳我们大家，没有必要互相推搡，把别人挤出人行道和大路"。在纪实作品《回家》中，莱辛提出"国家属于所有把它当做家的人"，认为"对共同家园的爱可以把彼此仇恨的人联结在一起"，认为情感对建构人们的族群身份具有重要作用。只有认同族群身份具有混杂性，才能在此基础上做到尊重族群差异并彰显多元价值观，才能使人们看到把他们联结在一起形成国家的核心价值，从而将冲突最小化。当今英国的历史发展也印证了莱辛的想法，2000 年 10 月 11 日，英国经济学家帕雷赫（Bhikhu Parekh）发表帕雷赫报告，在题为"多民族英国的未来"部分他提出未来 30 年英国社会将更加多元化、更少同质化。报告认为有必要重新定义"当前的英国人概念"，这和莱辛的看法可以说是不谋而合的。

当代社会的全球化趋势进一步激化了移民与本土居民之间的冲突，成为西方社会颇为棘手的热点难题。莱辛生于伊朗、长于非洲、定居伦敦，独特的生活经历使她能摆脱疆域的边界而拥有更加开阔的文化视野，从而对西方社会文化、政治、意识形态都保持一种批判性的态度。《追寻英国性》中莱辛通过对"英国性"的追索、对英国人身份的溯源，揭示了英国性的历史渊源和本质，促使人们思考当代社会族群认同的混杂性属性，并把情感纽带看作消弭族群冲突、构建新的身份认同的核心要义，认为和平共处的关键是增强不同族群的人们对共同家园的热爱。正如莱辛所说：国家属于所有把它当做家的人！

小　结

伦敦生活经历对莱辛混杂性思想发展起到巨大的促进作用。城市经历了中心化到解中心化的过程，因而当下的城市意象是中心化与非中心化的混杂物。《老妇与猫》中有大量描写伦敦的市容风貌和城市建设的篇章。以伦敦为代表的城市空间生产是中心化的过程，它不断挤压都市普通民众的生存空间，造成人们的城市权利受到侵害，在痛苦中挣扎。《追寻英国性》中移民与本土人群等构成的差异和冲突也是当代英国很多政治、社会冲突的根源。莱辛在作品中通过描写租住在公寓中房客与房东的种种矛盾，形象地隐喻了英国的社会现实。从追寻个人的族群身份扩展至群体的族群身份，莱辛解构了英国人身份的本质主义属性，揭示了移民与本土人群冲突的历史渊源和核心特征，认为民族建构需进一步推进文化融合，弱化、消除对异质文化的排斥心理，加强族群间的情感联系。无论城市建设中心化和解中心化的冲突，还是族群身份本质化和多样化的冲突，都凸显了二元对立思维模式的狭隘性和荒谬性。莱辛感受到陈旧的思维模式对人们的束缚和压迫，她迫切希望能够超越对立，通过混杂来化解矛盾，消弭现实生活的种种困境。

第四章　心理描绘题材小说中的空间意象

序　言

"母亲每天都要把我和弟弟召唤到她床边几次，夸张地说：'妈妈生病了，瞧妈妈多可怜呀！'我现在想起这话，才发觉当时母亲的内心一定是极端痛苦的。"①

莱辛始终记得母亲"精神崩溃"给家庭带来的灾难，也一直记恨母亲，这造成两人的关系紧张、对立。在非洲，丛林里野蛮人般的生活经历使母亲不断质疑自己还是不是中产阶层的一员，理想的生活和现实境遇间的巨大反差让她一病不起，终日躺在床上。后来莱辛自己在母亲相似的年龄也经历了心理疾病的折磨，不得不长期接受心理治疗，这些终于使她理解了母亲当年的困境，化解了横亘心头的坚冰。这段经历也伴着梦幻、疯狂等心理元素不断出现在作品中。

一直以来，莱辛因现实主义小说而出名，1962 年发表的《金色笔记》是这一时期的巅峰之作。这些作品仔细分析了从后殖民到女性地位等很多社会问题。但莱辛越来越感受到，对文明的深邃思考无法完全用现实主义来统括，她需要使用超脱现实的非理性形式来表达自己的思想。实际上，她的第一部作品《野草在歌唱》就非常注重对主人公心理的刻画，梦境、疯

---

① 多丽丝·莱辛：《刻骨铭心》，宝静雅译，北京联合出版公司 2016 年版，第 64 页。

狂、精神崩溃等因素是她表现人物心理的常用手段。只是在 20 世纪 60 年代以后，莱辛越来越多地突出了心理因素，将观察的视角从外部世界转向人内心世界的成长和演变，进一步探讨了个人与社会、内心世界与外部世界的二元混杂关系，以探求个人心理的变幻并捕捉思想意识的深层意象。那么，莱辛是如何看待现实和心理、秩序和无序、理性和诗性等的关系？又是如何通过混杂化解双方的对立？

第一节 《简述地狱之行》中的空间意象

莱辛自称《简述地狱之行》（Briefing for a Descent into Hell）是她"最好的小说之一"①。评论界却至今对它褒贬不一、争议不断。有评论认为它是一部奇书，"其形式不但前所未有"，而且"不知该怎么评价，也不知怎样归类"②。也有评论认为这部小说完全是材料的堆砌，罗列了一堆主人公沃特金斯的病史材料，前 1/3 完全不可读，是一部价值不高的垃圾之作。随着时间推移，越来越多的评论者开始推崇这部作品，认为它是主题和形式紧密结合的典范。如学者道格拉斯·博林（Douglass Bolling）赞誉《简述地狱之行》是一部在艺术成就和形式上可以和《金色笔记》相媲美，甚至超越了《金色笔记》的小说。③ 罗贝塔·鲁宾斯坦也认为《简述地狱之行》"思想和形式创造性并且有效地结合在一起"④。虽然评论观点不一，但学界还是一致认同该作品在形式方面的创新价值。不过大多数评论是将作品形式的变革与心理学家 R. D. 莱茵疯癫理论、莱辛对疯狂的看法等相连，探讨作品对人类心理空间的开掘。实际上，莱辛的抱负要宏大得多，她将作品命名为

---

① Stephen Cray. "Breaking Down These Forms". Doris Lessing: Conversations. Ontario Review Press, 1994: 116.

② 王丽丽：《多丽丝·莱辛研究》，社会科学文献出版社 2014 年版，第 328 页。

③ Douglass Bolling. "Structure and Theme in Briefing for a Descent into Hell". Contemporary Literature, 1973, 14(4): 550-564.

④ Roberta Rubenstein. The Novelistic Vision of Doris Lessing: Breaking the Forms of Consciousness. University of Illinois Press, 1979: 195.

"空间小说",这里空间既包括心理空间,更是对空间转向以来作为社会秩序表征的空间形式的探索。她以互文的方式展现了异质多元的空间意象以及空间叠合所建构的异托邦,对当下社会二元对立的思维方式提出质疑,认为走出当下困境的出路是复兴古希腊以来诗性的、整体性的、混杂的世界观。

《简述地狱之行》是一部互文性小说,沃特金斯的海上历险呼应了很多古代故事中的英雄航海故事,尤其是《荷马史诗》中奥德修斯的故事。作为当代小说中一个颇具特色的类型,互文性小说是"文学作品的一个领域,其本质在于它们与以前作品的关系"①。两个或多个截然不同且彼此本不相容的文本被融合为新文本,小说的意义就存在于新文本与它所指涉、关联的源文本之间的关系,意义需在两个或多个文本之间构成的文本网络中寻找。除了在文学作品内部具有互文联系,新文本还可以在多种多样不同类型的文本构成的网络间标明意义,这样具有互文性特征的文本不仅需与其他文本构成文本间性关系,还要与历史、文化、意识形态等更大的社会文本构成互文性联系。也就是说,互文概念不仅具有叙事研究价值,更关键的是要通过叙事研究来探讨其所折射的社会问题。

互文性小说并不是后现代特有的产物,只是比起之前的互文性小说,当代作品的解构特性体现得更为鲜明。现实主义作品中,如巴尔扎克"人间喜剧"系列、福克纳"约克纳帕塔法世系"中的人物都会在互文本中重复出现。关于这些人物的作用,学者罗伯特·奥特(Robert Alter)认为它是一个不断巩固人物形象建构的策略,"一个通过人物和情节彼此交叠来让人物变得鲜活的策略"②。现代主义作品中,互文则更多的是一种叙事技巧,如法国现代主义作家罗伯-格里耶在《吉娜》等作品中创造了很多人物,这些人物又出现在他的其他作品中,但同名的人物,形象、性格等方面则有很大差异,体现出现代主义作品文字的含混性、游戏性等特征。而后现代

---

① Graham Allen. Intertextuality. Routledge,2000:108.

② Robert Alter. Partial Magic:The Novel as a Self-Conscious Genre. Berkeley, Los Angeles. University of California Press,1975:99.

互文性小说则注重其颠覆性。英国作家中，里斯的《茫茫藻海》引用了《简·爱》中的疯女人形象，但却完全消解了对疯女人的偏见，新文本对整个故事进行了颠覆性处理。巴恩斯的《10½章世界史》中的故事和《圣经》诺亚方舟的故事形成互文，消解了上帝给人类立法的正义性，擦抹了诺亚等人物中心主义、二元对立、等级化、排他性的历史叙事模式。沃纳《靛蓝色》中重新塑造了莎士比亚《暴风雨》中凯列班的形象，使他"不再是半人半鱼、怪异、无知、低能、下贱、邪恶的，而是正常健全、好学、聪慧、善良、豪迈、多识深邃的"①。和以上后现代主义作品一样，莱辛的《简述地狱之行》也具有颠覆性，它通过互文展现了不同的英雄海上历险故事，从而让我们看到古今不同的世界图景以及两者间的张力。它通过对比古代诗性的、整体性的思维方式和当代理性、碎片化的思维方式，进而消解了启蒙现代性以来人们一直奉为圭臬的理性神话。

《简述地狱之行》的主人公是剑桥大学古典文学教授查尔斯·沃特金斯，据学者鲁宾斯坦（Roberta Rubenstein）等人研究指出，莱辛的人物原型来自心理学家 R. D. 莱恩在《经验的政治》（The Politics of Experience）中提到的一个病例。书中莱恩记载了一个名为杰西·沃特金斯的患者臆想中海上的十天历程，杰西·沃特金斯发现自己具有超自然能力，比如通过注意力集中就能治愈手上的伤口。② 这种超自然的能力在原始社会和宗教神谕中都非常普遍。莱辛对莱恩称作超理智（hyper-sanity）的这种超验能力很感兴趣，这使她能把自己对苏非教的痴迷和对心理世界的探索结合在一起。因此 20 世纪 70 年代起，莱辛书写了一系列"内空间小说"探索心理空间的神秘现象，如《简述地狱之行》中沃特金斯以先知自居，《幸存者回忆录》中艾米莉能穿过墙进入不同的时空。在当代社会，超验能力被斥为有悖科学而受到排斥，莱辛对超验能力的追寻也象征着重续和古代的超验联系。

---

① 肖锦龙：《文化洗牌与文学重建：英国当代先锋小说的后现代性》，人民出版社 2018 年版，第 141 页。

② R. D Laing. The Politics of Experience. Pantheon Books，1967：102-118.

故事开始时主人公沃特金斯失去了记忆，衣衫不整地在滑铁卢桥附近的堤岸上徘徊，被人们发现时，他神志不清，大声自言自语，讲述自己海上遇险的经历。后来他被送到精神病院，被强迫接受各种治疗。他想不起自己的名字，但坚称自己为先知，一会儿说自己是伊阿宋，一会儿又说自己是约拿、奥德修斯、辛巴达。伊阿宋是希腊神话中的人物，他为了寻找金羊毛经历了海上冒险，九死一生才到达目的地。奥德修斯是《荷马史诗》中的英雄，著名的《奥德赛》讲述了他在海上漂泊十年，克服重重艰险回家和妻子珀涅罗珀团聚的故事。约拿是《圣经》里的先知，他经受神的考验，被抛进大海中在鱼腹中待了三天三夜。辛巴达是阿拉伯民间故事《一千零一夜》中的人物，他自小就对海上探险充满神往，为夺回"和平之书"和帮助朋友在海上经历了艰难的航程。沃特金斯把自己指称为这些英雄、先知，透露出莱辛创作这本书的目的，莱辛在谈到创作缘由时说道"因为一个朋友说没有人坐下来一块读犹太教、基督教和伊斯兰教的书。我就想，如果一个先知现在出现了会发生什么。所以我就在故事中采用了三个宗教中都共有的因素"①。莱辛通过写主人公沃特金斯的海上历险，引入了不同国家、不同宗教中的英雄人物，这些人物的故事和主人公的故事形成互文。

《简述地狱之行》中的互文性书写具有和其他互文性小说不同的特色。互文性在当代很多英国作家的作品中都有体现，但偏重的是不同方面的互文。有的体现在情节方面，如英国作家福尔斯(John Fowles)的《收藏家》(The Collector)在情节上和童话故事蓝胡子的互文关系，两者都把女性作为自己的收藏物。② 有的体现在讲述风格方面，如安吉拉·卡特(Angela Carter)的《马戏团之夜》(Nights at the Circus)以及鲁西迪(Salman Rushdie)的《午夜之子》(Midnight's Children)中都有对阿拉伯民间故事《一千零一夜》

① Tan Gim Ean. "The Older I Get, the Less I Believe". Doris Lessing: Conversations. Ontario Review Press, 1994: 200-203.

② Sherrill E. Grace. "Courting Bluebeard with Bartok, Atwood, and Fowles: Modern Treatment of the Bluebeard Theme". Journal of Modern Literature, 1984, 21(2): 245-262.

的互文，作品中具有浓郁的阿拉伯故事讲述风格。有的体现在元小说特性上，如拜厄特(A. S. Byatt)小说《南丁格尔眼中的巨灵》(The Djinn in the Nightingale's Eye)中甚至把互文理论大师热奈特(Gerard Genette)和结构主义理论家托多罗夫(Tzvetan Todorov)都写了进来，这使得真实和虚构、小说和理论形成奇妙的互文关系。也有的体现在和历史的互文关系上，当代理论家哈琴在《后现代主义诗学》中把这类作品归入历史编撰元小说，剖析了这部分作品中历史和小说之间的互文关系。

而《简述地狱之行》的独特之处则在于它探索了互文性的空间特征。小说理论家布莱恩·麦克黑尔把这种互文小说的空间性称为"互文区间"(intertextual zones)，"组成区间的截然不同的多个世界占据着不同的、互不相容的空间；正如福柯所言，很难在现实中找到能兼容这所有空间的位所"①。显然麦克黑尔的互文区间概念建基于福柯的异托邦，只是福柯的概念是个广域的知识型，互文区间是它在文学叙事范畴的应用。当代以来，英国很多小说家的作品中出现了此种互文形式，如阿克罗依德在《霍克斯默》中以伦敦6座著名的基督教大教堂为异托邦空间，交叠了18世纪大教堂的建造过程和20世纪后期在伦敦大教堂里的六起男孩遇害案的侦办过程，"作品主要展示了人类建构空间图景和空间物的过程和情景，表达了作者关于世界空间之建构过程和法则的看法"②。石黑一雄在最新的一部小说《被掩埋的巨人》中则描绘了一片迷雾重重、致人遗忘的树林，通过巨龙和骑士同时出没的密林将史诗时代巨龙的故事和传奇时代亚瑟王骑士的探险故事糅合在一起，以表达他对民族与个人面对历史宿怨时应当如何在记忆与宽恕间做出抉择的看法。③ 可见，互文性小说的空间特征在当代作家中得到广泛应用，也越来越受评论家的重视。

莱辛在《简述地狱之行》开篇引用14世纪波斯著名苏非主义诗人穆罕

---

① Brian McHale. Postmodernist Fiction. The Taylor & Francis e-Library，2004：56.

② 肖锦龙：《文化洗牌与文学重建：英国当代先锋小说的后现代性》，人民出版社2018年版，第54页。

③ 石黑一雄：《被掩埋的巨人》，周小进译，上海译文出版社2016年版。

默德·沙比斯塔里《秘密花园》中的一段诗句作为引言，"宇宙之主永驻于心灵之域/在那里可以看到两个世界混合为一"①。在后记中她又引用诗人威廉·布莱克《天堂和地狱的婚姻》中的诗句"天上飞的最小的鸟儿，也是你的五官无法感知的巨大世界"②，莱辛在《简述地狱之行》中力图做到的正是把天堂和地狱这样二元对立的"两个世界混合为一"，创造出一个迥异于两者而又两者兼容的异托邦。异托邦是福柯在《其他的空间》一文中提出的概念，它贯穿了全部福柯哲学著作。在异托邦中"空间的存在构成了异质交汇的场所，不断表征着文化的一些特殊的信息"③。空间不再是纯粹物理存在，而成为某种文化和权力的表征，在这种被权力划分的空间中，主体被征服，被生产出来。这个异托邦空间是一个杂糅体，它既小又大、既对立和多元、既冲突又包容，这是一个超越了二元对立的空间，以莱辛的话说，这儿奉行的不是"either…or"，而是"and…and…and"，是多元、异质、共生。具体来说，《简述地狱之行》的空间特征体现在三个层面。

《简述地狱之行》中的第一个空间是大海。古代和现代的海上经历在现实中因为年代相隔是不可能相遇的，而莱辛则通过大海将两者联系在一起，创造了一个"异质交汇的场所"，通过把不同的异质空间相互交叠来让古今的人物形成对比。《简述地狱之行》中，古代英雄探险的大海是被英雄们不屈不挠地征服的空间，它代表着古代尤其是希腊时代的辉煌和那时人们诗性的生活和思考方式。随着近代以来现代性启蒙的发展，理性代替了诗性，两者产生了尖锐的对立，与之相应，人们也不再像古人那样整体性地看待世界，人的体验越发碎片化，人与世界也日益隔离，莱辛用"我们选择居住的监牢"来描述这种感受，认为理性与诗性的尖锐对立使得人坠入自己亲手建造的牢笼。《简述地狱之行》中主人公沃特金斯的遭遇进一步阐明了莱辛的看法。他的海上历险和古代英雄海上探险

---

① Doris Lessing. Briefing for a Descent into Hell. Random House，Inc，1971.
② Ruth Whittaker. Modern Novelists：Doris Lessing. St. Martin's Press，1988：78.
③ 张锦：《福柯的"异托邦"思想研究》，北京大学出版社 2016 年版，第 114 页。

故事形成互文，古代英雄的海上探险故事创造了具有史诗风格的雄壮的海上空间，而沃特金斯的海上历险则是一个普通人不停在海上"转圈"的故事，格调高下立判。

先来看看古代英雄的探险故事。《简述地狱之行》中几乎罗列了所有具有代表性的古代海上英雄，伊阿宋、奥德修斯、辛巴达、约拿，他们来自不同国家、不同宗教、不同传说，但都是纵横海上的英雄，最终都战胜了海洋安全回到家乡，尤其是《荷马史诗》中的奥德修斯，他在海上整整漂泊了十年，历经苦难，同行所有的伙伴都葬身大海，船只也被宙斯用雷霆击沉了，只有奥德修斯一人幸免于死。沃特金斯在病房里的疯言疯语是对古代英雄海上历险经历的戏仿。他们都是在海上不停地漂泊，不同的是，英雄们排除万难，虽经历种种曲折，但最终找到家园。他们的追寻是上升的直线型的。再来看沃特金斯的海上历险。沃特金斯的旅程是不停地"转圈转圈转圈"（around and around and around…）[1]，他的追寻是循环往复、不断返回原点的圆圈。莱辛借此隐喻失去了古希腊诗性的、整体的观照世界的方式，现代人坠入理性的泥潭，不停转圈找不到出路的现实境遇。因而大海这个异托邦的空间，也表征着古今人们建构的不同的世界图景。在古代英雄的故事中，大海是星光照亮的"可走和要走的诸条道路之地图"[2]，充满了诗性之美。而沃特金斯的大海则被描述成一片"荒凉的海"[3]。他的海上奇遇也不再像古代英雄那样被写进史诗，而他则被人们关进病房，他的话也被当作精神病人在梦境里的胡言乱语。

为了体现在大海这个空间界域内古今人们所建构的世界图景的不同，莱辛通过互文手法对两者进行比较。这种比较是通过源文本的史诗叙事和新文本的小说叙事方式之间的差异体现的。著名学者卢卡奇指出，时代不同而造成史诗和小说之间的明显差异或对立，或者可以说，这是古希腊时代与现代资产阶级社会之间的对立。在古希腊的荷马史诗时代，人和世界

---

① Doris Lessing. Briefing for a Descent into Hell. Random House, Inc, 1971: 15.

② 卢卡奇：《小说理论》，燕宏远、李怀涛译，商务印书馆2012年版，第1页。

③ Doris Lessing. Briefing for a Descent into Hell. Random House, Inc. 1971: 12.

是一完整的总体，人处于其中像住在家里一样亲切、熟悉。自我(心灵)和世界是同质的，没有任何疏离。生命和本质这两个概念完全等同，希腊人生活的意义就在于它的总体。这个时代的"伟大史诗"就"刻画了广博的总体"。而与史诗时代不同，现代社会理性取代了诗性的位置，它已不再有广博的总体。当代人们之间产生了"更深、更有威胁性的鸿沟"，现代人所存在的世界不再使人感到像在家中那样舒适，而是使人丧失整体感，使现代成为有问题的时代。卢卡奇进而指出，"现代资本主义社会在大大扩展了人类世界的同时，也掘下了一道自我和世界之间的鸿沟"①。小说是成问题的人物在疏离的世界中追求意义的过程，因此心灵与世界就永远不会完全相适应。"我们的生活已经丧失了最初的和谐，而感受和克服这些对立的地方就是人们的心灵"②。莱辛通过对史诗时代和现代的分析、对比，表达了对史诗时代的怀念，从而体现她对当代社会失去整体性的异化的思维模式的不满。

《简述地狱之行》中着力刻画的第二个空间是地狱。莱辛把书名起为"地狱之行"正是和古代故事的互文。《荷马史诗》中奥德修斯为了回家不得不先游历地府，向先知提瑞西阿斯询问未来的事情。对于现代人沃特金斯来说，要想回家也要先经过"地狱"——医院，经过治疗"康复"之后才被允许回家。在这里他被当作神志不清的疯子对待，被 X 医生和 Y 医生共同严格诊治，有护士每天查房、密切观察和记录他的一举一动，为了让他早日"恢复意识"，医生们开了大量药物给他服用，并使用了让他异常疼痛的电击疗法。把医院看作地狱，表明了莱辛对异化、病态的当代社会的不满。她的看法和福柯在《规训与惩罚》一书中阐明的见解是一致的。福柯认为，戒律、训练、操纵、评判、等级、分类、检查和记录这一整套惩戒技术，逐渐在监狱、医院、军队、学校和工厂里发展起来。医生同病人、军官与士兵、教师同学生、资本家同工人之间的关系，如同法官与犯人的关系，

---

① 卢卡奇：《小说理论》，燕宏远、李怀涛译，商务印书馆 2012 年版，第 Ⅸ 页。
② 卢卡奇：《小说理论》，燕宏远、李怀涛译，商务印书馆 2012 年版，第 Ⅵ 页。

近现代社会规范化权力和知识就是在这些关系中形成并运作的，惩戒技术对个体的所作所为都是在树立起"规范化"和标准化的权力范式，权力在整个社会中的运作就是通过约束个体身体的戒律来进行的。① 小说中的沃特金斯因为沉浸在自己的精神世界而被当作疯子，医生等规训者不能容忍他与众不同的感受世界的方式，千方百计要让他恢复"正常"。疯狂和理智之间界限分明、不容逾越。同样身处地狱，奥德修斯在地狱中询问未来，预知了未来的艰难险阻和最终的光明结局，和大海上的航行一样，地狱是英雄成长经历的一部分。而沃特金斯即使在地狱般的医院受尽折磨，未来却依然不明朗，X 医生和 Y 医生始终对他的治疗方案无法达成一致。最终受过电击之后沃特金斯怎样了，是"恢复理智"还是保持通灵般的疯狂，莱辛并没有写明。实际上，沃特金斯的命运代表了当代社会人们的共同命运，如果人们始终保持二元对立的思维方式，把诗性排除在理性之外，就难免被权力规训的命运，那么整个社会只能不停"转圈转圈转圈"。因此莱辛希望人们思考的是：当整个社会呈现地狱般的意象，当理性遮蔽了诗性之光，我们人类是屈服还是抗争，人类到底该何去何从？

《简述地狱之行》中的第三个空间是天空。在创作《简述地狱之行》同一时期，莱辛受到苏非教的影响阅读了大量苏非教的经典，对宗教多有思考，她曾说过作品的创作动机就来自她对宗教的感悟，"我就想，如果一个先知现在出现了会发生什么。所以我就在故事中采用了三个宗教中都共有的因素"，而天空正是承载着莱辛叩问信仰的空间。《简述地狱之行》也是莱辛转向科幻小说创作的滥觞，在后来的"老人星"系列科幻作品中莱辛创造了与当代社会不同的外太空文明。实际上莱辛的思考超越了宗教、科幻等分类标签，她拷问的还是人类二元对立的思维方式。

古代英雄传说中天空是神的领域，住满了各色的神祇，英雄们或者受到神的庇护，或者受到神的惩罚，但无论怎样，对神的信仰使他们即使面临海上的狂风骤雨也不恐惧，并最终成为命运选定的胜利者、幸运儿。奥

---

① 莫伟民：《莫伟民讲福柯》，北京大学出版社 2005 年版，第 17 页。

德修斯得罪了海神波塞冬，一阵狂风吹走了他同船的伙伴，只有他活了下来。而在沃特金斯的故事里，人非但没有被救赎反而被抛弃了。沃特金斯在海上遇到了风浪，只有晶体船能够拯救他们。晶体船第一次来时接走了他的伙伴们，独独把他遗留下来，他历经千辛万苦，等待晶体船第二次、第三次降临，但始终没有等来。和古代人的自信不同，当代人因为失去了对神的信仰也就失去了神的庇护，科学使人们不再相信宗教，理性使人们不再相信神话传说。而莱辛质疑的正是启蒙以来人们对科学、理性的这种推崇。这导致人类失去了古代社会最宝贵的人和世界之间的诗性联系。进入现代以来，科学日益取代神学的统治地位，但科学分类的琐碎也使人的体验被分散为细小的领域，无法对世界保持整体性的认知。由于看不到人和世界的整体性联系，导致科学和文学之间、不同的宗教之间、理性和感性之间、真实和虚构之间被人为地划下了深深的鸿沟，并且这种二元对立的分类方式在各个学科领域不断蔓延。

本来宗教应该是最讲求宽容的领域，但现实中其思维模式也被二元对立主宰，每一门宗教都强调自身的正统性而排斥其他宗教，却没有人看到宗教的本质和把它们联系起来的共同之处。《简述地狱之行》之中沃特金斯有这样一段疯言疯语，"你没有意识到你所有的希望都寄托在他们（神、先知）的救赎上。不，如果我们认为他们只有一种形象那是错的。我们从来没有说过或者想过：他们会以鸟或洒在海浪上的光的形式出现。但如果你曾经抱有很高期望的事儿最后成真，你就会知道你最终期望的就是你心目中的那个形象。至少，是你能肉眼看到的那个形象。如果你在脑海中塑造了一个八条腿、眼大如盘的怪物形象，那么如果海上真有那个怪物你就不多不少只能看到那个形象。即使成群的天使出现，如果你等的是独眼的怪物，你也会视而不见地经过天使，如同经过海上吹拂的清风"①。莱辛想说的是，宗教形式虽然多样，本质实则唯一，人们不必拘泥于外部表象。推而言之，真理也会以各种形式出现，但本质是相同的，追寻真理要抓住本

---

① Doris Lessing. Briefing for a Descent into Hell. Random House, Inc, 1971: 21.

质。科学和文学都是认识世界的方式，说不上孰轻孰重，不能尊前者而贬低后者。理性和诗性也都是人类的思维方式，两者是相辅相成的关系，如果人们坚持非对即错的标准，坚持二元对立，而不能用差异、多元、整体的方式看待世界，就无法接近真理，也就无法走出当代社会遭受异化、碎片化、被规训束缚的危机。莱辛写道，"这就是我们出海去寻找的，转圈转圈转圈转圈，因为即使如此循环往复，遇到他们的希望也是渺小的"①。莱辛的海上之旅是为人类寻找真理、寻找出路的旅程。沃特金斯的海上航行也是现代人的救赎之旅。自从神话被科学质疑、理性被奉上神坛，人们已日渐失落古老文明的整体性混杂性的世界观，从而带来人的崩溃、疯狂、无尽的精神痛苦，莱辛希望通过沃特金斯海上的旅程，踏着古代英雄的足迹，找到消除对立、达致整体的方法，从而在大地上诗性地栖居。

在莱辛所有的作品中，《简述地狱之行》具有承前启后的意义，"莱辛的兴趣已经从对个人的特点、个人之所以不同的方式转向他们在什么方面相似上来"，她所构建的空间，"越进入这些区域，越发现这是所有人类居住的区域"②。莱辛希望追寻每个人都面临的终极问题，即在碎片化的时代，我们如何真实面对自我，在诗性和理性严重分裂、二元对立思维方式占统治地位的当下保持混杂性的眼光，达致人与自然、社会的统一和谐。通过互文性的文本建构，莱辛给我们勾勒了迥异传统的空间，她希望解除二元对立思维方式对人的束缚，以古希腊诗性之光指引人类走出当代社会文明困境。莱辛的探索无疑是极具价值的。

第二节　《金色笔记》中的空间意象

上文研究了莱辛在《简述地狱之行》中通过重写史诗表达了对当代社会

---

① Doris Lessing. Briefing for a Descent into Hell. Random House, Inc, 1971: 22.

② Jean Pickering. Understanding Doris Lessing. University of South Carolina Press, 1990: 124.

理性和诗性对立的批判，本节主要分析《金色笔记》中莱辛通过重写西西弗斯神话揭示的人类社会在无序和秩序间的矛盾冲突中循环往复的困境。

莱辛在自传《在我的皮肤下》中写道："最好是选用最古老、最熟悉的象征，因为它就在那里，在人们的心里，是原型，人们因此很容易就从日常世界转到另一世界。"①在《金色笔记》中，莱辛不止一次地提到过西西弗斯神话。据记载，西西弗斯是古希腊神话中的一位英雄，他得罪了众神主宰宙斯和冥王哈得斯，最终被战神阿瑞斯捉拿归案。众神对他的惩罚是：罚他把一块巨石推到山顶，当巨石块推到山顶时，石头的重量迫使他后退，巨石滚回原来的地方，于是，他又向山下走去。西西弗斯这种重复而枯燥乏味的工作，永无终止。

莱辛在文本中经常提到这则神话，可以说对此神话的理解和反思构成了理解莱辛作品的一个关键因素，而莱辛对此神话的理解正是她对世界的哲学性思考。书中不止一次地写到这则神话，如"有一座黑暗的高山，那便是人类的愚昧。一群人正在推一块大圆石上山。当他们刚往上推了几尺，却爆发了战争，或是荒唐的革命，石头便滚落下来——不是滚到底，总能停在比原先高几寸的地方。于是那群人用肩膀顶住石头，又开始往上推。与此同时，个别伟人站在山顶上。有时候他们往下俯瞰，点点头说：好，推石头的人仍在尽责"②，"你和我，爱拉，我们都是失败者。我们徒费精力，想让那些比我们稍笨的人接受那些大人物们早已知道的真理。爱拉，我们的任务就是把真理告诉他们，这是你和我的任务。你和我，在我们的一生中，我们耗尽了全部精力，全部才能，想把一块巨大的圆石推上山顶。那块大圆石就是大人物们凭天性就认识的真理。那座山就是人类的愚昧。我们在推那块大圆石。有时候，我真希望自己在还没干这个活以前

① Doris Lessing. Under My Skin: Volume One of My Autobiography to 1949. Harper Collins，1994：29-30.

② 多丽丝·莱辛：《金色笔记》，陈才宇、刘新民译，译林出版社2014年版，第619页。

就已经死了"①。

　　莱辛的作品中经常贯穿着一种神秘主义的意识，很多评论家给她加上了苏非主义的标签。实际上，莱辛认为所有的宗教、神话都是相通的，她在意的是它们背后相同的形式。如她在"老人星"系列小说第一部《什卡斯塔》的序言中以及《简述地狱之行》中均写道：如果你读《旧约》《新约》《佛经》和《可兰经》，就会发现其中都贯穿着一个故事。《金色笔记》也贯穿了许多相同的神话和故事，而无论是古希腊的西西弗斯神话，还是莱辛一再提及的神话都有着相通的内容，莱辛通过采用中国盒子式的结构在整部作品中反复强调的，正是对此神话所隐喻的困境的不断书写。

　　要说明西西弗斯神话的象征寓意，最好先换个更容易理解的类似神话。《圣经》中记载着以色列人过红海的故事：以色列人来到海边，后面是埃及法老带领的追兵，前面是滔滔大海，这时摩西举手，向红海伸杖，水便分开，海就成了干地，中间是干路，左右两边的海水如墙一般高，以色列人安静、有秩序、不慌不忙走进红海，大人小孩、男女老幼，还有他们的牲口全都随着队伍往前走，井然有序。而埃及军队下到海里，水墙立即复原，大海归于混沌，所有人都被海水淹死。

　　莱辛的所有神话都和此神话有异曲同工之妙。首先看西西弗斯神话。莱辛在文本中不止一次地说大人物站在山顶，他们太伟大很容易就能把圆石推上山顶。正如摩西一挥杖就能使海水断流露出大路。而凡夫俗子如我们这些推大石的人，永远无法把真理的巨石推向山顶，最终如埃及兵一样被邪恶、愚昧的人性所淹没。伟大的人制定秩序，而我们这些凡夫俗子踏着他们的道路却到达不了目的地，只能被无序吞噬，因为社会和生活原本就是毫无秩序可言的。

　　可见，西西弗斯困境是指现实的无序和理想中渴望建立秩序之间的矛盾。它如同西西弗斯不断推巨石上山的努力那样，是难以摆脱的痛苦循

---

　　①　多丽丝·莱辛：《金色笔记》，陈才宇、刘新民译，译林出版社 2014 年版，第215 页。

环，无序/秩序的二元对立使人们陷入思维混乱的困境，也是莱辛借人物之口想向人们传达的真理。

其次，西西弗斯困境是指无序/秩序之间的无尽重复和转换。在黑色笔记部分，安娜写道"很久以后，我仍记得在我们没完没了地从事对时局的分析及研究的岁月里，只有一次接近了真理(真理本来就离我们十分遥远)，那就是保罗愤愤地嘲讽那一套言论的那一次"①。保罗在发表关于非洲形势的看法时，说到如果黑人打败白人军队会出现的情形："如果黑人的军队打胜了，那又会出现什么样的局面呢？对于一位有头脑的民族主义领导人来说，他唯一所能做的事是加强民族主义感情，并发展工业。同志们，你们有没有想过，作为进步人士，我们有责任支持民族主义国家，但这样的国家所谋求发展的还不就是我们深恶痛绝的资本主义那套所谓人人平等的理论？我已经看到了这一点，是的，我用我的水晶球看到了这一点——而且我们还不得不去支持这一切。哦，是的，是的，我们没有别的选择。"②

仔细分析下保罗的话，他的意思有两层，而这两层传达的是同一个真理。其一，黑人军队历尽辛苦推翻白人政权，可到头来最后最聪明的决策还是按照原来的模式建立相同的秩序；其二，"我们"这些人倾尽全力去奋斗的事业，最终只是旧模式的翻版。正如西西弗斯神话中那个大圆石，无论花了多大的努力，最终还是滚落山底。新秩序还是会沦为旧秩序，并且新秩序实际上就是旧秩序的一部分，这是莱辛在《金色笔记》中着力向我们传达的另一真理，这两个真理共同构成了人类的西西弗斯困境。

在黑色笔记部分，安娜先写了《战争边缘》，可是她觉得这个小说没有说出那个真理，不是她心目中哲学性的小说，因此她开始用日记的形式详细记下当时发生的事情。黑色笔记主要是莱辛关于种族问题的看法。日记

---

① 多丽丝·莱辛：《金色笔记》，陈才宇、刘新民译，译林出版社2014年版，第95页。

② 多丽丝·莱辛：《金色笔记》，陈才宇、刘新民译，译林出版社2014年版，第95页。

中白人乔治和黑人厨师的妻子幽会生下了孩子，他想承认但碍于种族政策不能承认。这件事在《战争边缘》中安娜是让两人大胆反抗，但在日记体中她所写到的事实是乔治畏畏缩缩，而维利却出于种种现实的考虑，规劝乔治不要做任何打破种族界限的事。当得知乔治是和一位黑人相好时，安娜的态度是奇怪的，"我（安娜）还惊奇地发现我厌恶这个事实：那个女人是个黑人。我原以为自己决不会有这种情感，但事实似乎并非如此，我因此感到羞愧，感到愤怒——对自己，也对乔治"①。这段情节表明，标榜维护黑人利益的人们，当现实的考验来临时，他们所做的选择、他们的意识形态都和那些自己的对立面种族主义者无异。

很多评论家指出，《金色笔记》有很多弗洛伊德主义印记，安娜许多关于自杀、死亡的噩梦都可以溯源于安娜关于人类生活真相的理解。安娜写道："只要稍不留神，我便会重新回到那困扰了我多年的噩梦之中。这噩梦具有多种形态，有时出现在睡眠中，有时出现在大白天，它大致可以描述成这般光景：一个男子被蒙住眼睛背靠着一堵墙站着。他已被折磨得奄奄一息。他的对面站着六个男子，正举着步枪准备射击。他们受第七个男子的指挥，那人已将手高高举起。只要他的手一放下，枪声就会响起，那囚徒也就一命呜呼了。然而，这时突然发生了一件意料不到的事——其实也不完全出乎意料，因为那第七个男子一直在留神倾听，担心会出现这种局面。在外面的大街上，响起了一阵呼喊声和斗殴声。那六个士兵用质询的目光看着他们的指挥官——即第七个人。指挥官站在那里，等待外面那场斗殴的结果。这时，传来一阵欢呼声：'我们胜利了！'那军官听见后随即走到砖墙前，给那位男子松了绑，并站到他站过的位置上。被人捆绑过的男子这时把指挥官捆了起来。这是噩梦中令人毛骨悚然的一个时刻：他俩相对而视，笑了起来：这是一种短暂的、苦涩的、会意的微笑。在这微笑中，他们就像一对亲兄弟。这微笑隐含着一个真理，一个我很想避开的

①　多丽丝·莱辛：《金色笔记》，陈才宇、刘新民译，译林出版社2014年版，第128页。

真理，因为它已使一切创造性的东西化为乌有。"①安娜极力避开的真理就是她所领悟的大圆石始终会坠落这一事实。多年后安娜会成为布特，就像受刑的是囚犯还是指挥官没有区别一样。《金色笔记》不断写到安娜的噩梦，实际上它们都出自同一变体。

在自由女性Ⅱ部分，安娜在笔记中记下这段文字："我站在那里从窗口往下看。下面的街道似乎离我有几英里远。突然，我觉得自己已经从窗口跳下。我看见自己就躺在人行道上。随后我好像就站在人行道上那具尸体旁。我成了两个人。鲜血和脑浆喷溅在地上。我蹲下身子，开始舔那些血和脑浆。"②关于这段文字的弗洛伊德式评论，即从心理学角度进行评析的论文已有很多，论文提到了安娜的精神分裂、疯狂及多重自我等。在这些评论的基础上，这里想指出的是这段文字揭示的安娜对真理的感悟以及她的悲观心情。在"我"的身上统一着新我和旧我，"我"就是"我"的敌人，"我"舔舐着自己的鲜血和脑浆。"我"会变成自己所痛恨的人，比如多年后的安娜就变成布特那样的人，"我"成为"我"的对立面。

莱辛用很多小故事反复述说着这个她悟出的真理。如黄色笔记中安娜写的小说《第三者的影子》。爱拉爱上了有妇之夫保罗，开始她沉浸在这段浪漫恋情之中，很少想到保罗的妻子，"她对待这个陌生女子的态度是颇为鄙夷的：她从她那里夺走了保罗，感到既得意又快活"③。爱拉作为一名自由女性，有自己的职业，不被家庭所牵累，爱拉对保罗的妻子有一种优越感，认为保罗并不爱她。爱拉理想主义地把爱看作爱情、婚姻的基础，而对被束缚于家庭的妻子角色不屑一顾。可是慢慢地，当她真的爱上保罗以后，她开始"不再是得意，而是嫉妒"。她的心中开始有了一个第三者的

---

① 多丽丝·莱辛：《金色笔记》，陈才宇、刘新民译，译林出版社 2014 年版，第 339 页。

② 多丽丝·莱辛：《金色笔记》，陈才宇、刘新民译，译林出版社 2014 年版，第 267 页。

③ 多丽丝·莱辛：《金色笔记》，陈才宇、刘新民译，译林出版社 2014 年版，第 202 页。

影子，这个影子既是保罗的妻子，又是爱拉自己——她潜意识中想成为的一种女人。"这是她自己所向往的形象，这个虚构人物是她自身的影子，它离她十分遥远。这会儿她懂得了，并且为之大感惶恐：她在完全依赖着保罗。"①爱拉始终追求爱和自由，可是在现实生活中这样的追求不得不屈从于平庸，从一个独立的不受家庭束缚的自由女性，变成她开始时不屑的依赖男人的家庭妇女型女性，爱拉不得不承认她和保罗的妻子是一样的，第三者的影子可以说是西西弗斯困境的一个变体即女性困境的写照。

《金色笔记》的女性主题是评论界关注较多的领域之一。莱辛因其对女性内心世界的直率探索，在当时显得极为大胆，书中的女人们不受婚姻束缚，不管是否需要抚养子女，都按自己的选择去追求事业与性生活。这本书公然描写月经和性高潮等题材，以及感情崩溃的心理机制。从非洲殖民地到现代化的伦敦，莱辛以作家的眼光审视着男人与女人之间的关系，乃至社会不平等现象与种族隔阂。身为女人，她在职业、政治和性爱方面都追求自己的利益与欲望。在 2007 年莱辛获得诺贝尔文学奖时，瑞典学院给出了这样的判词："这个表述女性经验的诗人，以其怀疑主义精神、火一样的热情和丰富的想象力，对一个分裂的文明作了详尽细致的考察。"称《金色笔记》是一本"先锋性的作品"，是"影响了 20 世纪的男女关系的为数不多的几本书之一"。这是把莱辛作为一个女性主义的先锋战士来奖赏；可这对于莱辛来说却是一个莫大的讽刺。因为《金色笔记》，莱辛无可争议地成为英国最年长的女性主义"代言人"；但自从那本书出版以来，莱辛无时无刻不想着摆脱那个恼人的头衔。在一次接受《纽约时报》的采访时，莱辛说了这样一段话："女权主义者希望从我身上找到一种其实我并不具备的东西，那种东西其实来自宗教……他们希望我能说这样的话：'嗨，姐妹们，我与你们同在。我们共同战斗，为了迎来一个再也没有男人的金色黎明。'他们发表的关于男人与女人的宣言无聊至极，但那正是他们想要

---

①　多丽丝·莱辛：《金色笔记》，陈才宇、刘新民译，译林出版社 2014 年版，第202 页。

的。我对他们无比失望。"相当多的知识分子和女性读者则引她为知音，认为她对"自由女性"的生存状态和保持独立的艰难感同身受，道出了女性的心声。《金色笔记》引起了两极评价。一些评论家将它与法国知名女权作家西蒙·波伏娃的《第二性》相提并论，但是也有一些评论家认为，小说恰恰表明了莱辛"反女权主义作家"的身份。

到底莱辛对女性主义的态度是怎样的？莱辛在《金色笔记》1971 年的再版序言中自己回应说："就妇女解放这一论题，我当然是支持的……（但）我觉得妇女解放运动不会取得多大成就，原因并不在于这个运动的目的有什么错误之处，而是因为我们耳闻目睹的社会上的政治大动荡已经把世界组合成一个新的格局，等到我们取得胜利的时候——假如能胜利的话，妇女解放运动的目标也许会显得微不足道、离奇古怪。"她相信，女权运动太过于以意识形态为根据，而且"浪费了妇女的潜力"。许多评论家如 Agate Krouse、Ellen Morgan 等认为作品中没有特别女性主义的因素。这一论点似乎也得到莱辛的亲自肯定。

其实细读文本会发现莱辛的态度是很清楚的。她详细地分析了女性的状态。在《第三者的影子》中，她剖析了以爱拉为代表的知识女性的困境。她们追求真理，寻找爱和自由，可是无论她们怎样努力，最后还是和囿于家庭的女性有同样的困境。困境的症结在哪里呢？正如前面讲到爱拉她们是些推大圆石的人，她们渴望真理，可永远无法接近真理，因为世界是无序的，是混沌的恶的河流。比如女性爱上一个人就甘愿付出的母性是与生俱来的，可男性往往视这种付出为理所当然，男性能很清楚地分清"爱"和"性"，而女性则是把两者视为一体，在为男性的付出中丧失自我。这些生理、心理的不同使男女两性抵牾不断，这就是生活的现实，正如莱辛借安娜之口所说"人间万事，本来无所谓对与错，一切都只是一个过程，一个循环"。这种困境，即大圆石永远滚落、新旧不断循环的困境不仅是女性面对的，更是人类的普遍困境。因此莱辛认为"我们耳闻目睹的社会上的政治大动荡已经把世界组合成一个新的格局，等到我们取得胜利的时候——假如能胜利的话，妇女解放运动的目标也许会显得微不足道、离奇古怪"。她的意思是说女性问题是这个哲学母题的一个子题，而解决了母题，女性问题就不是问题了。

莱辛在文本中提出的哲学母题确实切中了人类的普遍困境，那么如何解决这个哲学母题呢？人类如何面对西西弗斯困境？莱辛曾指出《金色笔记》是"一次突破形式的尝试，一次突破某些意识观念并予以超越的尝试"。小说深深烙上了莱辛对如何突破和超越西西弗斯困境的思考。突破主要指莱辛对小说形式所做的创新，超越主要指她对人类的这个普遍困境所做的建设性解决方案，此方案因其思维的深度而大大超越了前人，显得弥足珍贵。

《金色笔记》的各个部分分门别类，内容也侧重于种族、政治、性别、心理等各个方面，而不同的内容有着相同的主题形式，这就是对象征人类困境的西西弗斯神话的思考。莱辛成功地突破了传统的结构形式，采用层层相嵌的中国盒子的结构，来表达对人类困境的后现代主义思考。

安娜在领悟了真理之后，又买了一个金色的笔记本，这金色笔记颇似对前面几本笔记的总结。安娜放电影般地回顾以往发生的一切，并听到一个声音对她说："我们可不是我们所认为的失败者。我们终身奋斗，以便使人们比我们稍稍聪明一点，从而可以领会伟人们一向明白的真理。""我们的工作便是告诉他们（广大民众）这些"，即鼓舞人们克服恐惧以坚持真理。因为"深深陷于恐惧之中的人们，已经落后于他们（伟人们）一万年"。伟人们"知道我们在这儿，我们这些推大圆石的人。他们知道我们会继续推石上山，在一座巍巍高山的低坡上往上推动一块巨石"，"我们这一辈子，你和我，我们将竭尽全力，耗尽才智，将这块巨石往上推进一寸"，"这便是我们毕竟并非毫无用处的原因"。① 很多评论据此认为莱辛对未来是充满积极乐观态度的，"正如西西弗斯从推石上山这个绝望的过程中发现了意义一样，安娜也从这个分裂、矛盾的世界中看到了意义，女性对自

① 多丽丝·莱辛：《金色笔记》，陈才宇、刘新民译，译林出版社 2014 年版，第
609~610 页。

由、对自我价值的追寻，乃至人类历史的进程都如同这个推石上山的过程，虽然人类历史进程不断出现危机与反复，看起来没有什么改变，但是在这个过程中人类的智慧不断发展，人类的精神不断走向完善。像安娜、迈克尔和索尔这样的人，必然跟随着先知的步伐，一步一步地更接近真理，让世界有所改变。""这个推石上山的过程也是莱辛为代表的知识分子所承担的责任。为了暴力、种族矛盾、政治危机和女性问题的最终化解，应带领全世界的广大民众由愚昧攀上智慧的顶峰，这也是莱辛的宏伟心愿。"

实际上，安娜很快就否定了这种乐观的先知的角色，认识到"告知民众"中的宣传强制色彩。索尔语带讥讽地说道："我们必须做的事，便是做好安排，向广大群众——他们就像许多空空的容器一样——灌输美好、有用、纯洁、善意而又和平的情感，正像我们这样。"①真理靠自身感悟而不是别人灌输，以美好名义灌输的任何真理都不可避免地具有强权色彩。

对真理的感悟是通过"知悉"而不是语言文字，莱辛认为"知悉便是某种'启示'"，"不过这种知悉根本无法用文字表达"，"真正的经历是无法描述的"。② 这也是为什么莱辛在小说中进行形式创新而打破传统小说注重内容的原因。

莱辛认为西西弗斯困境的核心是以安娜、索尔为代表的人们太关注自我，她写道："是的，那就是我，那是每一个人，那个我。我。我。我是。我将去。我不会是。我将。我要。我。""我我我，十分赤裸裸的自我中心。"她把希望寄托于"存在于每个人心灵深处的那种小小的伴随着痛苦的勇气"③。这痛苦的勇气是绝望中的希望，虽然理想破灭了，真理不是先哲

① 多丽丝·莱辛：《金色笔记》，陈才宇、刘新民译，译林出版社2014年版，第614页。

② 多丽丝·莱辛：《金色笔记》，陈才宇、刘新民译，译林出版社2014年版，第624页。

③ 多丽丝·莱辛：《金色笔记》，陈才宇、刘新民译，译林出版社2014年版，第619~626页。

描述的那样，但莱辛希望人们不要放大自己的痛苦而要看到并领会别人的痛苦，去正视生活帮助别人，在平凡的生活中体现价值。

如何超越西西弗斯困境，莱辛在金色笔记部分借索尔的小说写出了她的思考。阿尔及利亚士兵是个为理想而坚持战斗的人，他为了革命出生入死，坐过牢受过拷打，可是遵照上级命令，他又在重复敌人曾施加在他身上的刑罚，拷打一位法国的大学生，西西弗斯的圆石又一次滚落山底。但和安娜的那个以不同形式出现的噩梦不同，两人没有重复新旧的循环选择对立，他们在一起激烈地辩论，思想把他们连在一起而不像种族、政治等使他们对立。他们谈论的不是先哲规划好的弗洛伊德主义等秩序井然的思想和感情，这些"思想和感情就像弹子一样无不流入预定的'狭槽'之中"①。虽然这次打破循环的交谈结局是悲惨的，他们被怀有根深蒂固政治、种族等观念的指挥官下令枪决，并没有逃出原有的对立循环，但这是一次可贵的探索，他们被枪决时"脸上沐着初升的太阳"。② 可见，思想和感情是莱辛开给处于西西弗斯困境中的人们的一剂药方。

如果说提出思想和感情还过于抽象的话，自由女性部分则充分展示了莱辛的具体思考。作为《金色笔记》框架串联起各本不同笔记的自由女性部分其实是该小说主题的凝练，各本笔记侧重记种族、政治、性别等不同的内容，自由女性部分则是它们的综合。莱辛在《金色笔记》前言中写道"我的本意是想写出一部能注解自身的作品"③，"自由女性"就是以小说形式对各本笔记的注解。

关于自由，莱辛如是写道："孩子们从小就被告知自己是自由的，民主主义者可以有意志的自由和思想的自由，他们生活在自由的国度，可以

---

① 多丽丝·莱辛:《金色笔记》，陈才宇、刘新民译，译林出版社 2014 年版，第633 页。

② 多丽丝·莱辛:《金色笔记》，陈才宇、刘新民译，译林出版社 2014 年版，第634 页。

③ 多丽丝·莱辛:《金色笔记》，陈才宇、刘新民译，译林出版社 2014 年版，第8 页。

自己做出决定。同时，他们又是这个时代的假设和臆断的奴隶，他们不能为此提出质疑……他们根本不知道自己早已被一种体系模式化了。"当代法国著名哲学家萨特提出人有选择的自由，而莱辛认为"选择本身就是扎根在我们文化中的虚幻的二分法的产物"①。

自由女性部分的主旨历来不断被人猜测。女性主义者认为莱辛是女性自由的呐喊者、同路人，但莱辛则坚决拒绝了贴在她身上的这个标签。也有人认为此部分揭示了现代社会女性的不自由状况。本书认为自由女性部分是莱辛对人类西西弗斯困境的深入思考，此困境是需男性、女性共同面对的，也是需要两性携手才能走出的困境。

莱辛在前言部分言辞犀利地说到教育问题，她认为"我们的教育制度还没有完善，除了灌输式，我们还没有别的好办法"②，而人们已经厌倦了这种教育制度，"他们对自己所受的僵死的教育表现出极度的不满，人们以为一种新颖的、更有用的教育将取而代之"。对新的教育模式莱辛又是什么态度呢？在小说前部分她并没有言明，只是提到她深感不满的文学评论界现状。实际上，自由女性部分和前言部分互为呼应和注脚。

小说开头安娜和摩莉在窗口看到盖茨先生父子，盖茨先生是名送奶工，他的儿子非常优秀，在学校获得了奖学金，对比儿子汤姆，摩莉倍感失落："我的儿子具有那么多的优越条件，受过那么好的教育，但看看他吧，简直不知道如何管理自己才好。你的儿子一分钱也不用花，他却得了奖学金。"小盖茨沿着社会认可的模式走着，从不去质疑这样的模式正确与否，而汤姆"所做的一切就是坐在床上，胡思乱想"③。对自己的女儿简纳特，安娜希望她不要困于任何模式的狭槽，而能够过一种自

---

① 多丽丝·莱辛：《金色笔记》，陈才宇、刘新民译，译林出版社 2014 年版，第10 页。

② 多丽丝·莱辛：《金色笔记》，陈才宇、刘新民译，译林出版社 2014 年版，第11 页。

③ 多丽丝·莱辛：《金色笔记》，陈才宇、刘新民译，译林出版社 2014 年版，第11 页。

由的生活，但是这种自由是什么，安娜心里并不清楚。可以说对简纳特教育的描写，串联起这部分的许多情节，也倾注了莱辛对教育的观察和思考。

简纳特喜欢房客阿尔佛，但后者是个同性恋，他用针对女人的轻蔑口吻给简纳特读故事，这使得安娜下决心赶他离开，对安娜来说，她希望女儿不受社会固有的对女性的思维模式影响，但"保护她又有什么必要呢？她长大后还不是照样生活在英国"①。她搬离了摩莉的房子，驱逐了同性恋房客，希望简纳特不受影响地自由生活。安娜希望"当我抚摸简纳特，我立即想到的是：好啦，对她来说命运将全然不一样"②。可是，简纳特的成长并没有如安娜想象的那样发展，她拒绝了母亲选择的进步学校，坚持上传统寄宿学校。"事实上，她的意思是想表明'我希望成为普普通通的人，我不想跟你一个样。'"③安娜费尽心机想让女儿避免模式化，不想她"出来的时候就会像颗加工过的豌豆，和其他人一模一样"。但女儿不愿"接受她母亲的生活方式，即意味着和生活形成冲突"④。新与旧又实现了一次循环，大圆石还是会坠落山底，简纳特还是愿意遵循生活价值规范生活，这种模式是她不愿打破的，她不愿与生活形成冲突。

摩莉和马莉恩的生活也是一个个西西弗斯困境的怪圈。摩莉自称自由女性，她鄙薄前夫的巨额财富，以不受家庭牵累自诩。但内心里她渴望男人，和安娜谈得最多的也是男人，和男人在一起，她总是扮演传统的给予者的角色，关怀抚慰男人，乐于"奉献快乐"，虽然外表自由独立，这些自由女性内心仍受旧的传统模式的羁绊，最终她选择嫁给一个商人过起普通

①　多丽丝·莱辛：《金色笔记》，陈才宇、刘新民译，译林出版社 2014 年版，第 396 页。

②　多丽丝·莱辛：《金色笔记》，陈才宇、刘新民译，译林出版社 2014 年版，第 516 页。

③　多丽丝·莱辛：《金色笔记》，陈才宇、刘新民译，译林出版社 2014 年版，第 637~638 页。

④　多丽丝·莱辛：《金色笔记》，陈才宇、刘新民译，译林出版社 2014 年版，第 638 页。

的生活——虽然这是她曾鄙薄的生活方式。马莉恩正好相反，代表了另一类女性，她们是困于家庭的传统妇女，每天围着家庭恪尽职责，但这种给予者、奉献者的角色并不能讨得男人欢心，他们认为这是理所当然的，这个世界到处充满了对女人的轻蔑。她的丈夫并不把她放在眼里，而过于在乎男人的反应也让她的生活痛苦不堪。马莉恩后来走出了家庭，成为一位自由女性，但她并没有获得真正的自由，只是从一种模式走向另一种模式。这可能也暗示了莱辛对于女性主义的态度，标榜什么主义治不了根本也毫无意义，重要的是女性"感情和思想"的真正转变，跳出模式的循环，走出西西弗斯困境，莱辛认为这是人类面临的"新的格局"，解决之则女性问题迎刃而解。

安娜一次次在和男性的关系中沉沦入旧的循环，始终走不出"第三者的影子"，但和美国人索尔的关系则是一次超越。女性传统是被动给予、乐于奉献的，男人总是"在寻求这样一位明智、温柔、慈母般的角色，此人同时又是性伴侣和姐妹"①。但这次安娜学会了说不，她没有把金色笔记本轻易送给索尔，虽然后者苦苦央求。莱辛写道："我认为，对于女人来说，随处存在着一个可怕的陷阱。"②泯灭自我的奉献、甘愿沦为二等公民正是痛苦的根源。当索尔想要笔记本时，安娜写道："我差一点说出口：'好吧，拿去吧。'因为我心中有种迎合他的一吐为快的渴求，犹如鲸喷出水柱那样。但我又恼恨起自己来，因为我正需要它，却差一点把它送了人。我知道，我们已陷入施虐受虐的怪圈中，我对顺从的渴望就是这个怪圈的一部分。我说：'不行，这不能给你。'"③最后安娜把笔记送给了索尔，但他们建立了真正平等的合作关系，两人互为对方的小说写了第一句

---

① 多丽丝·莱辛：《金色笔记》，陈才宇、刘新民译，译林出版社2014年版，第581页。

② 多丽丝·莱辛：《金色笔记》，陈才宇、刘新民译，译林出版社2014年版，第589页。

③ 多丽丝·莱辛：《金色笔记》，陈才宇、刘新民译，译林出版社2014年版，第598页。

话，结成紧密的联盟："我们始终相互依赖。我们同属一个团体，我们从来就不曾屈服，还将继续战斗。"①

《金色笔记》的最后，虽然安娜们知道"我们都将融入英国人最基本的生活之中了"②，但经历了西西弗斯困境并有过深入的思考，安娜的选择不会是绝望的沉沦，而是历经痛苦的破蛹成蝶，安娜的选择必将给身处同样处境的人们以有益的帮助。

第三节　神话和梦境中的空间意象

莱辛小说中的神话因素和许多当代作家作品不同，许多作家作品在总体故事中大段插入神话等小故事，莱辛作品中的神话并不大段叙述神话，神话和其他因素一起打造了二元混杂的空间意象。

斯高勒斯指出，现实主义小说把虚构看作对熟知世界的模仿，后现代主义小说则注重虚构提升思想境界的作用，认为小说拉开现实和虚构的距离，呈现出世界永恒不变的维度。莱辛小说中的神话有其独特之处，蕴含着莱辛的创作主旨。

与传统现实主义作家不同的是，莱辛在理性的写实中融入了神话是为了弥合理性与非理性、集体与个人、物质文明与人类困境之间的裂隙，把人和周围环境联系起来，体现她的整体观。科学技术的进步满足了人类的物质欲求，却也给人类带来无数厄运。20 世纪以来尤其是两次世界大战的深重灾难使得莱辛意识到世界分崩离析的现实，从而更关注如何去创造或修复人和人之间的联系，试图在物质文明和人类精神困境之间架起弥合的桥梁。莱辛不否认科技带来的进步，她明确指出"女权主义只是造成社会变革的一个原因，而更重要的原因体现在科学技术的进步上"。但她在很

---

① 多丽丝·莱辛：《金色笔记》，陈才宇、刘新民译，译林出版社 2014 年版，第632 页。

② 多丽丝·莱辛：《金色笔记》，陈才宇、刘新民译，译林出版社 2014 年版，第636 页。

多小说中都描写了迷信科技给人类带来的灾难，现代文明带来一个分裂、破碎的世界，莱辛用写实的风格记录了这一切，她用来表现作品主题的手法有着浓厚的神秘色彩，神话还有苏非主义、梦幻等都营造了莱辛作品无处不在的神秘性，表现出她对可知事物的不可知性的探求，用非理性解构人类根深蒂固的理性逻各斯主义思维方式，是审美现代性对启蒙现代性的文化弥合。

同时莱辛作品的神话因素还是讲故事传统的延续。后现代主义时期，语言学、哲学等学科的研究成果使人们达成一种普遍共识：语言不能表达真理，而真理可以通过故事来传递。如语言学研究指出，能指指涉的不再是所指，而是另一些能指群，文字呈现的仅仅是它本身的差异运动，没有中心。因此文学和现实的分界是无意义的，生活也是由语言、由隐喻建构而成的，是一种"仿像"。语言与符号构建了它们自身，世界在与符号的类推中运作，词与词的相似性不断被套弄，而不可能指向一个先验所指。因此，之前以为真实的世界其实是阐释的，阐释的内容可以无限延异。所有的宏大叙事和颠扑不灭的真理其实都是由社会规范的大话语建构而成的。莱辛自称是讲故事的人，认为是故事决定了它的讲述方式。她甚至在1983年左右资助了一个"讲故事学校"，想把讲故事作为一种艺术复兴起来。本雅明在《讲故事的人》中写道，故事是人类的共同经验，并成为源远流长的文化传统，小说则来源于个人封闭的经验。莱辛作品中无处不在的神话因素来源于古代各个民族，是人类智慧的结晶，有别于传统小说对现实的描述，因此莱辛作品的神话因素是后现代语境下对故事讲述传统的回归。

另外，莱辛作品的神话因素也是表达莱辛想阐释的真理的重要手段。诺贝尔奖颁奖词认为莱辛审视了一个分裂的文明。这种分裂是物质文明和精神文明发展失衡造成的。文艺复兴以来，西方走上了现代性的道路，对科学、真理的追求让人们不断开疆辟土，追求不可知事物的可知性，以探求事物的科学解释为荣，达尔文进化论、弗洛伊德心理分析都在寻求事物的科学解释。后现代时期，这种真理观已使人类饱尝恶果。莱辛作品的神话因素探求可知事物的不可知性，质疑人们认为理所当然的现代性观念，解构理性逻各斯主义思维方式。

莱辛作品中的神话因素还是对二元对立单一思维的解构。自从笛卡儿确立了主客观二元对立的思维体系以来，人类就一直受到这种思维方式的巨大影响。白人对黑人的种族歧视，共产主义与资本主义的壁垒分明，男性和女性的性别对立，莫不如是。单一思维带来的对于人与人关系的伤害，在莱辛小说中多有体现，可以说莱辛从写作生涯之初就在关注这个问题。莱辛在作品中往往通过神话因素来凸显二元对立的荒谬，或者借神话来消解对立。

莱辛作品中的神话因素体现了莱辛对人类前景看法的手段。莱辛作品始终强调个人的社会责任，认为在个人、集体和整体的关系中，个人是我们感同身受的主体，是弥合对立的纽带。这种弥合体现在表征为非理性的神秘因素对理性逻各斯的解构，也体现在莱辛对物质文明高速发展造成的分裂局面的质疑，个人是推圆石上山的西西弗斯，是通过经验而非迷信理性来成长的普罗米修斯。总之，莱辛通过作品的神话因素传达了她对弥合人类文明的主张，是她整体性思想的具体阐释。从后现代和解构主义的角度观照，莱辛的神话书写充满了新意。作品的神话因素具有建构性，莱辛将之当作弥合人类文明的手段，这对于原先人们所坚守的启蒙现代性观念是一种彻底的解构。

莱辛的很多作品都有神话，神话对揭示主题意义巨大。如《金色笔记》中的西西弗斯神话，《玛拉和丹恩历险记》中的希伯来神话，《本，在人间》中的普罗米修斯神话，《裂缝》中关于人类起源的神话等。神话几乎贯穿莱辛整个写作生涯。莱辛小说中的神话构成与远古神话的互文关系，她通过对神话的颠覆性的借用和改写，对人性现状作了触目惊心的揭示，试图唤醒人类业已麻木的心灵。莱辛神话叙事的特点主要体现在主题和结构等多方面。小说从意象、人物、叙述模式和母题等方面颠覆了经典神话的主题，并经常反其意而为之，解构文本的原价值观念，质疑现代性理念。同时借助神话进行结构运思，打碎原神话意象以符合自身文本的结构需要，在对文本的重新组织和与原神话的对比中凸显文本的哲学性和莱辛的价值关怀。可见，莱辛通过对神话颠覆性的重写表达了对已知现实的"恐惧"和对未知将来深深的担忧，从种族、性别、生态等各个方面解构了现代文明，并对西方现代性导致的文明困境提出质疑和批判。

詹姆斯·弗雷泽、列维·施特劳斯、约瑟夫·坎贝尔等理论家认为神话有类似的母题、角色与行为，体现了个人对深层真理的理解。神话往往是男权社会价值观的载体，因此质疑并重写神话就成了20世纪欧陆和英国许多重要女性小说家的共同特点。当代后现代主义叙事作品在很大程度上是对现代小说的反拨，其主要途径是恢复和发扬古代文学传统，而神话是古代文学中不可跨越的体裁。后现代文本更是以互文性著称，唯有清晰地看到文本互相指涉的内涵后才能进一步理解作家的意图，莱辛的作品就是鲜明的例子。莱辛作品颠覆男性话语，重构女性自己的声音，通过以新角度重述老故事扭转故事所蕴含的文化俗套，扩展女性的活动空间。同时，通过神话，莱辛的作品还从生态主义角度勾画了人类恶行给地球带来的灾难，建构起了一个人与人、人与自然和谐相处的伊甸园。

《简述地狱之行》中，一只海豚把主人公沃特金斯驮到了往南流的水里以及希望的岸上。在希腊神话中，海豚是把人从生活世界驮到死亡世界的动物，因此这里神话起到了空间转换的功能。文本中还有很多神话意象暗示着空间转换，晶体盘中神的会议指明天堂，森林中的杀戮表明空间转换为地狱。主人公沃特金斯在疯癫的心理旅行中，把自己比作神话人物，如奥德修斯、伊阿宋、约拿、辛巴达等，沃特金斯的心理航行联系起奥德赛的航海冒险等经历，这样借助读者的联想，空间有了极大的延展性。

派瑞克斯在《苏非式荣格主义》一文中认为莱辛对《三四五区间的联姻》中两位主人公在区间之间不断穿梭来往的细节描述使得小说成为一个独特的苏非故事。故事是古希腊神话的改写，其中空间对神话的释义起到了重要作用。《三四五区间的联姻》可以看作德墨忒尔神话故事的重新讲述，在神话的经典版本中，泊尔塞福涅离开母亲德墨忒尔在大地间漫游采花，被冥王强奸并带到地下为妻，伤心欲绝的德墨忒尔到处寻找女儿不得，最后去宙斯那里索要女儿。在莱辛的故事中，爱丽·伊斯既是德墨忒尔又是泊尔塞福涅，像泊尔塞福涅一样，她被迫去往文明程度低于三区的四区，被本恩·艾塔强奸并与其结婚，可是婚姻期间，她拯救了许多其他的泊尔塞福涅（黛比和其他四区妇女），她自己也发生了改变。同时与本恩·艾塔平等的地位使得他们两人都通过婚姻获得自身所缺的对方的力量。结果本恩·艾塔和四区都改变了。四区，这个比三区低下的空间，变得平静祥和、生机勃勃，最终爱丽·伊斯虽然离开但是把力量带给四区妇女，使她们能与冥王般的本恩·艾塔平等地生活在已经改变了的四区。当爱丽·伊斯返回三区，她遭到妹妹默蒂的囚禁，从四区学来的经验使她能够经受囚禁，她也用四区的眼光看清三区的弊端。她最终被强行从四区进入三区的本恩·艾塔拯救，两人的和解也使得万物生长、大地充满生命力，导致空间隔阂的消融、联系的加强，人们可以自由出入三区、四区、五区，爱丽·伊斯也进入神秘而更高一等的空间二区。此外，德雷恩（Betsy Draine）将这部小说称作"一部心灵成长的寓言"，他认为，"（它）以中古传奇的模式公开呈现与圣杯神话、亚瑟王故事的相似性——国王与王后，宫殿与庭院，魔法护盾，高贵的战马，披挂盔甲的战士，以及身着飘逸长袍的女性"。

　　莱辛小说还从意象、人物、叙述模式和母题等方面颠覆了经典神话的主题，并经常反其意而为之，解构文本的原价值观念，质疑现代性理念。她还借助神话进行结构运思，打碎原神话意象以符合自身文本的结构需要，在对文本的重新组织和与原神话的对比中凸显文本的哲学性和莱辛的价值关怀。可见，莱辛通过对神话颠覆性的重写表达了对已知现实困境的恐惧和对未知将来深深的担忧，从种族、性别、生态等各个方面解构了现代文明，并对西方现代性提出质疑和批判。

　　讨论莱辛不可能绕过她大量的对梦境的描写，这种倾向在体现空间转向的多部作品中也很明显。《八号行星代表的产生》中，在外太空的主人公们仍然在苦苦追索生命的本质，记录代表得格在梦中感受到生命流动的本质，悟出人类社会的存在就是宇宙间及其普通的一次轮回，从而悟到我们的生命其实与梦境一样，"当学会用观众的眼光冷静地面对无法抗拒的变化，如此才能有效地减弱情绪的破坏力量，降低自我的偏执与恐慌，更好地捍卫生命存在的尊严"。观众的眼光正是空间的分隔产生的距离感，莱辛借梦幻阐明了人生的真谛，梦的空间与现实空间的疏离就此化解。在《天黑前的夏天》中，梦境形成了与现实对照的空间之维，借助对梦的描写，凯特重新审视了她的家庭生活并认识到她的多种人格面具。王子之梦清晰表现了凯特所有人格面具的集合。梦中凯特的生活与她的现实生活完全对应。现实中她多年间一直是家庭的护士、保姆，她因不断照顾孩子、满足丈夫而筋疲力尽。正如梦中反映的，婚姻令女性忽视自我，无条件地服从和付出服务。凯特的海豹之梦象征着她忽视自我并想要提供服务的意愿。一旦结婚，她就认定了妻子、母亲角色，结婚意味着无视她自己。在她的婚姻中，她为丈夫、孩子而活，但从未为自己而活。凯特经常只表现为她的人格面具，即作为妻子、母亲的布朗太太。梦让她意识到自我生活的缺陷，并最终自觉走向整合。梦境成为莱辛展示人类心理困境的有力手段。

小　　结

本章主要探讨莱辛通过心理题材小说所描绘的空间意象对人类心理世界的开掘，探究她如何运用神话、梦幻、疯狂等非现实因素来摆脱现实世界的二元对立，并通过混杂来超越对立的构想。《简述地狱之行》呈现了理性和诗性混杂、理智和疯狂混杂的空间意象。莱辛通过对古代英雄史诗的重写讲述了一个精神分裂病人的颇具神话色彩的旅程。主人公沃特金斯的心理旅行使得真实的故事和梦境并置，破碎、凌乱的梦境既映照又消解真实，地狱就是陌生化的人间，古今英雄的故事凸显了理性/诗性、理智/疯癫的二元混杂状态，从而揭示莱辛希望借古代希腊的诗性智慧来照亮当代人的智慧、重塑人的精神世界、混杂理性和诗性的分野，进而改变二元对立思维方式对人们思想的侵害。《金色笔记》通过重写神话，质疑了无序/秩序之间的对立以及两者间的无意义循环，西西弗斯困境正是当代人类困境的一个隐喻。

莱辛一直对疯狂等心理问题情有独钟，她在 20 世纪 70 年代结识了心理学家 R. 莱因、苏非主义大师伊德里斯·沙赫等理论家，对疯癫等心理领域有了更深刻的看法，诉诸笔端，她笔下人物也具有混杂理智与疯狂的特性。莱辛让她疯癫的主人公说出了理智状态下无法参透的真理，那就是根深蒂固的二元论使得理性与诗性对立，使得社会始终处在无序和有序之间的无意义循环。而莱辛希望混杂对立的二者，以使她的主人公得到精神升华并走出困境。

莱辛心理小说的另一特点是主人公最终与现实妥协。《简述地狱之行》中沃特金斯恢复了正常，回到了"人间"。《金色笔记》中安娜和摩莉不再为政见争论不休，正如摩莉所说，"我们都将融入英国人最基本的生活之中了"。《天黑前的夏天》中凯特在一个夏天的漫游后回到家庭，继续做贤妻良母。但值得注意的是，主人公们经过思想的洗礼，已经不再是旧我。而是在心理层面上将理想/现实、感性/理性、无序/秩序等原先导致他们思维混乱的东西整合为一，形成混杂多元的新思维模式，并以之从容面对生活的新人。莱辛也通过她的主人公传达了一种混杂性的、与众不同的生活方式。

第五章　女性题材作品的空间意象

序　言

"从此以后，我便处在一个虚幻的位置上，到了后来，我能做的只能是拒绝支持女人。"

"我以为，妇女解放运动不可能带来多大变化，这并非因为这场运动的目标有什么差错，而是因为我们正生活在一个大动荡的时代，整个世界因这动荡而改变了模样。这一点一目了然。如果这场动荡能有个了结，到了那一天，也许妇女解放的目标已显得渺小而怪异了。"①

莱辛被认为是女性主义运动标志性的人物，但奇怪的是，她并不认可自己女性主义者的身份。究其根源，莱辛对同时代主流女性运动的一些观念并不认同。在她看来，强调女性身份和女性权利并不能达致女性自由的目的。脱离男性的单方面性别运动注定会失败，而解决了导致各项社会问题的思维模式问题，女性问题自会迎刃而解。归根结底，男性/女性、好女人/坏女人的二元对立才是阻碍女性获得自由的思想渊源。那么，莱辛是如何解构这些对立的？对于妇女解放的未来她有何真知灼见？

---

① 多丽丝·莱辛：《金色笔记》，陈才宇、刘新民译，译林出版社 2014 年版，第 2~3 页。

第一节　《野草在歌唱》中的空间意象

《野草在歌唱》(The Grass is Singing)是莱辛的处女作，作品塑造了玛丽·特纳这个因深受殖民主义、种族歧视和经济困境等多重压迫而最终疯狂并被杀害的女性形象。对于玛丽这一形象的塑造，以往的研究大多从殖民主义、阶级结构、种族对立等方面描写玛丽的生活环境与社会经济、殖民制度之间的辩证关系，而较少从性别研究的角度探讨玛丽悲剧的性别原因。本章在已有研究的基础上，着力分析玛丽对男性/女性之间性别规范的跨界，研究她迥异于其他女性的性别操演方式，探讨规范暴力对她悲剧命运的影响，以及她的悲剧蕴含的对当代社会权力话语的反思。

朱迪思·巴特勒(Judith Butler)指出，"我们的生命以及存在的欲望，都取决于得到普遍承认的规范，它们产生并维持着作为人的权利"[1]，性别规范是在社会运行过程中为性别气质、性别化的身体、性向、欲望、快感方式等涉及性别的方方面面设定常态的机制，它是隐含的，不言自明的，同时又具有强制性和暴力的一面，作为主体建立的标准和先在条件存在。[2]性别规范囊括社会生活中涉及性别分野的各个方面，它通过男性/女性的二元对立把不符合社会规范的行为斥为不正常，把违反性别规范的主体斥为他者，再通过规训矫正其为"正常"，如果矫正手段无法把他者规训为"正常"，则运用权力话语全面对其排斥、打压、边缘化。因此，"如果我们违背了这些规范，就很难说我们是否还能生存下去，或者还应该生存下去，是否我们的生命具有价值"[3]。巴特勒形象地把这一过程称为规范暴力(Normative Violence)，她认为规范暴力虽然不是诉诸身体，但它给不符合这些规范的人造成身体上和心理上无法挽回的伤痛，甚至久而久之通过持

---

[1]　Judith Butler. Undoing Gender. Routledge，2004：52.

[2]　范谟：《跳出性别之网——读朱迪斯·巴特勒〈消解性别〉兼论"性别规范"概念》，《社会学研究》2010年第5期，第232~242页。

[3]　Judith Butler. Undoing Gender. Routledge，2004：206.

续不断的规训让人们感到"这些伤害不再是伤害，认为这些伤害是对不符合规范的人的惩罚，是天经地义的"①。《野草在歌唱》中玛丽的悲剧直接根源于这种规范暴力。

玛丽原本生活得很惬意，"她喜欢那种平平稳稳、有条不紊的刻板工作"，"过的是无忧无虑的独身女人的生活"，可是一次偶然听到的闲话使她意识到自己和别的女人不同，朋友说"其实她不是那么一回事，决不是那么一回事。大概总有什么地方不对头吧"。这次偶然听到的闲话给她带来了很大的影响，"她从来不曾想过自己的这些事情，可是这一次她却坐在房间里接连思索了好几个钟头，左思右想也想不明白：'为什么她们要说那些话呢？那与我又有什么关系呢？她们说，我不是那么一回事，这话究竟是什么意思呢'"②？

莱辛用了很长篇幅描写朋友"不是那么一回事"的闲话在玛丽命运里的转折性地位。这句话使她快速地从快乐的单身跳进压抑的婚姻生活，并为她的死亡命运埋下了伏笔。联系上下文，"不是那么一回事"指玛丽不喜男女之情、逃避婚姻的一系列行为。这些迥异于身边女孩的行为举止显示了她不同于其他女性的性别操演方式。巴特勒认为，性别不应该被解释为一个稳定的身份，或者能导致各式各样行为的代理场所。性别宁可被看作在时间中缓慢构成的身份，是通过一系列风格化的、重复的行为于外在空间里生成的。③ 性别"不断改变、受语境限定"，不断对身体予以风格化，并"在一个高度刻板的管控框架里不断重复"④。操演即是对这种关于性别的社会规范的不断重复，逐渐形成稳定的性别身份。玛丽的悲剧正是由于她的性别操演没有使她成为接受社会规范的合格"女性"，从而遭到以社团精神为

① 都岚岚：《朱迪斯·巴特勒的后结构女性主义与伦理思想》，外语教学与研究出版社2016年版，第103页。

② 多丽丝·莱辛：《野草在歌唱》，一蕾译，译林出版社2013年版，第31~37页。

③ Judith Butler. Gender Trouble. Routledge，1999：179.

④ 都岚岚：《朱迪斯·巴特勒的后结构女性主义与伦理思想》，外语教学与研究出版社2016年版，第57~58页。

代表的权力话语的惩罚。

"不是那么回事"首先表现在她对女性身份的认同和建构上的失败。跟其他女性相处时,玛丽"总是带着一些孤傲的意味,那样子似乎在明明白白地说:我可不愿意跟你们搞在一起呢"。结婚前她的收入"如果想住公寓房子,完全有能力租一套,过上舒适体面的生活",但她选择住在女子俱乐部里,因为"喜欢那一群群的姑娘",她表现得完全有别于那些姑娘,"一想到跟人家亲近、应酬交往,她就觉得讨厌,甚至觉得厌恶"①。结婚后,当地社团权威人物斯莱特夫妇第一次来拜访她们家,"她(斯莱特夫人)怀着真切的同情心望着玛丽,同时又记起了自己的过去,愿意和玛丽交个朋友。但是玛丽这时心里却气得要命,表情也显得有些僵硬"。丈夫迪克希望玛丽和斯莱特夫人能谈些"女人家的话题",一些"有关衣服和用人的事情",玛丽却"根本不想和斯莱特太太做朋友"②。

如果说性别是通过一套持续的行为生产、对身体进行重复的程式/风格化而稳固下来的操演性行为,那么玛丽的问题出在她的性别操演并没有把她建构成符合殖民规范的"女性",即她没有内化符合殖民社会标准的女性规范,没有建立明晰的责任意识,不理解诸如妻职和母职等女性气质的角色对她身份建构的重要价值。在这层意义上,"女人家的话题"绝不是小事,它实际上是社会与文化对女性的造就与规训,通过它来形塑符合社会规范的女性身份。波伏娃认为,婚姻给了妇女满足、安宁和保障,但它也剥夺了妇女追求卓越的机会。作为牺牲自由的回报,妇女从婚姻中得到"幸福"。女人渐渐学会随遇而安。女性易把妻子和母亲等具有女性气质的角色当成自身存在的终极目的,而忽略了自身的价值,进而忘我地投入这些角色而失去自我。深究其原因,人们认为女性想要做妻子或母亲,这里的所谓女性的需要不应归之于她的生物性征,"而应归之于社会与文化对

---

① 多丽丝·莱辛:《野草在歌唱》,一蕾译,译林出版社 2013 年版,第 32~33页。

② 多丽丝·莱辛:《野草在歌唱》,一蕾译,译林出版社 2013 年版,第 77~79页。

妇女的造就和规范"①，女性的性别身份正是她置身其中的社会所制定的各种性别规范的产物。

另一方面，"不是那么回事"也表现在玛丽对男性气质的操演性行为上。传统社会里，男性/女性的关系是所有权力关系的范式，男人是自由的、自我决定的存在，他给自己的存在定义；而妇女是他者、对象，她作为对象的意义是被决定的。如果妇女要成为自我、主体，她必须像男人一样超越所有那些限定她存在的定义、标签和本质。她必须努力使自己成为她所希望成为的任何人。② 但这种性别划分在殖民社会则变得混乱，因为性别和种族纠缠在一起。白人女性地位低于白人男性但绝对高于黑人男性，这就使得白人女性在殖民社团的身份定位和正统白人社会不同。玛丽的性别操演正是在这种语境下产生了混乱，导致她"看不起"男人，对男人有优越感。在和男人相处过程中，无法发展成亲密关系，为此经常遭周围人的嘲笑，认为"她永远也不会愿意结婚"，即使有一天她答应了别人的求婚，接下来"他就要和她亲热，不料她竟起了一阵强烈的反感，从他身边逃走了"。玛丽看不起男人还源于她自身很强的能力，婚前她是公司的得力秘书，"平日工作效率一向很高"；婚后她是为丈夫出谋划策的参谋，当丈夫生病后，她主动要求管理农场，像男人那样下地监督土人干活，"她仍然把那条长皮鞭挂在手腕上。带了这条皮鞭，她便有了一种威风凛凛的感觉，也不怕那群土人恨她了"。"只要看到一个人停下来休息一会儿，或是抹去眼睛旁的汗水，她便看着表，过了一分钟就声色俱厉地催他赶快干活"，"她监督着他们干活一直干到太阳下山，方才心满意足地回到家里去，甚至丝毫不感到疲倦。她心里一高兴，手脚也就轻灵了，得意洋洋地把手上那根皮鞭甩来甩去"。连丈夫迪克都觉得"那不是女人家的事情"。可见如果没有规范的干预，玛丽的性别操演极具男性特质。但另一方面童

---

① 罗斯玛丽·帕特南·童：《女性主义思潮导论》，艾晓明等译，华中师范大学出版社2002年版，第113页。

② 罗斯玛丽·帕特南·童：《女性主义思潮导论》，艾晓明等译，华中师范大学出版社2002年版，第8页。

年创伤使她厌恶父亲，进而厌恶男性，父亲"把薪水都花在喝酒上面"，母亲"待他非常冷淡"，他"什么用处也派不上，他给家里带回钱来，可是总不够用"。对男性的厌恶也影响了她和迪克的夫妻关系，"每逢看到迪克意志薄弱，漫无目标，一副可怜相，她就恨他"①。特殊的成长经历导致她产生看不起男人的心理，但她没有意识到这种心理在殖民社会是触犯禁忌的。殖民社会里男人的等级在女人之上，这种状况比他们的本土英国的情况还要严重。殖民地人们的相互关系和行为准则几乎完全是男性化的，这是男人主宰的等级秩序，此等级秩序具有维持统治的生死攸关的重要性，殖民者本身是外来者，把自己的意志强加在被殖民者身上，他必须能够有实力贯彻自己的法令、规则、秩序，成为此秩序的核心力量。殖民者在一个非母国的国度、面对数倍于自身的人口，它必须强化意识形态统治，营造符合自身利益的权力话语秩序。正如凯特·米利特(Kate Millett)在《性政治》(Sexual Politics)中指出的，"男性/女性的关系是所有权力关系的范式"②，因此殖民社会特别强调女性的从属地位，以性别规范为标尺不断对女性进行规训，使之顺从白人男性的统治，同时把黑人男性勾画为性欲旺盛的很有攻击性的形象，告诫女性远离他们的"强奸威胁"。

玛丽对性别的一系列操演行为偏离了殖民社会的性别规范，成为怪异(queer)的个体，究其根源是她没有通过重复性的性别操演去迎合她所置身的殖民社会性别规范。因此莱辛评论道，"她完全是一个独立自主的人。但是这又违背了她的本性"③。她是一个悖论的复合体，性取向上与主流的异性恋规范不一致，因此必然遭到以异性恋霸权为规范的父权社会的严厉惩罚，沦为规范暴力的牺牲品。

结婚以后，玛丽在一系列的挫折后渐渐领悟接受规范的重要性，行为方式发生了很大改变。米利特指出，如果女性想在父权制社会生存，她最

---

① 多丽丝·莱辛：《野草在歌唱》，一蕾译，译林出版社2013年版，第29、134页。

② Kate Millett. Sexual Politics. Garden City. Doubleday, 1970：25.

③ 多丽丝·莱辛：《野草在歌唱》，一蕾译，译林出版社2013年版，第32页。

好表现出有"女人气"的行为举止；不然，她就可能遭受"形形色色的残酷和野蛮对待"①。殖民社会对玛丽的规训是通过把她囚禁在象征女性空间的房屋里实现的。伍尔夫在《一间自己的屋子》中阐述了房屋对女人的重要意义，认为独立的房间是女性独立的基础。但莱辛在《野草在歌唱》中却让玛丽的房间成为父权制的权力话语规训女性的空间所在。

莱辛在一系列描写非洲的作品中，都写到房屋对巩固殖民秩序的作用。房屋作为家庭住宅空间是政治经济的产物，具有生产性，"空间和空间的政治组织表现了各种社会关系，但反过来又作用于这些关系"②。房屋不仅是玛丽生活的具象空间，还是规训她的女性身份的所在之地。父权制文化背景下，女性扮演"家中天使"，家庭被认为是最适宜她们的领域，生活的限域被圈置在住宅这个私人空间。福柯在谈到空间对人的塑造作用时说道，现代社会是一个空间化社会，是通过空间管理、规训和改造的社会，权力在空间内流动，通过空间达到改造和生产个体的效应。玛丽刚结婚时积极改造房屋，"用她自己积蓄下来的钱，买了些花布来做垫罩和门帘、窗帘，又买了麻布、陶器，以及一些用做装饰的布料。屋子里有了起眼的帷帐，又有了图画，于是贫苦凄惨的情景就淡化了，转换成一种美观但并不奢华的气氛。玛丽起劲地布置着，希望迪克干活回来，看见家里焕然一新，会对她显出赞美和惊异的神气"③。可见新婚伊始玛丽对生活还是充满希望的。她干劲十足地投身新生活，并未过多留意自身性别身份对她的境遇有何影响。虽然斯莱特太太几次三番邀请玛丽参加女性社团的活动，她"一概回复一封客客气气的短信，看上去就好像有意不赏脸似的"④。她"生活在自己的自由自在的大地里"，更喜欢在农场监工、养鸡、督促丈夫种植烟草、开商店和黑人做生意，"别人的标准都不放在她心

---

① Kate Millett. Sexual Politics. Garden City. Doubleday, 1970：43-46.
② Henri Lefebvre. The Production of Space. Blackwell, 1991：53.
③ 多丽丝·莱辛：《野草在歌唱》，一蕾译，译林出版社 2013 年版，第 60 页。
④ 多丽丝·莱辛：《野草在歌唱》，一蕾译，译林出版社 2013 年版，第 182 页。

里"①，"当地的舞会、宴会或是运动会上从来看不到他们的身影"，结果夫妇俩是如此落落寡合以至于人们说起他们"语气总是那样尖刻和随便，好像是在谈什么怪物、歹徒或自作孽的人一样"，人们都"讨厌他们"②。

随着两人经营农场的一次次失败，玛丽失去了对生活的希望，"对一切都心不在焉。她的目光只局限在房间里"。摆脱贫困的希望幻灭使得玛丽羞于去其他地方，心甘情愿地待在酷热难耐的家里，"她常常一动不动地坐在那里，闭着眼睛，感觉到铁皮屋顶上的热气直往头顶上泻"③，甚至面对酷暑也不愿走出房屋去附近丛林中阴凉处避暑。在殖民社会，屋内和屋外并不仅仅是一种自然划分，而是有着浓厚的社会属性。屋内是文明区域，而屋外则是荒蛮可怕的自然空间，殖民者刻意夸大丛林地带的危险性和黑人的攻击性，目的是让女性对环境产生暗恐情绪，通过空间的限制加强女性的边缘性，使得女性乖乖呆在屋内，甘于被限制在操持家务等符合性别规范的女性角色上。因此从这个角度看，玛丽在酷热天气呆在屋内正是她向规范暴力的妥协。巴特勒指出，性别不是内在固有的，而是由规训的压力产生的；这种压力规范我们的操演，而对于不符合或不适应这种规范的人来说，规范等同于暴力。虽然它可能并不诉诸武力，但"话语的建构及其流通所产生的暴力才是根本性的，武力所产生的暴力只是派生性的"。所以"性别在被暴力地管制的同时，经常被认为是理所当然的"④。在环境的压力下，玛丽选择接受了性别规范。而这种看似理所当然的性别规范具有强制性，它形塑我们的身体，"关注身体的物质性与性别的表演性之间的关系"⑤，以期使玛丽身心两方面都成为符合性别规范的女性。玛丽和摩西的关系就体现了这一转变过程。

---

① 多丽丝·莱辛：《野草在歌唱》，一蕾译，译林出版社 2013 年版，第 204 页。
② 多丽丝·莱辛：《野草在歌唱》，一蕾译，译林出版社 2013 年版，第 2~3 页。
③ 多丽丝·莱辛：《野草在歌唱》，一蕾译，译林出版社 2013 年版，第 66 页。
④ 都岚岚：《朱迪斯·巴特勒的后结构女性主义与伦理思想》，外语教学与研究出版社 2016 年版，第 102~103 页。
⑤ 何成洲：《巴特勒与表演性理论》，《外国文学评论》2010 年第 3 期，第 139 页。

　　第一次见到摩西时，玛丽还处于充满斗志要改变自己命运的时期。摩西没按她的要求劳作，她狠狠地给了他一鞭子，"她看到那人眼睛里有一种阴沉和憎恨的神色，而最使她难堪的是那种带有讥嘲的轻蔑神色。她情不自禁地举起鞭子，在他脸上狠狠地抽了一下"①。父权制的性别关系中，男人的等级在女人之上，但殖民社会白人绝对统治着黑人，这样女人的地位很不稳定，她既是白人世界的他者又是他者世界的殖民者，但无论何时她的地位都处于边缘。黑人并不把女性放在眼里，他们内化了白人的性别秩序，"女人对他们发号施令，他们是不买账的。他们一个个都能够把自己的女人弄得服服帖帖的"②。因此当玛丽看到摩西轻蔑的神情时，她狠狠抽了他一鞭子，既显示自己的主人身份，也显示了她对既定性别秩序的反抗和对社会规训的不服从。这之后，她还展开一系列自救行动，在农场监工、种植烟草、养鸡、开商店，当这些活动都失败了之后，玛丽渐渐接受了殖民社会的性别规范以及此规范对她性别身份的规训，心甘情愿退回女性的屋内空间。

　　长期以来，性别话语"将身体（body）、社会性别（gender）和性欲（sexuality）不加辨析地捆绑在一起，身体决定性别，也决定性欲"③。巴特勒虽然在《至关重要的身体》（Bodies That Matter）中强调了性别的物质性基础的重要价值，但她质疑生物性别和社会性别间的二位一体关系，并解构了两者间联系的稳定性。父权制把人的生物性别和文化联系在一起，认为身体决定性别，在这种观念下"妇女的生育、性角色和责任，常常被用以限制妇女作为完整的人的发展"④。而巴特勒认为，"性别是对身体不断予以风格化，是在一个高度刻板的管控框架里不断重复的一套行为，它们随着时

---

① 多丽丝·莱辛：《野草在歌唱》，一蕾译，译林出版社2013年版，第125页。

② 多丽丝·莱辛：《野草在歌唱》，一蕾译，译林出版社2013年版，第18页。

③ 何成洲：《巴特勒与表演性理论》，《外国文学评论》2010年第3期，第135页。

④ 罗斯玛丽·帕特南·童：《女性主义思潮导论》，艾晓明等译，华中师范大学出版社2002年版，第69页。

间的流逝而固化，产生了实在以及某种自然的存有的表象"①，可见身体一开始就是社会性别化的，身体的物质性是"权力最具生成力的结果"②，身体也是性别操演的产物，易受性别规范的制约和规范暴力的侵害。

摩西成为家务男仆后，玛丽也遭受重重打击消磨掉所有斗志，她困守在闷热的小屋里，眼前只有摩西一个男性，渐渐产生了暧昧的感情。以前她"并不把男人放在心上"，"年纪已经三十，竟然没有恋爱的烦恼"③。和摩西产生了性上的暧昧情愫后，她越来越表现得像个女人，她"用双手把脖子上的头发拨散开，那种姿势就像一个美女在欣赏自己的美貌一般"④，有时候"扭动着肩膀，笨拙地做出一副卖弄风情的姿态"⑤。两人之间眉目传情，"摩西替她扣好衣服，她自己又对着镜子照了照。瞧那个土人的神态，宛如一个溺爱妻子的丈夫一般"⑥。这慢慢觉醒的性意识是她对自己身体的发现，但却给她带来了致命的悲剧，因为符合规范的女性只能是符合殖民社会统治利益的女性。出于统治的需要，殖民社会的权力话语可以随心所欲地解释生理性别和社会性别之间的联系。有时权力话语强调性别的本质主义，把女性生理特征作为其性别建构的基础；有时权力话语又强调性别的文化构成，认为社会性别是性别建构的基础，强调文化对性别的形塑功能。不论在生理性别和社会性别间作何区分，殖民社会的权力话语都认为有一个先在的身体，但实际上，"身体是作为公共领域的一种社会现象构成的"，"从一开始就被交给了他人的世界，打上了他们的印记，在社会生活的熔炉里得到历练"⑦。身体不是先在的，而是不断趋向性别规范的重复性操演行为不断风格化的产物。因此，玛丽的身体也不属于自己，必

---

① Judith Butler. Gender Trouble. Routledge，1999：33.

② Judith Butler. Bodies That Matter：On the Discursive Limits of "Sex". Routledge，1993：29.

③ 多丽丝·莱辛：《野草在歌唱》，一蕾译，译林出版社 2013 年版，第 34 页。

④ 多丽丝·莱辛：《野草在歌唱》，一蕾译，译林出版社 2013 年版，第 202 页。

⑤ 多丽丝·莱辛：《野草在歌唱》，一蕾译，译林出版社 2013 年版，第 190 页。

⑥ 多丽丝·莱辛：《野草在歌唱》，一蕾译，译林出版社 2013 年版，第 202 页。

⑦ Judith Butler. Undoing Gender. Routledge，2004：21.

然受社会规范的种种限制，她沉溺于感官性欲的行为必然会为人所诟病，尤其是对方还是低贱的黑仆，这严重触犯了白人女性需远离黑人的殖民规范，因此必然遭到以"社团精神"为表征的权力话语的遏制，成为规范暴力的牺牲品。

虽然埃莱娜·西苏（Helene Cixous）倡导"从她身体秩序的无数端口"①去探索她的身体，认为女性的欲望是逃脱父权制藩篱的手段。但巴特勒消解了物质性的身体概念，把身体看作重复性的性别操演的延异过程，身体建构于性别身份的形塑过程中，是主流权力话语生成出来的。因此它必然不能忤逆社会主流的权力话语，不会触碰社会规范的底线。玛丽看似私人的对自身身体、性欲的发现必然对公领域造成威胁，她的死也就无法避免了。

这种公共领域的权力话语表征为"社团精神"，莱辛写道，"当地人对待特纳夫妇的态度，原是以南非社会中的首要准则，即所谓'社团精神'为根据的，可是特纳夫妇自己却没有理会这种精神。他们显然没有体会到'社团精神'的必要性；的确，他们之所以遭忌恨，原因正如此"②。莱辛把玛丽悲剧的原因揭示得一针见血、鞭辟入里。这个社团精神在性别领域就表现为对"性"的严格控制。由于种族之间的壁垒对于维系白人优越论至关重要，不同种族间的性关系是对种族隔离的严重挑战，尤其是白人女性和黑人男性间的关系更是难以想象的，因此黑人男性的性被视为必须加以控制的危害，殖民者强调强奸威胁、把成年黑人帮佣称为没有性别威胁的男孩（boy），目的就在于加强对女"性"的管束。显然在这一点上，玛丽违反了社团精神所规定的殖民规范，所以与其说她死在摩西刀下，不如说她被话语表征的"社团精神"逼入了死地。当知道摩西躲在黑夜里要向她复仇时，她并不紧张也没有求生的欲望，"面对着那早就在注视她的死神"，

---

① Helene Cixous. "The Laugh of the Medusa". New French Feminisms. Ed. Elaine Marks and Isabelle de Courtivron. Schocken Books，1981：256.

② 多丽丝·莱辛：《野草在歌唱》，一蕾译，译林出版社 2013 年版，第 3 页。

"带着从容不迫和恬淡自得的心情"①。更可悲的是，死亡也无法换来她与殖民社会的和解，当新闻报道了她的死讯，"大家都不约而同地默不作声。这举动就像一群似乎在用精神感应的方式相互交流的鸟儿一样"②。

玛丽违反了殖民社会规范，以"社团精神"为表征的权力话语对她的惩罚必然把她逼入死地，而她的生命是如此脆弱不安，甚至被剥夺了被哀悼的权利和机会。当报纸上刊登了玛丽的死讯，人们"本可以把事实详细叙述一番，结果却一言不发"，"谋杀案根本就没有引起人们的议论"，"似乎大家都一致默认，特纳家的这个案件不该随随便便地谈开"。人们并不关心真相，真相也并不重要。他们保持缄默正是因为"这事关系重大，白人的生计、妻子儿女，以至生活方式都因此受到了威胁"③。玛丽的死无足轻重，但她对社会规范秩序的撼动却会动摇殖民社会权力话语的根基，所以她失去了被哀悼的权利，对他们来说，一切都是玛丽的错，"她把事情弄糟了"④。人们的集体沉默正是一种最残酷的惩罚，是对以规范为表征的权力话语逼死人命的默许甚至支持。

日常的社会生活中，规范有其实用价值，它使可理解的社会生活成为可能，是人们相互之间行动和说话所依据的强制性规则，为了使社会正常运转应该得到普遍的遵循。但需注意的是，规范是主流权力话语的产物，它在正常和不正常之间设定强制性标准，强行决定什么是可理解的生活、什么是正常的男性或女性，这就对不符合规范的人形成暴力。这种暴力虽然没有采取武力的形式，却更持久、更严重。而人们往往忽视甚至加入施暴者的行列，因为他们没有看清以规范为表征的权力话语的暴力属性。通过刻画玛丽的悲剧，莱辛向我们揭示了规范如何施暴于玛丽这样的小人物，怎样一步步把她逼入死地，读来触目惊心，同时也让人们深思：在规范日益繁琐、严格的当代社会，玛丽的悲剧还会重演吗？

---

① 多丽丝·莱辛：《野草在歌唱》，一蕾译，译林出版社2013年版，第220页。
② 多丽丝·莱辛：《野草在歌唱》，一蕾译，译林出版社2013年版，第2页。
③ 多丽丝·莱辛：《野草在歌唱》，一蕾译，译林出版社2013年版，第2~4页。
④ 多丽丝·莱辛：《野草在歌唱》，一蕾译，译林出版社2013年版，第20页。

第二节 《金色笔记》中的女性空间意象

除了男性/女性的性别规范，好女人/坏女人的性别气质也是戕害女性的利刃，这一点在莱辛代表作《金色笔记》中表现得非常突出。《金色笔记》具有很高的研究价值，被认为是"理解莱辛所有其他作品的钥匙"。尤其是它对女性主义运动的贡献，使它获得了"女性经验的史诗"的美誉。诺贝尔奖颁奖词赞美它是女性主义运动的开拓性著作。肖瓦尔特在《她们自己的文学》中也称它"引领着西方妇女解放运动"。但莱辛却在访谈中一再表明《金色笔记》是一个"失败"，失败的原因恰恰在于人们把它看作女性主义的宣言。她认为"这部小说不是为妇女解放吹响的号角"。因此，怎样理解《金色笔记》的女性主义文本属性一直是莱辛研究的评论热点。普遍的看法是莱辛在作品的叙事形式和内容方面均有突破，过于强调女性主义主题会遮蔽人们对作品其他方面的关注。但也有不少评论认为作品是反对女性主义的，"显然不是一个女性主义的文本"。本书认为莱辛对女性的命运毫无疑问是非常关注的，她之所以否认《金色笔记》女性主义主题是因为她对女性怎样获得自由的看法不同于以伍尔夫为代表的当时主流女性主义思潮，因此莱辛痛恨人们将两者混为一谈。实际上，她在《金色笔记》中对伍尔夫双性同体的女性气质观提出了质疑，两位英国文学史上伟大的女性作家之间跨越半个世纪的对话可以让我们很好地理解女性气质与女性自由的关系，以建构积极的女性性别形象。

莱辛和伍尔夫的写作风格差别很大，伍尔夫的作品字斟句酌、惜墨如金，而莱辛则洋洋洒洒、言无不尽。在 1962 年的一次访谈中，莱辛谈到对伍尔夫的看法时说，"她(伍尔夫)生活的世界和我生活的世界非常不同，我无法理解那个世界，尽管我承认它有自身的魅力，但我觉得她的经历太有限了，因为当我读到她作品的时候我总是想，'很好，但看看你漏了什么'"①。尽管她们之间的不同非常多，还是有敏锐的学者看出了两人的联系并指出"莱辛的作品是伍尔夫作品的延展"。②《金色笔记》中莱辛把主人公的名字取为安娜·伍尔夫（Anna Wulf），姓氏和弗吉尼亚·伍尔夫的名字同音，毫无疑问，莱辛起这个名字是想通过作品展开与伍尔夫的对话。在她笔下，安娜是一个符合伍尔夫理想中女性气质的女性形象，她拥有自己的独立的房间，不依靠男性为生，拥有自己的职业从而摆脱了"家中天使"的地位，但她却仍然不觉得获得了自由，反而陷入写作障碍，濒于精神崩溃，徘徊在疯狂的边缘。通过安娜和她身边许多自由女性的遭遇，莱辛有力地质疑了伍尔夫双性同体的女性气质是否能为女性带来自由。

在展开进一步的论述之前，先解释一下本书这一部分所重点论述的女性气质概念。女性气质属于描述两性性征的性别规范。所谓性别规范是指"一定时间或空间维度内的社会文化形成的对男女差异的理解，以及在社会文化中形成的作用于女性或男性的群体特征和行为方式"③。这里需要强调的是，作为社会文化的产物，女性气质是建构物而不是纯粹的生理属性。它存在于男女两性的互动关系中，是社会权力关系在性别上的表现形式。正如朱迪斯·巴特勒在《性别麻烦》中所强调的，"一个人之所以是女人，是因为在主导的异性恋框架里担任了女人的职责"④。传统女性气质规定了女性柔弱顺从的性别特征、贤妻良母的性别角色、男尊女卑的性别关系和自我牺牲的性别伦理，这些合力塑造了传统女性形象。在此基础上，传统社会把女性分为正常和非正常两类，分别冠以好女人、坏女人的称

① Nancy Joyner. "The Underside of the Butterfly: Lessing's Debt to Woolf". The Journal of Narrative Technique, 1974, 4(3): 204-205.

② Nancy Joyner. "The Underside of the Butterfly: Lessing's Debt to Woolf". The Journal of Narrative Technique, 1974, 4(3): 204.

③ 谭兢嫦、信春鹰主编：《英汉妇女与法律词汇释义》，中国对外翻译出版公司1995年版。

④ 朱迪斯·巴特勒：《性别麻烦》，宋素凤译，上海三联书店2009年版，第5页。

号，同时通过文学作品不断强化此分类，遵守性别规范的女性在作品中被塑造为天使，反之则为魔鬼。传统社会性别规范使得女性想要正常生存，就得符合好女人的标准，不论愿意与否，都要成为乐于奉献的"家中天使"，把谦恭、顺从、奉献、自我牺牲等行为特征打上天性和美德的烙印，这导致传统女性气质对女性，尤其是对那些教育水平低下、对既定社会的性别观念缺乏思辨力的女性在思想和行为方面产生强大和持久的强制性和约束力。

在这种局面下，伍尔夫坚定地提出"杀死家中天使"的主张，表达对传统女性气质的不满，希望建构起双性同体的女性气质，摆脱一直以来父权制下女性作为第二性的他者地位。伍尔夫在1928年《一间自己的屋子》中提出女性要获得自由需要有一间自己的房间，房间不仅是具象的物理空间，代表着女性生存的必要环境和物质条件，更是女性生存的精神空间，"是一个有抽象含义的象征，代表一个让女性得以自由思想的空间，一个让女性免受压迫奴役的政治生存空间"①。如果说原来的家是"天使"的乐园，这里的"房间"则是自由女性的领地，因此"房间"意象表征着伍尔夫心目中不同于传统女性气质的新的女性气质。这个空间既疏离于女性承担家庭责任的起居室又把它包括在内，是女性在公用起居室之外可以退入的私用空间，在这里她可以"稍微退出公共起居室一点而去观察人类"②，以摆脱传统女性气质给女人带来的怨恨情绪。如同房间联系着起居室和私人空间一样，伍尔夫认为理想的女性气质应该兼具男性特征和女性特征，"我们每个人都受两种力量制约，一种是男性的，一种是女性的……正常的和适意的存在状态是，两人情意相投，和睦地生活在一起"③。双性同体的理

---

① 袁素华：《试论伍尔夫的"雌雄同体"观》，《外国文学评论》2007年第1期，第91页。

② 弗吉尼亚·伍尔夫：《一间自己的屋子》，王还译，上海人民出版社2008年版，第118页。

③ 弗吉尼亚·吴尔夫：《一间自己的房间，本涅特先生和布朗太太及其他》，贾辉丰译，人民文学出版社2003年版，第85页。

想状态是消除对立的性别意识，"你必须成为男性化的女人或女性化的男人"，获得精神自由的女性是把男性的和女性的人格特征结合在一起的人。

伍尔夫双性同体的女性形象虽然是一个巨大的进步，但它也有自身的困境。首先它具有乌托邦属性。肖瓦尔特就曾指出"真正的双性同体概念——包括男性和女性元素在内的整个情感幅度达到完全平衡，得到充分控制——很有吸引力，只是我猜想，和所有的乌托邦理想一样，双性同体状态会缺乏热情和能量"①。其次，也是更重要的是，它会加重男女两性的二元对立，从而让女性走向孤立。双性同体兼具男性特征，这使得女性无需冀求于男性，"男人不再是她的'对立面'；她无需花费时间抱怨他们；她无需爬到屋顶上，思绪烦乱，渴望远行、体验、了解与她隔绝的世界和人"②。因此她们的自由独立是建立在隔绝男性的单身基础上的。所以双性同体的本质"是否定情感，而不是把握控制情感"③。

在小说《到灯塔去》中，伍尔夫塑造了莉莉这一具有双性同体女性气质的人物形象。当拉姆齐夫人告诉莉莉"不结婚的女人错过了生活最美好的部分"时，莉莉仍坚持单身，伍尔夫写道"她要拿出极大的勇气从女人普遍遵循的自然法则中挣脱出来，她喜欢单身，喜欢忠实于自己，她不是为结婚而生的"④，想到自己并不需要嫁人，感到一阵巨大的喜悦。拉姆齐夫妇是典型的维多利亚时期夫妇形象。生活在拉姆齐夫人的身边，莉莉亲眼看到夫人是如何作为"家中天使"而终日操劳，为家庭、为丈夫、为孩子，完全丧失了自我，最后"却没有给自己留下半点躯壳以便认清自己"⑤。所以

---

① 伊莱恩·肖瓦尔特：《她们自己的文学》，韩敏中译，浙江大学出版社 2012 年版，第 246 页。

② 弗吉尼亚·吴尔夫：《一间自己的房间，本涅特先生和布朗太太及其他》，贾辉丰译，人民文学出版社 2003 年版，第 81 页。

③ 伊莱恩·肖瓦尔特：《她们自己的文学》，韩敏中译，浙江大学出版社 2012 年版，第 265 页。

④ Virginia Woolf. To the Lighthouse. Harcourt, Brace and Company, 1927: 77.

⑤ 弗吉尼亚·伍尔夫：《到灯塔去》，马爱农译，人民文学出版社 2003 年版，第 33 页。

她不愿意走入婚姻，也拒绝接受女性低人一等的言论，当查尔斯对她低语"女人不能画画，女人不能写作"这类陈词滥调时①，她没有动摇，坚持按自己的心意生活。莉莉能够抵制诱惑的根源在于她完全弃绝了传统女性的婚姻家庭，但她漠视婚姻的态度很难让所有女性接受，尤其是知识女性。正是在这一点上莱辛质疑了伍尔夫的看法。

《金色笔记》中莱辛在贯穿全文的"自由女性"部分和描写女性情感体验的"黄色笔记"章节描写了符合伍尔夫自由女性境遇的女性陷入的现实困境，并通过借用伍尔夫的房间意象反讽了女性的这一境遇。莱辛笔下的自由女性都拥有一间很大的独立的房屋。安娜的房间在一栋公寓楼顶部的两个楼层里，共五个大房间，两个在下一层，三个在上一层，但她却慨叹"这种生活是寂寞的，一个人住一间房子，就她一个人"②。"黄色笔记"中的爱拉也有一间大房间，却经常站在窗口等待情人保罗到来，如同生活在监牢之中，毫无自由可言。

造成这种局面的原因是莱辛和伍尔夫对自由的理解并不相同。伍尔夫认为双性同体的女性是自由的，她摆脱了对男性的从属地位，但莱辛则通过书写"自由女性"质疑了这种自由。"自由女性"主要记述了安娜和摩莉的故事。一方面，她们都是被归入自由女性的单身女人，对自由的界定是依循着她们"都过着同一种生活——不结婚什么的"。虽然她们经济独立并且走出家庭，没有成为"家中的天使"，但她们自己却并不认为自己获得了自由，经常为新女性的身份苦恼，甚至愤愤地断言"世界上根本不存在什么新女性"。另一方面，她们还是一如既往地受困于男女关系带来的苦恼。伍尔夫曾慨叹在所有的小说中女性都处于从属地位，她希望改变通过男性和女性的关系来描写女性的文学传统，希望能产生主要描写女性之间的关系的文学作品。因此《金色笔记》开篇就写到安娜和摩莉之间的姐妹情谊，以"两个女人单独待在伦敦的一套公寓里"作为第一句话。虽然她们亲密无

① Virginia Woolf. To the Lighthouse. Harcourt, Brace and Company, 1927: 75.

② 多丽丝·莱辛：《金色笔记》，陈才宇、刘新民译，译林出版社 2014 年版，第56 页。

间有多年的友谊，但还是不得不承认"我们女人最终总是忠于男人，而不是自己的同性"。因此即使实现了伍尔夫的构想，成为自由女性，女性还是摆脱不了和男人的关系，安娜只能愤恨地补充说"要做到和男人毫无关系是极其困难的"，"他们仍然把我们看作与男人有什么关系的女人。甚至包括他们中最好的那些人也这么看"。在这样的社会氛围下，她不得不痛苦地承认"这一切其实是自欺欺人。我们选择了某种生活方式，吃到了苦头"①。伍尔夫理想中的自由女性的生活方式带来的不是自由而是监牢般的困境。莱辛把这种困境描述为炸弹爆炸，"在每一个试图超越传统的家庭主妇和母亲角色的妇女身上，都存在一个炸弹，无论她试图与男人一起生活，还是离开他们独立生活，这个炸弹都会爆炸"②，而只要这个炸弹存在，女性运动的所有成果都将化为乌有。

　　因此可以看到，伍尔夫构想中双性同体的女性气质并不能真正让女性获得自由。莱辛认为这是由两方面的原因造成的。首先是男性还没有接受女性的改变，他的心目中还存在根深蒂固的好女人、坏女人的二元划分。自由女性在他们心目中只不过是新时代的坏女人。莱辛在"黄色笔记"中通过爱拉的情人保罗的形象揭示了这一状况。保罗有一位妻子，他经常向爱拉抱怨妻子的浅薄无知、事事都得依赖他，离开他就不知道自己该怎么办好了。但他绝不会离婚，"他需要那位冷静的、体面的妻子，同时也需要机敏的、快活的、性感的情妇"③。每次在爱拉家留宿后，他总要"回去换一件干净的衬衣"④，对于他来说，妻子和情妇都不需付出真感情，可以像衬衣一样替换，而爱拉付出真情的举动在他看来是天真的表现，是"自欺

---

　　① 多丽丝·莱辛：《金色笔记》，陈才宇、刘新民译，译林出版社 2014 年版，第4~49 页。

　　② Frederick R. Karl，"Doris Lessing in the Sixties：The New Anatomy of Melancholy"．Contemporary Literature，1972(13)：15．

　　③ 多丽丝·莱辛：《金色笔记》，陈才宇、刘新民译，译林出版社 2014 年版，第217 页。

　　④ 多丽丝·莱辛：《金色笔记》，陈才宇、刘新民译，译林出版社 2014 年版，第195 页。

欺人,把并不美好的东西当作美好的"①。作为不结婚的自由女性的爱拉只能是他的性伴侣,而且他认为不结婚是爱拉自己选择的生活方式,作为独身的自由女性必然是淫乱的坏女人。所以当他准备离开爱拉时,给她的忠告就是"做个妻子,待在家里"②。莱辛在《金色笔记》中还写下了很多类似的情形,由此暗示这种坏女人的身份定位是没有进入婚姻的女性面临的普遍情形。当爱拉搬进新公寓成为"一个独自生活的女人",韦斯特医生立刻打来电话,说他的妻子度假去了,邀请她共进晚餐,想和她发生性关系,"心中早就把她归于这种场合里可资消遣的人了"③,甚至他列了一个写有三四个女人的名单准备逐个征召。这种情况如此经常地出现,以至爱拉向好友朱丽娅倾诉道"有四个男人,我以前跟他们从来没有眉来眼去过,打电话对我说他们的妻子不在,每一次他们的声音里总有点欢欢喜喜却又忸忸怩怩的味道。这真是令人奇怪——一个人认识一些男士,共事了多年,于是,就凭这一点,他们的妻子就该离开,以便让他们说话都变个腔调,似乎觉得你就该自己躺下来与他们上床"④。朱丽娅也遇到同样的情况,有天晚上,她所在剧院的一位男同事送她回家,实际是希望能把她搞到手,她不得不和他周旋到凌晨。安娜也有类似遭遇。理查在妻子进了产房后马上来找安娜上床,当安娜不肯时,他觉得自己的自尊心受到极大伤害。可见,当女性走出家庭不再依靠男性,成为伍尔夫心目中双性同体的自由人时,男性却并不是这样看待她们,他们心目中把女人划分为好女人、坏女人的女性气质观依然根深蒂固,根本无法撼动。所以在他们心目中,走出家庭的女性成为他们可以随意取乐的淫荡的"坏女人",这使得像安娜、爱

---

① 多丽丝·莱辛:《金色笔记》,陈才宇、刘新民译,译林出版社2014年版,第217页。
② 多丽丝·莱辛:《金色笔记》,陈才宇、刘新民译,译林出版社2014年版,第218页。
③ 多丽丝·莱辛:《金色笔记》,陈才宇、刘新民译,译林出版社2014年版,第444页。
④ 多丽丝·莱辛:《金色笔记》,陈才宇、刘新民译,译林出版社2014年版,第446页。

拉这样的自由女性深受伤害，她们痛苦地领悟出，"他们每一个人，甚至那些最优秀的，对于什么是好女人坏女人，都依然抱着陈腐的观念"①。因此她们痛苦地大声呐喊，"要是他们不自由，我们自由了又有什么用？"②莱辛敏锐地观察到这一状况，深刻揭示了女性单方面的性别运动并不能使女性获得自由这一事实，因此否认自己是女性主义者，也否认《金色笔记》是女性主义文本，导致学界对此莫衷一是。实际上，莱辛想表明的是，她认为摒除了男性、没有男性的认同和参与的女性运动是不可能使女性获得想要的自由的，反而会使女性的境遇像伍尔夫描述的隔离于起居室的"自己的一间屋"那样，孤立无援，最终走向崩溃、自杀。

其次，莱辛认为传统女性气质根深蒂固、难以革除，并不会随着女性走出家庭成为自由女性而消失。莱辛通过"黄色笔记"部分的主人公爱拉的形象塑造很好地表达了这种看法。爱拉写了部叫做《第三者的影子》的小说，第三者"最初指的是保罗的妻子，然后是指年轻的爱拉的另一个自我"③。表面上看，爱拉和保罗的妻子穆莱尔是完全不同的两种女性。穆莱尔是传统的家庭主妇，忙于照顾丈夫和孩子，不得不忍受丈夫出轨，即使两人之间已没有爱情也要努力维持婚姻，因为这样的生活是"安全而体面"的正常生活。爱拉则完全不遵照这种所谓的安全而体面的规则行事，她宁可做情妇也不愿意为了家庭而牺牲自我。与其成为家中的天使，她宁愿成为凡事依靠自己的自由女性。但她发现自己并不如期望的那样自由，因为她和保罗的妻子穆莱尔本质是一样的，都困在房子里，整天等待保罗的到

---

①　多丽丝·莱辛：《金色笔记》，陈才宇、刘新民译，译林出版社2014年版，第452页。

②　多丽丝·莱辛：《金色笔记》，陈才宇、刘新民译，译林出版社2014年版，第252页。

③　多丽丝·莱辛：《金色笔记》，陈才宇、刘新民译，译林出版社2014年版，第443页。

来。"在这幢房子里，她好像变成了一个鬼魂。"①她领悟道，她和穆莱尔本质上是一样的人，都会出于本能地取悦男人，不断地表现出奉献、忠诚、柔顺等女性气质。因此爱拉做了个梦，梦见自己就是保罗的妻子，她"费了很大的劲才使这幢房子没有分崩离析，四散开去"，决定"按照自己的风格把房子重新装饰一遍"②。这里"房屋"表征着女性气质，重新装饰的房屋则象征着从家中天使到自由女性的转变，但是无论怎样粉刷，"穆莱尔的房间又呈现在她面前"，隐喻着家中天使的女性气质阴魂不散，并不会因为自由女性身份的改变而有本质的不同，爱拉最终领悟道"只要有穆莱尔的幽灵在，这房子就不会解体，尽管每个房间都属于不同的时代，体现不同的精神，但它们仍紧紧地抱成一团"③。女性气质就像房屋代代相传，不会因为粉刷等改头换面而有本质的改变，仍然紧紧地禁锢着女性。正如肖瓦尔特指出的，房屋作为女性空间"既是避难所也是牢房"④。莱辛实际上尖锐地指出了女性气质的危害性，它是困住女性的决定因素，即使像伍尔夫那样对它做出改变也无济于事，因此正像她的一部评论作品的题目《我们选择居住的监牢》指出的那样，如果女性不警醒，那么她很容易落入女性气质这个牢笼，无论有没有走出家庭，都会陷入苦苦挣扎的困境。

因此，莱辛给我们揭露了一个尖锐的问题，长期以来的女性运动虽然"杀死家中天使"，让女性走出家庭，却没有驱除"房屋里的鬼魂"，没有撼动女性气质这个束缚女性的性别规范。《金色笔记》中，莱辛所塑造的几乎每一个女性都不自由，无论是家庭妇女还是"自由女性"都是女性气质的受

① 多丽丝·莱辛：《金色笔记》，陈才宇、刘新民译，译林出版社2014年版，第220页。

② 多丽丝·莱辛：《金色笔记》，陈才宇、刘新民译，译林出版社2014年版，第220页。

③ 多丽丝·莱辛：《金色笔记》，陈才宇、刘新民译，译林出版社2014年版，第220页。

④ 多丽丝·莱辛：《金色笔记》，陈才宇、刘新民译，译林出版社2014年版，第246页。

害者。家庭妇女还像传统的"家中天使"那样困于家庭，为了家人奉献自我，表现出忠诚、柔顺、奉献、牺牲等女性气质。而走上职场的自由女性，一样要迎合男性。"黄色笔记"中的爱拉，曾多次希望自己能换个模样，希望自己能长得更高大，更丰满，更圆润，更"像个女人"①，也就是说更符合人们对女性的形象预设，更有女性气质。在心理上更是如此，爱拉记述了她慢慢地开始嫉妒情人保罗的妻子穆莱尔的过程，后来她渐渐明白，她嫉妒的并不是穆莱尔这个人，"它与保罗所言及的那位妻子没有任何的联系"，而是那种符合女性气质的女性形象，"在她心目中，慢慢地、不知不觉地形成了一个沉着冷静、无妒无忌、无欲无求、自得其乐、内心充满幸福的女性形象，这个人只要有人向她索取，便随时准备把幸福赐与他人"，而她发现，"这是她自己所向往的形象，这个虚构人物是她自身的影子"。爱拉作为自由女性虽然走出了家庭，但实际上和家庭妇女没有多大的区别，依然需要遵从女性气质规范。她依然是顺从、依赖、奉献、牺牲的女性，爱拉意识到"她在完全依赖着保罗"，"无法想象没有他时，自己如何生活。一想到失去保罗，她便感到不寒而栗"②。当保罗抛弃她去了非洲后，她仍然忘不了他。一次偶然的机会，她听说保罗回来度假，"听到这个消息的那天晚上，她把自己打扮了一番，认真地梳理过头发，站在窗口前朝街上张望，等待他的到来"。她夜复一夜地站在那里，终于明白"正是这份愚昧的忠诚、天真和轻信顺理成章地导致了她站在窗口，等待一个她清楚地知道再不会回到她的身边的男人"③。而忠诚、天真、轻信等品质正是原先她以为走出家庭就能摆脱的女性气质。

除了心理上、情感上依赖男性，自由女性还总是下意识地顺从、讨好

---

① 多丽丝·莱辛：《金色笔记》，陈才宇、刘新民译，译林出版社 2014 年版，第 190 页。

② 多丽丝·莱辛：《金色笔记》，陈才宇、刘新民译，译林出版社 2014 年版，第 202 页。

③ 多丽丝·莱辛：《金色笔记》，陈才宇、刘新民译，译林出版社 2014 年版，第 221 页。

男性，这种顺从、讨好的习性也根源于长久以来女性气质的浸染。当来自美国的脑外科医生西·梅特兰希望和爱拉上床时，爱拉同意了，虽然她并不喜欢他，但却不得不"奉献快乐"，觉得如果自己不这样做这个男人会不高兴。爱拉的朋友朱丽娅也是一样，她所在剧院的男演员送她回家，一直聊到凌晨三四点还不走，虽然她"厌烦透了，真想尖叫起来"①，她还是和和气气地让他达到目的，和他上了床，生怕不这样做他的自尊心会大受伤害。因此莱辛深刻地指出，女性现实困境的根源在于还没有从心理上摆脱女性气质这个"房屋里的鬼魂"的束缚。

女性气质作为社会性别规范，它的本质是"通过一套持续的行为生产，对身体进行性别的程式/风格化而稳固下来的"②。它看似女性自身的内在特质，实际是通过身体行为生产的文化建构物。"家中的天使"作为传统女性气质的建构物，至今还在成为束缚女性获得自由的障碍。伍尔夫的双性同体虽然杀死了家中的天使，使得更多女性成为自由女性，却因为理论架构中摒除男性的乌托邦特质而让女性倍感孤独，走向崩溃、自杀。莱辛通过《金色笔记》有力地质疑了双性同体，认为女性即使拥有"自己的一间屋"，也无法驱除"房屋里的鬼魂"。只要女性还把女性气质奉为圭臬，还屈从于男权社会好女人坏女人的二分标准，女性必然遭遇现实困境。莱辛深刻而睿智的独到见解为女性敲响了警钟，也为女性争取真正的自由开辟了道路。

第三节 《天黑前的夏天》的空间意象③

《天黑前的夏天》(The Summer Before the Dark)创作于1973年，它以梦境书写的方式展现了女性的心理空间。它刚出版就登上了畅销书榜单，被

---

① 多丽丝·莱辛：《金色笔记》，陈才宇、刘新民译，译林出版社2014年版，第445页。

② 朱迪斯·巴特勒：《性别麻烦》，宋素凤译，上海三联书店2009年版，第9页。

③ 本节主要内容已发表于《聊城大学学报》2017年第5期。

《纽约时报》誉为继马尔克斯的《百年孤独》之后最好的小说。评论界对此部作品的探讨主要集中在三点，其一是关于作品题目"黑暗"（Dark）的所指意；其二是作品中反复出现的"海豹之梦"的含义；其三是主人公凯特回归家庭的动机。如果从空间维度深入文本话语系统进行分析，以上议题就能彼此呼应阐明作品主题。

20世纪后半叶以来，空间的重要性随着哲学思潮的空间转向越来越得到人们的重视，列斐伏尔、福柯、哈维、詹明信、苏贾等一大批学者指出了空间的生产性、能动性和建构性，认为空间不仅是社会关系与社会过程运行其间的处所，它还是一种生产，并通过各种范围的社会过程以及人类的干涉而被塑造，影响、引导和限制活动的可能性以及人类存在的方式。[1]在通常的几何学与传统地理学的概念之外，空间是社会关系的重组与社会秩序实践性建构过程。福柯认为"空间存在于我们所生活的物质世界，同时也嵌入了纷繁复杂的社会关系"。

空间的物质性和社会性并存，因此福柯在指出空间与权力、秩序、知识等紧密相连的基础上，提出他的异质空间（heterotopia）理论，其重点关注的对象就是空间中存在的带有差异性、异质性、颠覆性的空间。虽然有学者认为异质空间理论"缺乏完整性、一贯性和逻辑性"，[2] 但有一点可以肯定，那就是"异质"指福柯在演讲稿中所说的"偏离"（deviation）即偏离常态，是指功能或意义上的偏差或奇异。[3]

莱辛在《天黑前的夏天》中展示了两个彼此呼应的异质空间：旅行空间和梦境空间。无论是旅程还是梦境，文中所描写的主人公凯特的这段经历都偏离了自己的正常生活轨迹，抽离了惯常的日常主妇生活。异质空间迥异于日常生活，与日常生活的疏离感使得"我是谁"这个问题凸显出来，据

---

① 吴冶平：《空间理论与文学的再现》，甘肃人民出版社2008年版，第1页。

② 爱德华·索杰：《第三空间：去往洛杉矶和其他真实和想象地方的旅程》，陆扬译，上海教育出版社2005年版，第210页。

③ 米歇尔·福柯：《不同的空间》，周宪译，中国人民大学出版社2003年版，第23页。

著名批评家帕特里夏·沃（Patricia Waugh）研究，包括莱辛在内的当代英国女性作家一直处于本质主义身份与作家自我身份的双重焦虑之中，这使得她们的作品具有非常强烈的"自我意识"。① 莱辛认为建构这些抽离现实的异质空间的优势在于"越进入这些区域，越发现这是所有人类居住的区域"②。莱辛在《天黑前的夏天》中通过描述梦境领域与旅行空间这两个异质空间，来勾勒主人公凯特的精神成长和自我身份认同。

《天黑前的夏天》讲述 45 岁的主人公凯特·布朗多年来扮演着贤妻良母的角色，可内心常常感到自我的失落，在某个夏日来临之时，她打破常规走出原来的生活，从而对自我、社会和人生价值有了新的认识。对于题名中 Dark 一词，艾莉森·劳瑞（Alison Lurie）认为"大多数妇女是没有办法逃离社会和她们自己的性别弱势为她们建造的监牢的"，黑暗是指凯特回归家庭的无奈之举。也有人认为黑暗和智慧相连，这来源于东方的苏非思想，代表了外在自我整合在一起的内在世界。苏珊·克雷恩（Susan M. Klein）认为书名中的夏天不应该单纯理解为凯特出走的 1973 年夏天，而是指她和祖父母一起在葡萄牙度过的 1948 年夏天，在这之后她步入婚姻，因此黑暗是指凯特婚后没有自我的婚姻状态。③ 罗伯特·鲁宾斯坦（Roberta Rubenstein）认为题名意味着凯特在经过象征牺牲的秋天以及在经过心灵之旅的涤荡之后，可以勇敢地面对"老年或死亡的黑暗"了。④ 盖里·格林（Gayle Greene）则认为"黑暗"不仅指凯特的灾难，也是世界的灾难，凯特最后在经过对过去的梳理之后，无奈地接受了现实。⑤ 可见对题名的争议

---

①　Patricia Waugh. The Woman Writer and the Continuities of Feminism//James F. English. A Concise Companion to Contemporary British Fiction. Blackwell Publishing, 2006: 197.

②　Jean Pickering. Understanding Doris Lessing. University of South Carolina Press, 1990: 124.

③　Susan M. Klein. First and Last Words: Reconsidering the Title of The Summer Before the Dark. Critique Studies in Contemporary Fiction, 2002(3): 228-238.

④　Roberta Rubenstein. The Novelistic Vision of Doris Lessing: Breaking the Forms of Consciousness. University of Illinois Press, 1979: 215.

⑤　Gayle Greene. Doris Lessing: The Poetics of Change. Ann Arbor: The University of Michigan Press, 1994: 123.

折射出评论界对作品主题的种种看法，题名是洞悉莱辛此部作品思想的一把钥匙。

通过对文献的梳理可以看出，学者对题名的理解基本都是线性的，强调时间的先后顺序，研究重点放在"夏天"的具象所指上，而没有在时间之外增加空间维度。小说名为"The Summer Before the Dark"，这里介词 before 连接着前后两部分，它除了可理解为时间序列的"在……以前"外，还表示空间关系的"在……前面"。从空间维度来理解题名：the summer 指的是主人公在现实空间的夏天所遭遇的一串经历(the summer experience)，这串经历遮蔽住以黑暗为表征的梦境空间，使得两个空间既叠合又分离，共同昭示凯特对自我身份认同的思考。这样，理解"黑暗"的含义就得从空间上把握凯特梦境与现实经历间的动态关联，从而在文本的话语系统内部挖掘"黑暗"意象。

先来分析作品中凯特离家的旅程。文中对这个异质空间的描写围绕仪容展开，即主人公容貌、服饰、发型等身份地位的标志物。家庭主妇的身份使她以家人为中心而无暇顾及自我的感受。与这种状态相符的是她没有个性的服装，罗兰·巴特曾指出："服饰会努力配合我们所想要表达我们自己的样子，我们在社会上所扮演的复杂角色。"[1]凯特的服装是她中产阶级家庭主妇形象的标签，"她浑身上下搭配精巧，这身打扮符合住在郊区豪宅里的中产阶级的身份，而且她是作为别人的妻子待在这里的"[2]。"她疯狂地跟随潮流亦步亦趋——染发、减肥，穿着打扮时尚，又不装嫩，几乎感觉不到光阴的流逝"[3]。实际上，在看似主动的行为背后，凯特的自我是由服饰塑造的被动客体，正如安吉拉·卡特所指出的"服装的本质是非

① 罗兰·巴特：《罗兰·巴特访谈录》，刘森尧译，台湾桂冠出版社2004年版，第71页。
② 多丽丝·莱辛：《天黑前的夏天》，邱益鸿译，南海出版公司2009年版，第7~8页。
③ 多丽丝·莱辛：《天黑前的夏天》，邱益鸿译，南海出版公司2009年版，第6页。

常复杂的。衣服同时可以是许多事物，我们社会化的表面人格，将我们的意图广而告之的符号体系，我们对自己幻想的投影"①。在追逐潮流的过程中，凯特的自我处在被操控和展示的地位，丧失自我主体性。渐渐地，凯特意识到不仅是在服饰方面，而且"她的话语和众多纷扰的想法被她从衣架上取下穿上"②。

凯特认为导致其自我缺失的原因是家庭主妇的身份，于是寄希望于摆脱家庭，通过为国际食品组织做葡萄牙语翻译来找回自我。有些评论认为凯特对家庭主妇身份的摒弃是其自我身份觉醒的标志，那么回归家庭的结局则给作品涂上悲观的色彩。如果只从女性主义的立场解读作品，把作品的主题囿于拷问家庭关系、婚姻关系、女性角色和地位等敏感问题以及记录女性不同阶段心理变化，那么回归家庭也许是个败笔。但莱辛作品以思想丰富复杂著称，虽然诺贝尔文学奖颁奖词认为莱辛是"女性经验的史诗性作者"，《天黑前的夏天》却不单是"女性的书，而是人们的书。凯特不是每个女人，而是每个人"③。莱辛把凯特的际遇扩大为人的一种普遍存在状态。即使走出家庭，凯特发现自己还是陷在和家庭角色类似的社会角色范式里，"她摇身一变又开始重操旧业：成了保姆，或护士，还有母亲"④。作为符合既定社会规范的人，个人作为维护社会正常运转的"一部分"而具有工具价值，在接受社会规训塑造社会规范的过程中，自我主体性的丧失在所难免。

再来看凯特的梦境空间。海豹之梦集中体现了凯特对自我失落的焦虑、恐惧感。关于海豹的象征意义一直众说纷纭，魏德曼（R. L.

---

① Angela Carter. Notes for a Theory of Sixties Style // Angela Carter. Nothing Sacred：Selected Writings. Virago，2012：85.

② 多丽丝·莱辛：《天黑前的夏天》，邱益鸿译，南海出版公司 2009 年版，第 4 页。

③ Erica Jong. Everywoman out of Love? //Critical Essays on Doris Lessing. Ed. Claire Sprague and Virginia Tiger. G. K. Hall，1986：199.

④ 多丽丝·莱辛：《天黑前的夏天》，邱益鸿译，南海出版公司 2009 年版，第 28 页。

Widmann)认为海豹具有弗洛伊德式的象征含义，代表了凯特的自我。① 莱夫科维兹(Barbara F. Lefcowitz)认为海豹一方面象征孩子，另一方面象征内在的自我。后者和海豹作为稀缺物种一样，都处于危险之中。② 也有学者认为海豹象征着责任。上述观点都有其合理性，但基本都是围绕"海豹象征什么"来提问，对于"为什么选择海豹"则几乎无人思考，而本书认为这是理解作品主题的关键因素。莱夫科维兹通过考察海豹词源，得出海豹和灵魂词源同一，同时海豹的双关语义"sealed"，表示"封闭"与"囚禁"，可见莱辛选择海豹意象并非随意为之。值得注意的是，海豹的毛很短，它在水中是近乎光滑赤裸的，没有遮蔽的状态与海龟完全不同，后者负重前行濒临死亡的形象文中有详细描写。海豹和海龟在文本的话语系统中具有象征意义，这和前文所详述的仪容要放在一起理解。仪容象征着人所扮演的社会角色，它规范着人的言行，是社会规范的外部表现，包括耐心、自律、自制和合用性等美德。当美德被实用化而成为维持特定社会规范的润滑剂，被内化成每个人的自觉追求，那么自我就在美德的规训过程中缺失。凯特意识到，"她和她的同龄人都是机器，设定的唯一功能就是：管理、安排、调整、预测、命令、烦恼、焦虑、组织"③。如同背着沉重外壳的海龟走上死亡之路，外化的仪容以及内化的美德都在威胁着主人公本真的自我，而处在光滑裸露没有任何遮蔽状态的海豹则是她反抗规训寻回自我的心理状态的表征。

除了海龟和海豹意象对比外，梦境空间还出现了其他动物，"突然，各种猛兽从角斗场墙后打开的笼中纷纷跳出，狮子、豹子、恶狼，以及老虎。她带着海豹撒腿狂奔，尽可能往看台高处跑，野兽们紧追不舍。她奋

---

① R. L. Widmann. Review：Lessing's The Summer Before the Dark. Contemporary Literature，1973(4)：582-585.

② Barbara F. Lefcowitz. Dream and Action in Lessing's Summer Before the Dark. Critique，1975(2)：107-120.

③ 多丽丝·莱辛：《天黑前的夏天》，邱益鸿译，南海出版公司2009年版，第88页。

力爬到角斗场边，边上有一根摇摇欲坠的木头柱子，她和海豹抓住柱子，柱子摇晃不已。她抓紧柱子拼命想坐到上面去，把海豹高高举起，这样野兽的爪子和尖牙就伤不着它"①。结合作品中莱辛把人比作动物，这段梦境显得特别意味深长。莱辛描写凯特在剧院中看到观众时的反应，"这些清一色的游客，就和一周前的自己毫无两样，穿着精美的衣服，肌肉结实，举止文雅，脸部、头发都经过精心修饰"②。可是这副符合社会规范的仪容让凯特想起了动物，"满剧院的人，更恰当地说，是满剧院的动物……一屋子的动物，狗呀猫呀狼呀狐呀"③，以及狮子等动物追着凯特和海豹的梦境表达了凯特想摆脱社会角色规范、摆脱成为社会机器"一部分"的角色，想找回完整的自我而不可得的纠结心态。莱夫科维兹认为作品提出了"勇敢地做自己"和"勇敢地做一个部分"的矛盾。这对矛盾在凯特现实空间的夏日经历和梦境空间的海豹之旅中相互衬托，正如题名所暗示的那样，形成了两个各成体系又相互联系的异质空间，前者遮蔽后者，犹如现实社会的角色规范规训了心灵空间的自我；后者凸显了前者，犹如自我通过与社会规范的抗争彰明了主体性存在，现实与梦境处在动态的平衡中。

对于社会规范对自我的规训，凯特最初的选择是顺从。比如对于丈夫的出轨，她的反应是努力说服自己"那些事儿无关紧要"④。她觉得"哪怕只是离开那个根植于心的生活模式片刻，都仿佛是疯女人作出的错误选择"。对既有生活模式的遵从是维持社会稳定的有效控制因素，"社会要求个人在多大程度上作抑制性的发展，个人的需要本身及满足这种需要的权

---

① 多丽丝·莱辛：《天黑前的夏天》，邱益鸿译，南海出版公司 2009 年版，第120 页。

② 多丽丝·莱辛：《天黑前的夏天》，邱益鸿，南海出版公司 2009 年版，第148 页。

③ 多丽丝·莱辛：《天黑前的夏天》，邱益鸿译，南海出版公司 2009 年版，第148 页。

④ 多丽丝·莱辛：《天黑前的夏天》，邱益鸿译，南海出版公司 2009 年版，第135 页。

利就在多大程度上服从于凌驾其上的批判标准"①。

通过梦境空间修补自我缺失是凯特对既有生活模式的无意识反抗。莱辛在作品中描写梦境多达 15 次，通过梦境的修补，凯特逐渐寻回自我。在其中一次梦中，她梦到自己和一位国王好上了，可是"没过多久，年轻国王走下木台离开了她，看都没看她一眼，拉住一位正和他兄弟模样的男孩跳舞的年轻姑娘的双手，笑容可掬地把她领到台上与她翩然起舞"②。凯特痛苦万分，"她大声叫喊着，这样囚禁她，太不公平了；不，就这样把她的皇后之位废除了，太不公平了"，理智地遵从社会规范始终烙上男性社会行为模式的印记。而女性没有情感的慰藉犹如脱离大海的海豹，面临焦渴濒死的境地。所以即便社会规范规定了诸多禁忌，女性也在不断追寻自我的过程中超越既有社会范式。

关于凯特梦境空间的寓意所在，莱辛在接受纽约 WBAI 电台采访时明确指出"凯特的梦是她在寻求对于生活的答案"③。通过梦中的海豹之旅她领悟了社会角色规范对自我的规训与侵凌，并决定作出改变。作为社会规训外在标志物的仪容规范成了凯特反抗的突破口。当她是家庭主妇时，对发型格外用心，文中写到"头发——一个我们需费心费力加以选择的领地——烫成了大波浪，露出脸盘……她的头发是红色的——红得不是特别耀眼"④。但经过海豹之梦后，她变得对发型无所谓，"乱糟糟地披在她瘦骨嶙峋的脸上的，是又硬又卷、发根尽白的黄发，梳子都没法梳理"⑤。她经常顶着乱蓬蓬的头发在街头晃荡，穿着粉色袋子似的裙子，腰间随便系

---

① 马尔库塞：《单向度的人：发达工业社会意识形态研究》，刘继译，上海译文出版社 2008 年版，第 6 页。

② 多丽丝·莱辛：《天黑前的夏天》，邱益鸿译，南海出版公司 2009 年版，第 136 页。

③ Josephine Hendin. The Capacity to Look at a Situation Cooly. Doris Lessing：Conversations. Ontario Review Press, 1994：46-59.

④ 多丽丝·莱辛：《天黑前的夏天》，邱益鸿译，南海出版公司 2009 年版，第 8 页。

⑤ 多丽丝·莱辛：《天黑前的夏天》，邱益鸿译，南海出版公司 2009 年版，第 138 页。

了一条黄色丝巾，并不在乎旁人的眼光。再后来头发成了她拒绝被模式化的一种方式，即使选择了回归家庭，她也不再做原来的发型，文中写道，"过去几个月的经历——她的发现，她的自我定义，这些她此时希望化为力量的东西——全都集中到这个地方——她的头发上。她打算回家的时候，不做头发，为方便起见，在脑后扎个马尾辫，任由头发毛糙粗硬。面积不断扩大的花白头发仿佛在发表声明，好像她身上的其他部分——躯体、双脚，甚至脸庞，虽日益老去却能修复——都属于别人，就是她的头发——绝对不行！再也没人伸手抚摸它了"①。凯特的自我成长通过在自己身上保留一块属于自己的领地而得以完成。

但规训所导致的既有生活惯性很难彻底清除，凯特虽然走出了家庭，但深深的思念使她经常动回家的念头。在大病一场后，她挣扎着从床上爬起，艰难地坐车回几英里之外的家。不过归家之旅又一次验证了梦境空间昭示的真理：作为社会规范的"一部分"，她存在的角色意义大于个人价值。当她卸下社会规范的仪容装束后，没有一个邻居能认出她，甚至相处多年的好友看她一眼后也漠然地移开视线。可"这个发现不但没让她伤心难过，反而令她大为高兴，大大松了一口气"，她终于放下了对家的情感牵挂，而这种情感的实质是对自己习惯的生活模式的依恋。凯特不再像过去那样对家人有求必应，当家人陆续回家，要求她尽快回家照顾时，她发电报拒绝了。梦境空间的顿悟成为解开现实困境的钥匙。

在完成自我的精神成长后，凯特最终选择回归家庭，莱辛的结局安排的合理性成为学者争议的话题。赛德斯特伦（Lorelei Cederstrom）认为凯特就是一个"可笑的娜拉"②。也有论者把她称作"迷途知返的天使"③，迄今

① 多丽丝·莱辛：《天黑前的夏天》，邱益鸿译，南海出版公司 2009 年版，第 235 页。

② Lorelei Cederstrom. Doris Lessing's Use of Satire in "The Summer Before the Dark". Modern Fiction Studies, 1980(1)：131-145.

③ 李秋宇：《迷途知返的天使——〈天黑前的夏天〉中凯特的成长之旅》，《昭通学院学报》2014 年第 3 期，第 56 页。

对于凯特回归家庭的原因并没有统一、清晰的理论认知。

实际上作品的结局安排可溯源于苏非主义思想对莱辛的影响。包括《天黑前的夏天》在内的三部内空间小说被认为是苏非主义的寓言，很多学者指出其践行了苏非主义"生命贵在完整"的教义。莱辛作品的很多主题思想都可追索到这些苏非哲理。不过，莱辛所理解的苏非主义并非一种来自东方的神秘宗教，而是根源于对人类社会深刻洞察基础上的普遍真理。在她看来，人与周围世界的关系可以用地毯来比喻，个体既拥有自己独特的花纹和颜色，又作为地毯整体的一部分而有价值。人与宇宙的关系也是如此，个体有其独特使命和价值，在发挥自我主体性过程中同时承担起对周围世界的责任，因此，人本身、人与社会乃至人与宇宙是一个相互联系、相互依存的整体，作为整体的有机部分，人能够影响社会乃至宇宙的整体和谐。① 那么在人自身没有醒悟，没有建构起完整的自我，达到对自身身份的理性意识与认同前，外界任何形式的拯救都是徒劳。也就是说，莱辛认为任何变革源于个体内部变化而不是由外界客观因素促成。

回归家庭不是对既有生活范式的回归，而是主人公在现实与梦境叠加的异质空间基础上对自我身份和责任的省悟。在清醒地意识到社会规范造成自我的模式化以及对自我的规训后，她采取了抵抗的态度，这从梦境空间对公正的呼喊和现实空间对规训的抵制可以看出。但她很快发现，对母亲角色的抗拒和反抗心理也是社会规范的一部分，并不是她个人所独有，是具有普遍性的情感体验，"因为凯特扮演的是一个没有选择余地的角色，一个注定会遭到抵制和反抗的母亲——因为她不能总是被爱、被感激，所以她就以为事事都不如意，所有的东西都是又黑暗又丑陋"②。类似的情感体验以各种形式出现在人的生活中。比如凯特的室友莫琳，在感情纠葛中苦恼不已，她的选择不仅仅是自我受感情驱使在选择爱人，而是在社会范式和个人存在之间选择一种自我认同的生活方式。正如莱辛在谈及这部小

---

① Galin Muge. Between East and West：Sufism in the Novels of Doris Lessing. State University of New York Press, 1997：32.

② 莱辛：《天黑前的夏天》，邱益鸿译，南海出版公司 2009 年版，第 223 页。

说的创作时所言"有很多女孩子考虑结婚时并不是因为她爱某个人，而是因为她要选择某种生活方式"。再比如莫琳的男友菲利普，虽然表现得痛恨社会、思想新锐，凯特却敏锐地洞悉到他的思维模式的普遍性，"整整一代的青年同时现身，说同样的话，做同样的动作，穿同样的衣服，拥有同样的政治观点，数量有几百万之众，几乎每个人都是从一个模子中出来的"①。可见看似反叛的自我实际也是社会范式逐渐固定化过程中的一个阶段。而且，在反对社会规范的过程中，处于对抗状态的自我很难获胜，因为这种抗争的方式本身是错误的，它把自我和他人、社会孤立开来，这种二元对立的思维模式过分强调两者间的矛盾，而莱辛认为个体与集体并不处在对立之中，二者都很重要并紧密相连，激化矛盾并不是解决社会问题的理想途径。

通过给莫琳讲故事，凯特重新审视了自我。故事的讲述使得旧日时光一一重现：和孩子一起郊游野餐，和丈夫雨中散步，全家围桌聚餐。这时凯特意识到"经营一个家有时很困难"②，珍惜家人间彼此美好的感情是规避社会规范的规训的有效途径。因为莱辛认为爱情（包括亲情）能修补自我缺失达致塑造完整人格的目的。这也是典型的苏非主义思想的体现：除了政治途径，改变社会还可以从自我做起。这个自我是既有独特价值又对社会负有责任感的完整的主体。通过自我达致整体性，凯特完成了现实与梦境交叠的"认识自己、反思自己、理解他人、认识世界的心灵之旅"③。

凯特完成了对自我的新认知，完整的自我代替了原来被社会规训得毫无主体性的旧我，那么她对家庭的回归就绝对不是在旧有认知基础上的重复，凯特也不会回到原先存在感缺失、只有社会角色价值而没有自我主体价值的家庭主妇状态。凯特的转变从对自己头发的处置这样一件小事鲜明体现出来，"这种物质（头发）从她头皮的毛孔中一点点长出，如同通心粉从机器里慢慢出来一样，是她身上唯一被抚摸、掐捏，或触摸后没有感觉

---

① 莱辛：《天黑前的夏天》，邱益鸿译，南海出版公司 2009 年版，第 183 页。
② 莱辛：《天黑前的夏天》，邱益鸿译，南海出版公司 2009 年版，第 223 页。
③ 王丽丽：《多丽丝·莱辛研究》，社会科学文献出版社 2014 年版，第 347 页。

的部分"①。她觉得头发是完全属于自己的，她要保留这个属于自己的不被别人碰触的私有领域。身体的这样一个完全属于自己的空间对自我的精神成长具有重要作用，莱辛认为：个人在负起自身社会责任为他人奉献时需要保留自己的私人空间。这样的私人空间有很多，比如作品中凯特的梦境空间就是典型的精神成长空间，其他如弗吉尼亚·伍尔夫所强调的"一间自己的屋子"也具有相同的精神成长功能。最终凯特意识到原来的自己"服装、发型、举止、姿态和声音以前都是赝品，这种赝品与真迹相比，差异极小"②。做回完整的"自我"，虽然表面还和原来一样是普通家庭主妇，但这是和原来缺失自我状态下的家庭主妇凯特·布朗完全不同的"真迹"。

从空间维度解读作品的优势在于能从新的视角切入议题从而提出和以往视角不同的见解。空间主义视角下《天黑前的夏天》是现实和梦境两个异质空间彼此映照下主人公的一段奇特自我发现之旅，这段旅程成就了凯特的精神成长，最终恢复其自我整体性。

综上所述，从空间视角解读作品中颇具争议的三个焦点议题可以发现："黑暗"是筑于凯特梦境的内空间领域，是凯特领悟社会规范对自我的规训进而整合自我达致身心和谐的幽暗神秘的异质空间。在这个空间里，凯特怀抱海豹蹒跚独行，海豹象征着她拒绝被社会规范规训的自我，海豹之梦则是凯特不愿被模式化、不断求索以找寻整体性自我的具象表征。最后，在以上共识基础上再来理解凯特回归家庭的选择，可以看出它深刻体现了莱辛所受苏非主义影响，个人和集体并不处在对立位置，如同地毯上独特的花纹对于整张地毯的重要意义，两者是紧密依存相辅相成的，个人不能选择逃避，而是要勇敢承担自身的社会责任，在改造自我中达致人与社会乃至宇宙的完整和谐。

---

① 莱辛：《天黑前的夏天》，邱益鸿译，南海出版公司2009年版，第235页。
② 莱辛：《天黑前的夏天》，邱益鸿译，南海出版公司2009年版，第235页。

小　结

考察女性主义运动的三次浪潮可以发现，它们对待二元论的态度和方式是不同的。第一次浪潮主要争取与男性平等的政治权利、选举权利。第二次浪潮主要是从传统政治理论中获得理论根据，如马克思主义的女性主义、存在主义的女性主义等。这两次浪潮并没有质疑二元论的思维方式，是在它的范畴下对男性/女性性别规范的质疑。如存在主义、女性主义代表人物、法国理论家波伏娃对两性的人类文明进行了探索，并指出男性通过将自己定义为自我、将女人定义为他者来确立男性的本体地位，"定义和区分女人的参照物是男人，而定义和区分男人的参照物却不是女人。她是附属的人，是同主要者相对立的次要者。他是主体、是绝对，而她则是他者"。

第三次浪潮产生了与后现代主义、后结构主义、后殖民主义等理论相应的女性主义各流派，常常被称为后女性主义。第三次浪潮从根本上挑战了西方的二元论范式，转向差异性、矛盾性和多样性。

莱辛在其处女作《野草在歌唱》中探讨了男性/女性的二元论性别规范对女性所造成的伤害。其成名作《金色笔记》中又对好女人/坏女人的女性气质二分法提出质疑，指出家中天使/自由女性的区分使走出家庭的女性依然无法独立、自由。后来在《天黑前的夏天》中莱辛通过融理性与感性于一体的疯狂，使主人公凯特在家中天使/自由女性的分裂中找到平衡点，从而超越二元对立，通过疯狂这种二元混杂的方式获得精神独立。以上可见，一直以来莱辛非常关注女性问题，但她却否认自身的女性主义倾向，她说，"我认为，妇女解放运动不可能带来多大变化，这并非因为这场运动的目标有什么差错，而是因为我们正生活在一个大动荡的时代，整个世界因这动荡而改变了模样。这一点一目了然。如果这场动荡能有个了结，到了那一天，也许妇女解放的目标已显得渺小而怪异了"。莱辛想说的是，她认为解决了人类二元对立的思维方式，女性问题就迎刃而解，"我们不应该将事物分离，不应该让人格分裂"。

因此莱辛"拒绝支持女人"是因为她对当时将女性对立于男性的做法持否定态度，否定她的作品描写的是两性间的性战争。她希望摆脱男性/女性的二分法，将女性问题放到解构二元论的大语境下来解读，当代后女性主义的理念印证了她的观点的超前性。

关于如何超越男性/女性的二元对立，莱辛在《天黑前的夏天》中通过凯特的怪异举动给出了一种解决方案。她改变自己一贯精致的中产阶级女性形象，开始穿不属于自己身份的衣服，不再关注自己的容貌，头发随便绾在脑后、凌乱不堪。凯特的改变是对女性艰难处境的抗争，是通过身体对社会形塑女性以满足模式化需求的控诉。

身体是后现代女性主义的主战场，朱迪斯·巴特勒、唐娜·哈拉维通过身体表达性别可塑性的观点。巴特勒被看作反本质主义的女性主义最坚定的支持者。她对"性别二元性"（gender binaries）的颠覆摧毁了性别的稳定性。巴特勒指出，"性别"不是"自然的"而是"表演的"（performance），身份是由表演组成的。巴特勒将"男扮女装"（drag）作为其颠覆潜力的例证，因为她相信，穿异性服装能够凸显解剖意义上的性和性别身份之间的断裂，暴露出性别的社会模仿特征。性别颠覆的目的在于消除身体、性和性别的所谓自然性，以暴露出它们的社会和政治建构性。在这个表演的过程中，重复在其中起着重要的作用，因为通过反复扮演某个角色，个体就可以获得一个明确一致的身份。"女性"并不是一个简单给定的基础，而是一个可变的建筑物。这意味着"女性"是一个文化建构，因此是随时间地点而变化的。① 巴特勒通过异装将男性与女性的装扮混杂为一，割裂了传统认为性与性别身份的统一关系。莱辛作品主人公凯特通过抛弃中产阶级女性惯有装扮，也是通过改变性别身份的外在形象来质疑女性与女性身份的一致性，由此表达莱辛对女性形象遭到社会形塑和模式化的不满。

---

① 戴雪红：《后女性主义对二元论的批判：身体的哲学剖析》，《妇女研究论丛》2008 年第 6 期，第 68 页。

　　关于通过混杂来解放女性身体，哈拉维的观点颇为新颖独特。在《赛博克宣言：20 世纪 80 年代科学、技术和社会主义的女性主义》一文中的对策是想象一种有机和无机合成的"半机器人"（cyborg，赛博格，又译电子人）——部分是机器，部分是有机组织的人，以此作为重新构想我们世界的工具。cyborg 强调混杂和跨越界限，是人与动物、人与机器、头脑与身体、唯物主义与唯心主义界限日益消除的结果，对消除男性与女性之间的界限也有奠基作用，因为它会"颠覆人的主体意识的统一性和稳定性，为建构女性主义的主体意识提供了新的可能……从而把女性主体想象为多变的和多元的"①。可见莱辛对女性问题的书写也深深打上了她的混杂性思想的印记。

------

　　① 苏红军、柏棣主编：《西方后学语境中的女权主义》，广西师范大学出版社 2006 年版，第 103 页。

第六章　太空题材小说中的空间意象

序　言

"父亲常常在我们非洲草原的屋子外坐着，仰望星空，一连数个小时、数个夜晚，还常常感叹，'嗨，要是能飞到太空那上面去就好了，那里有太多的奥妙，我们都是源于那里啊！'"①

虽然被困在非洲一个贫瘠落后的角落里，过着如蝼蚁一样渺小的生活，父亲依然抬头仰望星空，为星空的浩大辽阔所震撼，为星空的深邃迷人所吸引。仰望反映了父亲希望摆脱困境的心理状态，而父亲对宇宙的这份热爱潜移默化地影响了女儿，也成为莱辛一系列小说创作的契机。在《三四五区间的联姻》中，仰望成为一种救赎的姿势，是脱离精神桎梏的良方，四区的妇女通过仰望三区获得精神力量，恢复了对生活的爱和信心，主人公爱丽·伊斯通过仰望二区洞察了她原本引以为傲的三区存在的傲慢自大等问题，最终升入境界更高的二区。毋庸置疑，莱辛的这一构想得益于父亲的启发。

莱辛的"老人星"系列是典型的科幻小说，运用了科幻作品经常使用的星际背景，把眼光投向并非人类所能亲历的遥远太空。"老人星"系列就将故事安排在广袤无垠的外层空间，太空成为人类整体生存困境的隐喻。这

---

① Doris Lessing. "Colonized Planet 5 Shikasta". Canopus in Argos：Archives. Knopf Press，1981：7.

里莱辛所描述的空间摆脱传统框架的束缚而伸向遥远的天际，并且这里的空间不是单一的，而是异质的、多样化的，不同空间既彼此映衬又相互联系，形成恢宏气势的故事背景。什卡斯塔、老人星、天狼星、沙麦特是各具特色而相互联系的星球。《三四五区间的联姻》中各个区间也各具特色并相互联系，莱辛把人的境遇放到恢宏的外太空中，揭示人与宇宙间相互依存、相互联系的整体关系。这和她之前作品的主题是一致的，因为莱辛的作品始终关注人的生存境遇，把人本身、人与社会，乃至人与宇宙始终看作一个整体，一个相互联系、相互依存的整体，以整体性对抗现有的二元对立思维模式以及它所导致的文明的对立。外太空是一种隐喻，什卡斯塔就是我们地球，它的困境就是我们人类的困境。那么是什么导致什卡斯塔星球走向衰落？莱辛怎样在作品中化解科学与宗教、人类与非人类以及文明之间的冲突？

第一节 《什卡斯塔》中的空间意象

莱辛太空小说的第一部《什卡斯塔》可读性不强，接近于罗兰·巴特所说的"作者型文本"，整篇小说似乎是文献资料的合集，以至于许多评论家给出了负面的评价。约翰·伦纳德为莱辛放弃现实主义而感到惋惜，认为这使得莱辛的忠实读者无所适从。① 著名莱辛研究专家施吕特（Paul Schlueter）起初也认为《什卡斯塔》"是说教性最强、最冗长乏味的小说……是一个拙劣的寓意"，不过，在认真通读了这个系列之后，他改变了之前的观点，认为作品"重新讲述了宇宙和地球的历史"，"提供了对人类历史的进一步预见"②。

实际上，在貌似凌乱芜杂的材料堆积之下，《什卡斯塔》是一个精心组

---

① John Leonard. "The Spacing Out of Doris Lessing". The New York Times Magazine. [1982-02-07]. http://www.nytims.com/1982/02/07/books/the spacing out of doris lessing. Html.

② Paul Schlueter. Dictionary of Literary Biography. Gale Research, 1983.

织的故事。莱辛通过科幻小说的框架重写了《圣经》和进化论,将一直以来宗教与科学的对立陌生化,以使读者看出非此即彼的二元对立思维方式的荒谬和人类中心主义的狭隘。

在"老人星"系列中,莱辛创造了一个奇异的宇宙,这里存在着三个星球帝国,分别是老人星、天狼星和杀马特。其中,老人星文明程度最高,它以促进宇宙和谐、有序、繁荣为己任,经常派使者前往殖民行星以观察、帮助后者的发展。天狼星的文明程度也很高,但它专注于发展科技和工业,经常凭经济实力侵犯其他星球。而杀马特则是贪婪和邪恶的化身,它高度军事化,和其他星球冲突不断,并用自己的强权思想侵蚀其他星球。在这样一个宇宙体系中,人类所居住的地球(即什卡斯塔)只是众多殖民星球中的一个,由老人星和天狼星共同管理,可见从宇宙的角度来看,地球何其渺小,生活在地球上的人类就更加渺小。

首先,《什卡斯塔》重写了圣经故事。故事开篇,地球遭受战争的重创已成一片疮痍,老人星使者耶和(Johor)临危受命再次前往地球,他的任务是观察地球现状,找到它文明发展出现的问题。《圣经·旧约》中,耶和华(Jehovah,耶和的名字与他谐音)作为至高无上的神是众生信奉的上帝,人们相信他是万能的。《圣经》诗篇第 115 章第 13 节写到,凡敬畏耶和华的,无论大小,主必赐福给他。诗篇第 3 篇写道:"我用我的声音求告耶和华,他就从他的圣山上应允我。""耶和华啊,求你起来!我的神啊,求你救我!因为你打了我一切仇敌的腮骨,敲碎了恶人的牙齿。"①与此相应,小说中当耶和作为老人星的使者来到地球时,他被人们称作上帝。当耶和准备穿过六区、托生为地球人通过什卡斯塔东门前往地球时,他遇到了大批向他求告的灵魂,"他们像盲人一样摸索着冲撞着向前,不停地四处寻找,他们叹息着,深沉的渴望的叹息,因为我还没有现身,他们轻吟浅唱,听起来就像颂歌,我记得几万年前我就在六区听他们这样唱过:救救我,上

---

① 戈登·菲,道格拉斯·斯图尔特:《圣经导读》,魏启源等译,北京大学出版社 2005 年版,第 184 页。

帝，救救我，万能的主，我爱你，你爱我。眼望上帝，也望上帝看到我，给我自由……"①这些灵魂耶和都熟悉，自他第一次来地球他们就在这里，迄今已是耶和第三次来到地球，他们一直在这里徘徊不走，整日祈求祷告，把希望完全寄托在神的拯救上。这使耶和充满了不耐烦甚至是恐惧，因为他不能在六区多做停留，而成群结队的灵魂完全指望他来拯救，这会耽误他的工作。很多人放弃了通过东门重新开始生活的勇气，把全部希望寄托在上帝的拯救上，"徘徊，流浪，消瘦的可怜的鬼魂，呻吟着渴望着能来拯救他们、帮助他们走出这个可怕地方的人，正如老猫把小猫带到安全区"②。一直以来，基督教要求人们信奉上帝，认为这是得到拯救的唯一途径，正如《圣经》诗篇所写"我呼求的日子，你就应允我，鼓励我，使我心里有能力"③，"耶和华必成全关乎我的事，耶和华啊，你的慈爱永远常存，求你不要离弃你手所造的"④。而莱辛改写了《圣经》故事，上帝不过是外星的一位使者，他并不肩负拯救所有人的任务，他给人类指出的道路是，"行动起来，等待时机并不断尝试"⑤。世界不是由神的意志塑造的，真正的发展动力是人的尝试和努力。由此莱辛颠覆了《圣经》关于上帝主宰的神话，提出人自身才是发展的关键所在，而不是靠神的救赎。

其次，《什卡斯塔》也改写了进化论。进化论的信条是"物竞天择，适者生存"。达尔文指出，人类是生物进化过程中的偶然产物。今天的一切生物都是人类的亲属，人类与其他生物特别是与类人猿并无本质的区别，我们认为人类特有的属性——例如智力、道德等精神因素——都可在其他动物中找到雏形，也必定有其自然的起源。进化论推翻了人类自以为与众不同的地位。但与此同时，通过强调人在自然竞争中的优胜地位，进化论

① Doris Lessing. Shikasta：re, colonized planet 5. Alfred A. Knopf, Inc. 1979：5-6.
② Doris Lessing. Shikasta：re, colonized planet 5. Alfred A. Knopf, Inc. 1979：6.
③ Doris Lessing. Shikasta：re, colonized planet 5. Alfred A. Knopf, Inc. 1979：186.
④ Doris Lessing. Shikasta：re, colonized planet 5. Alfred A. Knopf, Inc. 1979：186.
⑤ Doris Lessing. Shikasta：re, colonized planet 5. Alfred A. Knopf, Inc. 1979：7.

又以科学之名将人奉上了中心的位置。

　　莱辛提供了迥异于进化论的人类进化历史。什卡斯塔最初名为罗汉达，是个富饶美丽、适合居住的地方，老人星为了帮助罗汉达，从它的10号行星基地迁徙了大量巨人和罗汉达人交配繁衍，形成人类的祖先，几百万年来，老人星一直关注着罗汉达的进化过程，通过生命之锁，源源不断地输送生命必需的情感物质 SOWF，并经常派遣使者帮助人类提高智力和各项技能。在老人星的管理和帮助之下，罗汉达的文明达到很高程度，人与自然和睦相处，其乐融融。这里莱辛消解了以进化论为代表的科学发展对宗教的排斥，她认为社会发展有赖于"情感物质"，文明并不只是科学技术的高度发达。信仰使人获得幸福，而情感是信仰的基础。情感物质是耶和的手谕，英文为 substance of we feeling，首字母缩略词 SOWF 也意味着生存最基本的四大物质，即土、氧、水、火（soil, oxygen, water and fire），因此 SOWF"表明了物质和精神世界的统一、形而下和形而上的统一、不同感知和意识层次的统一"①。

　　莱辛在科幻小说的框架下重写《圣经》和进化论的目的是借此消除宗教和科学的对立。在达尔文提出进化论以前，科学和宗教的冲突自西方启蒙时代开始一直争闹不休。西方中世纪教会拥有极大的权力，政教是合一的。教会和皇权操控社会一切活动和个人生活细节。基督教教会，包括天主教和宗教改革产生的宗派，相信人是神按神形象创造，因此人和其他创造物相比是更为尊贵的。根据基督教教义，人是万物之灵，因此他超越了自然，而不是自然的一部分。世界万物都是被创造出来为人服务的，人与其他动物存在不可逾越的鸿沟。进化论给人文领域带来了一场颠覆性的革命。人被重新放到自然系统中确定其位置。但作为科学的达尔文主义也抹杀了人的神性，彰显和放大人身上弱肉强食的动物性。

　　通过消解宗教与科学之间的对立，人们看到对立的双方都不是人类走

---

　　①　王群：《多丽丝·莱辛非洲小说和太空小说叙事伦理研究》，华中师范大学出版社 2015 年版，第 92 页。

向进步的终极答案，而模糊两者之间的边界、用理性和诗性并存的态度看待人类的进步才能走出困境。因此在莱辛笔下，人既不是完全由神创造的，也不是如达尔文所说由猿猴衍变而来，而是由 10 号星球的巨人和本地人交配的结果。因此人既有神性也有动物性，是两者的交融混杂。

第二节 《三四五区间的联姻》中的空间意象

"老人星"系列以科幻小说的形式书写了人类进化的史诗，让我们看到人类带给地球的毁灭性打击，并预示了人类文明的发展方向。作品展现了莱辛对人类生存境遇的关注和对世界未来的忧虑。其中此系列的第二部小说《三四五区间的联姻》(简称《联姻》)受到很多评论者的格外关注，认为莱辛在此书中预言了人类文明的未来，"莱辛是她所生活时代的一位先知，不断责难社会行进方向错误所造成的灾难性后果，同时又探索社会恢复生机的可能途径"①。莱辛研究专家萨拉·亨斯特拉(Sarah Henstra)指出，"莱辛小说中先知般的叙述者感到不得不说出来的正是我们的社会无法看到的真相"②。

《联姻》是一则关于文明的寓言。小说以供养者颁布的新谕令开篇：三区女王与四区国王需进行联姻，但没有人知道联姻的目的，因此导致各区之间谣言四起。同时各区的动物和植物都出现了同样的衰亡危机：牲畜等动物情绪低落，失去交配和生存欲望，植物萎靡不振，导致边疆区域荒无人烟。但谁也不知道危机的根源。这弥漫整个星球的危机代表了地球的现状。而各区却鲜少有人注意危机的严重性，仍然照原先的生活方式生活，沉浸在虚假的或繁荣或强大的假象中。

故事开始时，三区和四区的对立非常严重，流传的歌谣表明了这一现

---

① "A Horizontal, Almost Nationless Organisation". Doris Lessing's Prophecies of Globalization. Cornelius Collins Twentieth-Century Literature Summer, 2010：222.

② Sarah Henstra. "Nuclear Cassandra：Prophecy in Doris Lessing's The Golden Notebook". Papers on Language and Literature, 2007, 43(1)：3.

状："从大到小，从高到低，从四到三，禁止通行"①。"三区优于四区，我们的生活祥和富足，他们的世界充满战争"②。著名政治学家塞缪尔·亨廷顿曾于1993年提出"文明的冲突"的概念，他指出，在当代社会，"最普遍的、重要的和危险的冲突不是社会阶级之间、富人和穷人之间，或其他以经济来划分的集团之间的冲突，而是属于不同文化实体的人民之间的冲突"③。亨廷顿进而对文化和文明的含义进行了界定，"文明和文化都涉及一个民族全面的生活方式，文明是放大了的文化"④。根据不同文化特征他把人们划分为不同文明，并且指出"人类群体之间的关键差别是他们的价值观、信仰、体制和社会结构，而不是他们的体形、头形和肤色"⑤。

莱辛的《联姻》发表于1980年，比亨廷顿提出"文明的冲突"理论早了13年。但莱辛以先知般的敏锐，用寓言的形式描绘出了当代社会文明冲突的场景。小说中六区至一区逐层递进，呈现出不同的文明形式。与此相对应，它们的地理位置也由低到高，但各区之间有严格的分野。这种分隔既是地理上的更是体现在文明程度上的。在四区人的眼里"五区是个蛮荒之地，到处是沙漠，还有长得稀稀拉拉的低矮灌木丛，许多游牧民族赶着牲畜、带着帐篷，四处寻找稀缺的食物和水源"⑥。在三区人的眼里，"四区的特征就是矛盾、冲突和战争"⑦，连空气中都弥漫着枯燥无味、令人沮丧

---

① 多丽丝·莱辛：《三四五区间的联姻》，俞婷译，南京大学出版社2008年版，第1页。
② 多丽丝·莱辛：《三四五区间的联姻》，俞婷译，南京大学出版社2008年版，第2页。
③ 塞缪尔·亨廷顿：《文明的冲突与世界秩序的重建》，周琪等译，新华出版社2010年版，第6页。
④ 塞缪尔·亨廷顿：《文明的冲突与世界秩序的重建》，周琪等译，新华出版社2010年版，第20页。
⑤ 塞缪尔·亨廷顿：《文明的冲突与世界秩序的重建》，周琪等译，新华出版社2010年版，第21页。
⑥ 多丽丝·莱辛：《三四五区间的联姻》，俞婷译，南京大学出版社2008年版，第292页。
⑦ 多丽丝·莱辛：《三四五区间的联姻》，俞婷译，南京大学出版社2008年版，第162页。

的气息。乡村意象显得禁锢而压抑。这是片"整齐划一、枯燥沉闷的土地，规则地遍布着军事化生活方式统驭下井然有序的军营。城镇和村庄似乎都比军营小了很多。天空呈现出灰灰的蓝色，水边照射着令人乏味的阳光"①。三区在它的民众心里则是一片乐土，生活得祥和富足，他们会自豪地夸赞道，"在我们的国度里，你看到的每一个地方，无论是平地、高山还是崎岖不平的岩石表面，都洋溢着自由而热烈的力量。坐落着许多城镇的中心高地，并非由规则的方式构建而成。我们的眼睛总是随着我们的脚步东张西望，移步换景，然后常常一直遥望到雄伟的雪山之巅，那座被风儿和天空的色彩共同塑造而成的雪山"②。二区虽然几乎没有人去过，却是更完美的地方，一片蓝色的国度。

《联姻》的故事主要在三区和四区之间展开，两区之间并没有卫兵在边防线守卫，但历来互不来往，两边的人民都鄙视对方的生活方式。小说中写到"有时，三区有些在边境附近迷路的居民，或者那些像孩子和年轻人一样出于好奇靠近边境的人，发觉自己总是为强烈的厌恶感所折磨，至少，会深深憎恶那儿陌生的空气和氛围，因为他们感觉自己陷入一种冷漠的困倦之中，近乎厌倦透顶的感受"③。这导致"这两个地区无法联合起来，他们生性充满敌意"④。正如亨廷顿所说，现代国家属于不同的文明。随着冷战后三个世界的消亡，民族国家日益根据文明标准来界定其认同与利益，"哲学假定、基本价值、社会关系、习俗以及全面的生活观在各文明之间有重大的差异"⑤。

---

① 多丽丝·莱辛：《三四五区间的联姻》，俞婷译，南京大学出版社2008年版，第31页。

② 多丽丝·莱辛：《三四五区间的联姻》，俞婷译，南京大学出版社2008年版，第31页。

③ 多丽丝·莱辛：《三四五区间的联姻》，俞婷译，南京大学出版社2008年版，第3页。

④ 多丽丝·莱辛：《三四五区间的联姻》，俞婷译，南京大学出版社2008年版，第3页。

⑤ 塞缪尔·亨廷顿：《文明的冲突与世界秩序的重建》，周琪等译，新华出版社2010年版，第7页。

　　三区和四区是迥然不同的文明形式，有些方面甚至对立。三区有很多独特的习俗，他们平和有礼，把流眼泪看作疾病的征兆，时刻以理性要求自己。人和动物平等相处，人人能理解、感受动物的需要。他们不设卫兵、没有军队，把穷兵黩武看作一种罪恶。三区文化昌明，有容纳二三十个人的议会大厅，议员们代表人民议政，还有编年史家记录历史，民谣创作者传唱民谣。四区的世界则充满战争。人民被要求遵守命令，区域里到处是整齐划一的土地，"规则地遍布着军事化生活方式统驭下井然有序的军营"①。亨廷顿指出，"文明是最大的'我们'，在其中我们在文化上感到安适，因为它使我们区别于所有在它之外的'各种他们'"②。三区和四区都有强烈的区分我们和他们的意识，正如歌谣所唱，"我们的生活祥和富足，他们的世界充满战争"③。小说一开始就以三区编年史家的口吻说，"这个故事里没有'我'，而是'我们'这些平等众生，同事之人"④。"这两个地区无法联合起来，他们生性充满敌意"⑤。人们总是试图把人分成我们和他们，集团中的和集团外的，我们的文明和那些野蛮人，区分我们和他们可以清晰地表明自身归属，人们总是根据自身与别人的不同之处来确定自己的身份，文明是最大的身份认同。

　　当三区女王爱丽·伊斯不得不遵从谕令嫁给四区国王本恩·艾塔时，两区之间的冲突就不断升级。本恩·艾塔派遣兵士迎亲，可在三区看来这是对待俘虏的方式。女王爱丽·伊斯离开国家前，披散头发，使得那扎紧的黑发如瀑布一样倾泻在背上，这是三区表达悲痛心情的方式，而四区的士兵们并

---

　　①　多丽丝·莱辛：《三四五区间的联姻》，俞婷译，南京大学出版社2008年版，第31页。

　　②　塞缪尔·亨廷顿：《文明的冲突与世界秩序的重建》，周琪等译，新华出版社2010年版，第22页。

　　③　多丽丝·莱辛：《三四五区间的联姻》，俞婷译，南京大学出版社2008年版，第2页。

　　④　多丽丝·莱辛：《三四五区间的联姻》，俞婷译，南京大学出版社2008年版，第274页。

　　⑤　多丽丝·莱辛：《三四五区间的联姻》，俞婷译，南京大学出版社2008年版，第3页。

不理解其含义,竟然傻乎乎地欣赏着她的长发,这导致爱丽·伊斯"极不耐烦地撇起嘴,对士兵们不屑一顾"①。回四区途中,爱丽·伊斯不时勒马停下来和人民交谈,因为在她的国家"如果民众们示意想对我说些什么,我们就不能傲慢地一走了之"②。但这一风俗习惯和四区的规则则是抵触的,他们必须遵守命令在天黑之前越过边界。第一次见本恩·艾塔时,爱丽·伊斯"就像一个侍女,或者一个服务员,身着素淡的藏青色衣服,整个头都深埋于黑色的面纱之中"③,本恩·艾塔以为她穿成这样是对四区的藐视,而实际上衣着朴素是三区的传统,爱丽·伊斯是按照三区习俗筹备的婚礼。可见,在联姻的初期,不同区间的文明差异是导致冲突不断升级的根源。

随着交流的深入,爱丽·伊斯意识到问题,她察觉到本恩·艾塔粗鲁的外表下不过是一个未长大的孩子,她希望给他提供帮助,也希望帮助因尚武导致贫困的四区富裕、文明起来,希望四区向三区学习,在四区复制三区的文明模式。考林斯(Cornelius Collins)在一篇评论文章中认为莱辛在《联姻》中预言了当今的全球化时代。作为一种人类社会发展过程的现象,全球化有多种含义,通常是指全球联系不断增强,人类生活在全球规模的基础上发展及全球意识的崛起。全球化亦可以解释为世界的压缩和视全球为一个整体。

《联姻》中爱丽·伊斯希望改变四区,但她不是带着爱,而是怀有强烈的蔑视和批判。她质问本恩·艾塔:"你们为什么拥有军队呢?这片土地上所有的财富都在军队中消耗殆尽。难怪你们是如此贫穷。"④本恩·艾塔对她的指责感到愤怒,但爱丽·伊斯仍坚持自己的看法,"你就是很贫穷!

---

① 多丽丝·莱辛:《三四五区间的联姻》,俞婷译,南京大学出版社2008年版,第7页。
② 多丽丝·莱辛:《三四五区间的联姻》,俞婷译,南京大学出版社2008年版,第8页。
③ 多丽丝·莱辛:《三四五区间的联姻》,俞婷译,南京大学出版社2008年版,第35页。
④ 多丽丝·莱辛:《三四五区间的联姻》,俞婷译,南京大学出版社2008年版,第105页。

你全然不知自己有多贫苦！我们那儿最穷困的牧马人的生活也远远比你这个国王好"①。"为什么你们必须等级分明，必须拥有领导层？这就是因为你过于贫穷"②。虽然本意上爱丽·伊斯是出于帮助四区的好意，但本恩·艾塔只是觉得受到了冒犯，"他从来未曾想到他的国家会被人形容为贫困落后，形容为可怜不堪"③，最后的结果是"他对她强烈的憎恶终于以抬手打她而达到高潮"④。爱丽·伊斯希望复制三区祥和富裕的文明模式来改造四区，可是她没有得到四区国王本恩·艾塔的感激，自己也并不快乐，"每个人都感觉很压抑，整个人都自我封闭起来"⑤。她渐渐意识到原先自己看不到的问题，那就是自己和三区人民对自身文明优越性的确信所带来的傲慢。最常见的表述是，"我们是如此繁荣，如此幸福，我们所有的一切都是那么舒适和欢乐"⑥。三区人民对自己的生活过于满足而失去进取的动力，明知二区美好而鲜少有人敢于进入探险，也过于傲慢而不愿去理解其他区的人民，更遑论与他们交流。路过四区边界时，他们"发觉自己总是为强烈的厌恶感所折磨，至少，会深深憎恶那儿陌生的空气和氛围"⑦。他们没有注意到三区存在着停滞不前的问题，仍然坚持自己的文明优越论，甚至自豪地反问，"为自己的国家骄傲，这也是一种错误吗？"⑧接到

---

① 多丽丝·莱辛：《三四五区间的联姻》，俞婷译，南京大学出版社 2008 年版，第 105 页。

② 多丽丝·莱辛：《三四五区间的联姻》，俞婷译，南京大学出版社 2008 年版，第 105 页。

③ 多丽丝·莱辛：《三四五区间的联姻》，俞婷译，南京大学出版社 2008 年版，第 106 页。

④ 多丽丝·莱辛：《三四五区间的联姻》，俞婷译，南京大学出版社 2008 年版，第 106 页。

⑤ 多丽丝·莱辛：《三四五区间的联姻》，俞婷译，南京大学出版社 2008 年版，第 98 页。

⑥ 多丽丝·莱辛：《三四五区间的联姻》，俞婷译，南京大学出版社 2008 年版，第 103 页。

⑦ 多丽丝·莱辛：《三四五区间的联姻》，俞婷译，南京大学出版社 2008 年版，第 3 页。

⑧ 多丽丝·莱辛：《三四五区间的联姻》，俞婷译，南京大学出版社 2008 年版，第 5 页。

供养者的谕令后，爱丽·伊斯单方面从三区来到四区，希冀改造四区，而三区所有人都认为这只能是单方面的给予，因为四区贫困落后，对他们毫无益处。莱辛认为这种态度才是文明停滞不前的根源，她以叙述者、记录文明发展历史的编史学家的口吻写道，"毕竟，爱丽·伊斯的经历教育了我们所有人，即在一个区发生的事情会影响其他区，我们和其他区相互分享和交流的甚至是自己时代的倦怠，褊狭，自满"①。当代西方文明所推崇的普世价值正是因为没有意识到自身的问题，而强制别国接受自己的文化，造成很多国家对它的抵制。可以说莱辛一针见血地点出了当代西方文明普世价值观的问题症结。

因此可见，解决文明之间隔绝、冲突的办法绝不是单方面的武力征服或文化输入那么简单。但纵观人类文明的发展历史，这种方式屡见不鲜。15世纪以前，文明之间以战争为主，这种方式是暴力而短暂的，"文明之间最引人注目的和最重要的交往是来自一个文明的人战胜、消灭或征服来自另一个文明的人"②。15世纪之后，随着文艺复兴和启蒙主义在西方的兴起，原先文明之间断断续续的或有限的多方向的碰撞，被西方对所有其他文明持续的、不可抗拒的和单方向的冲击所取代。而担任冲突前锋的，则是西方对别国的文化输出。

由此，当代社会陷入了两难的境遇，既不能彼此隔绝、对立，也不能推行西方主导的一种模式，那么路在哪里？莱辛在作品中发出先知般的声音，她问道"我们该如何抵达那明亮的远方，如何来到快乐之地？"③爱丽·伊斯的探索正是她对新的文明形式的探索。

爱丽·伊斯敏锐地看到了问题的根源是理性和爱的对立。和本恩·艾塔

① 多丽丝·莱辛：《三四五区间的联姻》，俞婷译，南京大学出版社2008年版，第200页。

② 多丽丝·莱辛：《三四五区间的联姻》，俞婷译，南京大学出版社2008年版，第29页。

③ 多丽丝·莱辛：《三四五区间的联姻》，俞婷译，南京大学出版社2008年版，第110页。

结婚的动机只是听从供养者的谕令，因此爱丽·伊斯在结婚初期只是理性地衡量联姻对国家的益处，但她没有挽救国家反而使三区、四区都陷入万物衰亡的可怕境遇。当她摒弃拒斥的态度，试着和本恩·艾塔沟通，"她伸出手放进他的掌心里，充满了友善的冲动，然后他的大手如同一个鸟笼一样握住她的手"①，"他们相互对视着，不再逃避彼此深情的凝望，而是同时想深入到那冷静沉思的灰色眼睛背后去，想走进那温柔闪亮的黑眸深处去，那样，他们才能抵达彼此更深远的地方"②。爱成为化解危机的有力手段。

17世纪以来，建立在契约基础上的理性使得资本主义-市民社会两相结合的当代社会迅猛发展，实现了物质的极大丰富。但物质富足并不等于幸福，反而让人们陷入痛苦的深渊。人能否获得幸福，取决于他的生活形态，只有在特定的生活形态中人才能获得幸福。理想的生活形态必然是将爱作为联结纽带。因此一直以来，共同体是人们希冀解决理性社会缺陷的方案。德国著名哲学家赫尔德(Johann Herder)通过理性和爱之间的区别来区分国家和祖国。国家与其成员之间是一种理性的权利关系，而祖国与其成员之间则是爱的联结。赫尔德问道：我们是否依然有一个祖国？我们是否依然有一个能使战士为其战斗、流血、牺牲的祖国？我们是否有一个祖国，自由是她悦耳的姓氏？我们是否还有一个祖国，对她的爱使我们能够做出自我牺牲？在他看来，国家就是用爱的纽带把公民联结起来的共同体。自赫尔德以降，经韦伯、滕尼斯等历代哲学家的完善，共同体已经成为社会理论的基本概念，我国更是把它作为处理当前国际事务的外交战略，认为"每一个国家在追求本国利益时都应兼顾他国合理关切，在谋求本国发展中促进各国共同发展，其核心理念是和平、发展、合作、共赢"③。在理性社会基础

---

①　多丽丝·莱辛：《三四五区间的联姻》，俞婷译，南京大学出版社2008年版，第58页。

②　多丽丝·莱辛：《三四五区间的联姻》，俞婷译，南京大学出版社2008年版，第62页。

③　李爱敏：《"人类命运共同体"：理论本质、基本内涵与中国特色》，《中共福建省委党校学报》2016年第2期，第97页。

上对情感纽带的重视，一直是共同体概念的一项本质属性。

在《联姻》中莱辛通过婚姻的形式形象地表征了地区之间、国家之间，再到文明之间的沟通和交流，最终区间与区间彼此贯通，成为人们可以自由出入的共同体，各个区都克服了自己文明中的一些缺陷，"现在各区之间的走动很频繁了，从五区到四区，四区到三区，还有三区到二区。本来停滞闭塞的地方现在变得气氛轻松，充满了生机"①。

总而言之，《联姻》中莱辛以先知般的敏锐与睿智，带我们见证了小说中各区间从封闭停滞到开放流动的文明进化之旅，从而揭示了莱辛对人类文明的思考：世界各国文明必然向相互影响、相互联系的文明共同体发展，联系人们的是彼此间的情感联结，以克服现代性以来理性社会的各项弊端。归根到底，文明的进步需要各个国家在相互理解和尊重的基础上彼此联结，相互促进，共同发展，才能走出文明的困境，走向文明、繁荣、幸福的新境地。

第三节　莱辛科幻小说中的空间意象

著名科幻小说家、评论家奥尔迪斯在《西方科幻小说史》中认为莱辛是20世纪70年代至80年代的一位重要的科幻小说作家，"我们现在对她进行评论并不是因为她作为一位女权主义者所做过的拓荒性工作，而是把她看做20世纪80年代一个最有趣的科幻小说作家"。奥尔迪斯指出从《简述地狱之行》开始，莱辛在不经意间已经出版了七部可明确判断为科幻小说的长篇小说。他尤其看重莱辛的"老人星"系列小说，认为其揭示了当代科幻小说的重要特征。

《南船座中的老人星：档案》（Canopus in Argos：Archives）是莱辛1979年至1983年出版的一个系列长篇小说，包括《什卡斯塔》《三四五区间的联

---

① 多丽丝·莱辛：《三四五区间的联姻》，俞婷译，南京大学出版社2008年版，第340页。

姻》《天狼星试验》《八号行星代表的产生》等小说。作者以浩瀚的星空异域为大背景，构建了一个鲜活的宇宙，可看作对科幻传统主题之"异域他乡"的发展和拓新。五号行星什卡斯塔(Schikasta)就是地球，在莱辛笔下，它已经成为精神荒原，沦为了三个巨大的银河系帝国的殖民地，正经历着作为文明实体死亡前的痛苦，来自"老人星"和"天狼星"的代理人见证着它的发展和衰败。小说书名中的"档案记载"表明，莱辛试图运用宇宙档案家的视角来叙述故事，记录和整理人类的可怕历史，它走向污染、饥饿和灭绝的过程。对于莱辛的这部科幻系列，奥尔迪斯这样评价："她不光是为我们提供了时间和空间的辽阔视野，而且在我们心里创造了一个多维的宇宙，一个我们感觉陌生怪异的宇宙。"这种陌生怪异感要追溯莱辛的经历，作为在非洲长大、英国生活的作家，莱辛的作品有着和传统欧美作家不同的视域，将莱辛的系列小说一部部读下去，读者对那活生生的宇宙的感受也不断加强，对莱辛创作意图的了解也不断加深。

《金色笔记》之后，莱辛开始探索精神世界和苏非主义，并在作品中描绘了心目中的未来图景。莱辛的关注点是在地球而不是外太空，她对未来科技的兴趣很小，而对当今道德、哲学问题兴趣更大。她希望"老人星"系列是一个能让她讲述一两个有趣故事的框架，去向自己和他人提问题，也去探索思想和社会学问题。"老人星"系列用什卡斯塔来警告20世纪人类荒诞愚蠢的后果，强调为了星球能生存，人类必须学会倾听和他们不同的感情和思想。什卡斯塔是星球殖民者给地球的名字。如果说外星来客有什么目的的话，那么目的就是让人类以不同的方式看待这个世界。正如小说中人物说的，"从外部看这个星球人类像是一些最疯狂的物种"[1]。

正是因为莱辛的着眼点不是科技而是当代的社会问题，使得莱辛的科幻小说虽弥漫着浓浓的科幻色彩但它并不是纯粹的科幻小说，而是在后现代本体论转向观照下的文本书写。莱辛对读者把她的这部分小说归类为科

---

① Mary Eagleton and Emma Parker. The History of British Women's Writing. Palgrave Macmillan, 2013: 108.

幻小说感到吃惊。实际上，莱辛把科幻作为一种手段来揭示世界上普遍存在的社会问题，以及阐释自己对人类滥用科技成果的担忧，表达莱辛的整体观理念，提醒人们注意自身和周围环境是相互依存的关系。因此莱辛认为自己只是写了人类普遍的境遇。对于这个争议，奥尔迪斯也从科幻小说发展历程的角度做了解读。他认为，在科幻小说领域，多丽丝·莱辛是属于威尔斯、赫胥黎和斯特普尔顿这一类传统作家。即莱辛的科幻小说是分析性和批判性的。她的作品奉行与威尔斯等相同的观念：未来是对现在的反映，是对当前人类某些生存状态的隐喻。对于莱辛不愿归入科幻作家阵营，一是因为莱辛历来不喜欢被贴标签，她曾对被称为女性主义作家同样感到不满，二是一直以来人们对科幻文学的误解，使莱辛产生了矛盾态度。科幻文学属于流行文化，一直不太入大雅之堂，正如加拿大科幻理论家达科·苏恩文指出的，"有百分之九十甚至百分之九十五的科幻小说作品从严格意义上看都是昙花一现的过眼云烟，是按照用过即弃的原则，为了出版商的经济利益和为了使作者获得其他短暂消费的商品而生产出来的东西。但是，从社会学意义上看，这百分之九十或百分之九十五的东西却具有非常重要的意义，因为阅读它们的读者是年轻的一代，是大学生读者以及现代社会的其他重要阶层的人们。只不过与另外那具有显著审美意义的百分之五到百分之十的科幻小说作品相比，其重要性自然要差一些"。因此科幻小说大部分行之不远，没法和高雅文学相提并论。莱辛的感受和美国作家库尔特·冯内古特非常相似。冯内古特曾说："自从我的第一部小说发表以后，我就变成了一个牢骚满腹的人，被置放在一个标着'科幻小说'的档案抽屉里，我很想冲出去——尤其是在这么多的批评家都时常把这个抽屉误认为一个尿壶的时候。"莱辛不喜贴标签的做法，反感非黑即白的二元对立，她拒绝被囿于科幻作家的做法不代表其对科幻小说不认同，事实上整个系列讲的正是人类因为傲慢无知、分化对立所引起的恶果。

"老人星"系列小说的批判锋芒指向人类作为一个物种的傲慢无知——我们对于当代人类的先进、成熟和文明化性质的信念，对于社会进步的信念都是虚谬不实的，"如果我们没有认识到这一点，那么，我们的思想就是太迟钝了"。从太空视角来看，人类不过是不断进化过程中一次失败的实验品。失败的根源可以追溯到人类中心主义。

人类中心主义思维方式由来已久，在它的主导下，许多人往往认为征服自然和征服其他物种就是人类的宏大计划。结果，人与自然以及其他物种之间的关系在许多情况下便呈现出一种紧张甚至对立的状态。21 世纪以来，学界提出后人文主义的概念。后人文主义是伴随着人文主义的危机而来的，它的来临意味着在人文主义时代的那种人类无所不在并具有强大作用的角色已经趋于终结，人类进入了一个"后人类"（posthuman）的时代，在这一时代，人类再也不像以往那样被认为是唯一具有理性和思想的物种，也不再被认为是地球上所有物种之首领，尽管人类较之那些动物仍有很多优越之处，其中最大的优越之处就在于人类更加聪明并且更加具有理性。此外，较之其他动物，人还有着超级的想象力，他可以创造出各种人间奇迹和艺术作品，而这些恰恰是其他所有物种都不具备的一种特殊才能。但是人类有时甚至可以创造出连自己也无法掌控的奇迹，因此，后人文主义与人文主义不是对立的，后人文主义只是把人从中心放逐到了边缘。这二者仍然有着一定的连续性和共通之处，只是后人文主义在一定程度上限制了人的无所不能的作用，还原了人的本来面目。

那么什么是后人文主义的核心思想呢？作为后人文主义的代表性理论家，沃尔夫有着一个雄心勃勃的整体计划，也即作为大千世界的物种之一，我们不能忽视这一事实，"人类在宇宙中占据了一个新的位置，它已成了一个居住着我准备称之为'非人类的居民'（nonhuman subjects）的场所"。也即在后人文主义者那里，人类已不再像以往那样被带有人类中心主义意识的人视为唯一的物种，他只不过是与自然界中的所有其他物种共同分享地球资源的物种之一。他与其他物种处于一种相互依赖的关系，在这种共存和相互依赖的状态中，人类并非总是主宰那些物种的主人，虽然他们的地位仍然显赫和独特，并且在大多数场合能够主宰其他物种的命运，但他们有时也受到自然界其他物种的挑战和威胁。

　　莱辛按照科幻小说的一般要素安排叙事，使用了科幻小说中特有的词汇和语句，例如外星人对于地球的造访、星球帝国以及它们之间的竞争等，但同时又违反了科幻小说的基本规则，这不仅减弱了小说中的"科技含量"，而且使小说充满了超自然的、神秘的话语和启示，甚至"行使圣经文学的部分功能"，完全同科幻小说的宗旨相悖。出现这样的分歧和莱辛在本体论转向的影响下的书写方式有关。

　　科幻小说理论家苏文把科幻定义为"认知陌生化的文学"，这儿的陌生化和俄国形式主义的陌生化类似，但这是本体论高度的陌生化，苏文指出科幻小说的主旨是让我们熟知的经验世界与另一个未知的神秘世界相互映照。后现代小说理论家麦克黑尔认为，科幻和后现代小说有相同的主题，主题之一是封闭体系世界（closed-system world），另一个主题是死亡世界或未来世界（death-world or world to come）。莱辛的空间小说两个主题都有涉及，她的《简述地狱之行》把人间隐喻为地狱，把现实与幻想相互交叉，创作了一个寓现实于幻想中、于幻想中洞见现实的文学文本。《幸存者回忆录》展现墙后空间意象。太空小说中各个星球彼此封闭自成体系，如《三四五区间的联姻》中各个区间都是彼此独立的。《八号行星代表的产生》中，空间虽然是迥异于地球的，但亘远的本体论探求是相似的，主人公乔荷"借着杀死一只羊询问居民，哪一个部分代表自我？当羊还活着的时候，每个部位都认为自己是最重要的，但每个部位却都不能独立存在，无法代表自我，只有整体存在才构成生命"。科幻因素的运用展现了莱辛对独立于现实世界之外空间孜孜不倦的追问，但也是她对现实最真实的思考。

　　莱辛的科幻故事都是从小说素材方面对科幻的吸收。但莱辛作品关注的是社会和体制的创新而不仅仅是科技的创新，同时她设计了一个未知的空间但并未提供认知手段去弥合此空间与我们熟知的经验空间以及现在与未来间的巨大鸿沟，读者需要自己去建构对此空间的认知。

　　科幻因素是莱辛表现作品主题的手段，有论者认为"新的科幻小说对技术发现本身不感兴趣，就像赫胥黎之后的科幻小说那样，甚至对这些发现在作为社会动物的人身上所引起的反响也不感兴趣，它的兴趣在于人类本身，既然人类所在的星球改变了，那么他们的精神状态和个性不可避免地要发生改变。此后进行的探索个人和群体的无意识行为所发挥的深沉的诱惑力即来源于此"。

莱辛空间小说中的科幻因素可以使读者换个角度，从心理空间或者宇宙空间的视角来观察现实世界。通过勾勒未知空间，莱辛把科幻与传统叙事相结合，熔宗教、历史、科学、政治、神话、寓言于一炉，从多元的视角来探索人类的经历，揭示出隐藏在人们心底的欲望、需求、梦想和希望，表现出莱辛对人类命运的关切和对未来世界的忧虑。

在莱辛的构想中，宇宙存在六个经验的区域，没有觉醒的人类只能够进入一个经验区域。在第一部小说《什卡斯塔》中，这些区域地带只是一瞥即过，但在第二部《三四五区间的联姻》里，莱辛却通过描写某些细节创造出这些关于异域他乡的国度区域。而且通过三区女王爱丽·伊斯和四区国王本恩·艾塔的婚姻使这些区域间的关系戏剧化。莱辛想向人们表明的是，要想彻底改变，我们必须拆除篱笆、跨越边界、建立联系。

小　结

从"暴力的孩子们"系列最后一部作品，即1969年发表的《四门城》开始，莱辛作品中增加了浓郁的科幻元素。《四门城》是一部承前启后的作品，小说最后部分用了科幻的手法描写了未来世界。科幻等因素成为莱辛后期作品的鲜明标志。如"玛拉和丹恩"系列让我们看到毁坏的文明，看到灾难和神秘。《裂缝》（2007）融合了史前科幻小说和创世神话，创造了一个没有男性的女性世界。《阿尔弗雷德和艾米莉》（2008）把传记和小说融合在一起，创造了没有"一战"的和平世界，莱辛构想了父母没有相遇结婚的不同人生轨迹。

本章以"老人星"系列为研究重点，探索莱辛混杂性理念在作品中的运用。《什卡斯塔》中莱辛将科学与宗教混杂，重新讲述了人类进化史，解构了宗教和科学间的对立。通过重写《圣经》和进化论，莱辛把地球放入遥远浩大的宇宙中，通过陌生化的视角放大了宗教/科学二元对立的荒谬和人类中心主义的狭隘，从宇宙整体来看，地球渺小如尘埃，更遑论地球上的人类。《三四五区间的联姻》则消融了不同文明之间的对立，通过文化之间的跨界走出文明的冲突，以实现莱辛多元杂糅的文明构想。

　　总体来说，莱辛科幻小说创作具有为人类重新设计文明未来的宏大愿景。可惜的是一直以来她的这一创作实践遭到很多人的误读。有的评论家甚至认为她是走入歧途，偏离了现实主义的正道。而近年来越来越多的学者看到并肯定了莱辛的功绩。在莱辛笔下，南船星座是她给人类构筑的乐土，什卡斯塔就是陌生化的地球。而原来理性思维模式下科学和宗教的对立、不同文明之间的对立和斗争则被两者的融合混杂所取代，人类走向更美好的未来。

　　值得注意的是，与前一时期的心理小说不同，莱辛在这一时期的太空小说中构建了更乐观积极的未来图景。心理小说中主人公不得不回归现实，太空小说中的主人公则超越对立、跨越了文明之间的壁垒，爱丽·伊斯升入更高的二区，什卡斯塔得到了使者的救赎。莱辛的混杂性思想在这一阶段渐趋成熟。

第七章 结　　论

第一节　莱辛空间意象的根源

莱辛作品空间意象的混杂性根源于当代全球化社会的混杂性特质。全球范围的经济往来促使各国文化间的互动加剧，从而导致文化风格日渐趋同。正如美国加利福尼亚大学皮埃特斯教授在《混杂的全球化》一文中所指出的："全球范围内出现了一个文化混杂的景观：摩洛哥姑娘们在阿姆斯特丹打泰拳，伦敦的亚洲说唱乐，爱尔兰的中国式的墨西哥玉米卷，还有在美国四旬斋前过狂欢节的印度人，或是穿着希腊的宽长袍跳着依莎多拉·邓肯风格舞蹈的墨西哥女学生"[①]。随着全球范围内不同文化之间的混杂性加剧，人们对混杂所带来的未来世界图景感到不明晰，关于混杂性的思考日益成为当代学界讨论的一个热点题域。

关于全球化的混杂特质，一种较为普遍的忧虑是认为全球化会加剧西化，导致西方文化取代其他民族的文化，日益朝同质化或标准化方向发展。实际上，这种想法低估了本土文化将西方文化改造并加以接受的可能性。从历史来看，全球的混杂文化是几个世纪以来南半球和北半球之间持续的文化渗透形成的。西方文化是这种混杂文化的一部分。如果我们追根溯源去看西方文化的血统，会发现许多西方和它的文化工业所坚持的标准

---

① J. N. Pieterse. Globalization as Hybridization. Media and Cultural Studies Key Works. Blackwell Publishing Ltd，2006：658-680.

也是不同文化的混杂。欧洲直到 14 世纪还不断接受东方的影响。因此学者 Friedman 指出，西方本身就是一个混合体，西方文化经历了克里奥尔化的过程。① 所谓克里奥尔化(creolization)是指不同文化间相互影响和相互混杂的过程。它通过强调和关注混杂的、中间的群体，突出一直被隐藏的处于对立两级之外的世界，并且赋予在两级之间进行界限跨越以价值。

关于全球化的混杂特质的另一种忧虑在于认为全球化会弱化民族国家，同质化趋势会造成民族的消亡。但实践表明，全球化往往只改变人们的生活方式，并未对人们的民族认同和价值观产生大的影响。正如"放眼全球化、立足本土化"这一口号所隐含的意思所说明的那样，全球化总是与地方主义(localism)相伴相生，它反而进一步加强了地方主义。全球化和本土化往往并行不悖，这使得在两者的基础上形成的新的价值观影响着当代社会人们的族群身份和宗教运动。身份认同变得越来越复杂，因为人们既想忠于本土价值观又想分享世界其他地方的价值观和生活方式。

因此当前的全球化研究十分复杂。它既有意识形态的考量，如在西化和本土化间权衡拉锯，更重要的是全球化趋势对人们文化、身份、族群、心理等多方面所带来的冲击和改变。20 世纪 60 年代以来，经济发展要求突破一国限域的模式，资本在全球范围内流动，导致联合性的社会组织模式日益增多：全球的、跨国的、国际的、宏观区域的、国家的、微观区域的、市政的、地方的、公共机构的，等等。这些组织可以同时进行运作，多样化的组织方式可以相互交流、互动、影响，但没有一种模式能够像原来的民族国家那样完全取代其他组织。这样，在民族国家的构成形式之外出现了多样的社会组织，随之而来的是作为组织参与者的人的身份的多元化。混杂多元的文化身份遂成为对抗本质主义身份观和族群观的有力手段。后现代语境下，"音乐、服装、广告、戏剧、身体语言或视觉交流，都在传播多族群和多中心的模式"。由此可见，全球化带来多元混杂的文

---

① J. N. Pieterse. Globalization as Hybridization. Media and Cultural Studies Key Works. Blackwell Publishing Ltd, 2006：658-680.

化模式，并成为不同族群之间、不同文化之间互动的主导模式。

混杂的文化认同也带来人们对自身身份的新看法，主体在多元文化语境下拥有多个身份，新的身份是各方联合的文化产物，处于族群、宗教等差异形成的混杂地带。尊重每个公民的特殊身份，以跨文化的方式思考意味着社会支持那些希望在不同群体和地区之间游走的个人。这对打破种族隔离和它的消极影响至关重要。从跨文化的角度来看待身份则意味着，身份不是固定的而是随着时间改变的。主体拥有多个身份，身份是流动的。这就意味着个人有权利决定自己的身份，而不是被动接受外界强加的身份，从而使个人和社会拥有了定义自身身份的自由和主动权。文化的混杂性和身份的流动性成为当前全球化阶段的显著特色。

莱辛生于亚洲、长于非洲、定居欧洲，远离母国、颠沛流离的生活经历使得她处于家园文化和异乡文化混杂融合的第三文化影响之下，从而具有了全球化的宏大视野，因此她笔下的空间意象颇具新颖性和独创性。这种跨文化的多元视野也促成了她混杂跨界的解二元对立的思维方式，并对她的创作产生了深远的影响。她的作品不断体现出她在接受种族、性别、意识形态等方面具有的混杂性特征，并不断通过超越对立双方来走出困境，通过混杂、解构、跨界等方式反思传统二元对立思维方式。由此可见莱辛的空间意象抓住了当前全球化时代多元混杂这一最突出的特性。

第二节 莱辛空间意象的特点

莱辛笔下的空间意象场域广阔、题材多元，既深刻又广博，很难进行简单的归纳，但概而言之，大致具有如下几个方面的鲜明特点。

首先，莱辛空间意象最重要的特点是其多元混杂性，它契合了当代社会全球化发展的趋势，是对全球化带来的各项文化议题的思考。莱辛生活在居住国的宿主文化和母国的家园文化两种文化的混杂影响之下，成为典型的"第三文化孩子"。成长的特殊经历使得莱辛必然与单一文化中成长的孩子不同，而是更具有全球意识，能够更全面地理解身边殖民/被殖民、欧洲/非洲、住家/丛林、母国/他乡等文化冲突和二元对立的本质。幼年时期的独特经历也让莱辛变得敏感、深刻、睿智，她能敏锐地察觉身边种族隔离所造成的危险处境，并诉诸笔端，以至她的作品刻下了浓浓的暗恐印记。暗恐来源于在两种文化间摇摆的不确定感，它是对自身所处的身份危机的深刻体认，并对莱辛今后的创作产生了深远的影响。

莱辛空间意象的混杂性体现在作品人物的身份认同方面。人们不再认同一个稳定、同质的族裔身份，因为当代社会的显著特点是人们的出生地和生活的国家不再完全相同，这导致人们对一个地方的归属感被打破，空间和自我之间的联系被中断了。身份认同源于人们对归属所怀抱的深刻感受，而随着当代社会流动性加剧，身份越发处于归属/排斥、团体/个人等二元对立力量的持续作用之下。原本静态、稳定的身份认同让位于流动、混杂的身份认同。

莱辛空间意象的混杂性还体现出她对社会性别规范的质疑。《野草在歌唱》中探讨了男性/女性的二元论性别规范对女性所造成的伤害。《金色笔记》对好女人/坏女人的女性气质二分法提出质疑。《天黑前的夏天》则对疯狂与理智、职业女性与家庭妇女的划分提出质疑。莱辛笔下的女性通过模糊男性/女性等对立的二元，通过跨界的方式超越对立双方。因此莱辛对以混杂性思维解决二元对立倾注了大量热情，认为这是一切问题中最核心的问题，解决了思维方式的这个对立根源，女性问题自然会迎刃而解。

莱辛空间意象的混杂性更体现在她为人类勾勒的文明蓝图中。后期的心理小说和太空小说都试图通过混杂来解决人类面临的迫切问题。《简述地狱之行》中理性和诗性被重新融合为一，以追寻古希腊时代人们生活的和谐状态。《什卡斯塔》中科学与宗教混杂为一，重新讲述了人类进化史。《三四五区间的联姻》则消融了不同文明之间的对立，通过文化之间的跨界走出文明的冲突，以实现莱辛多元杂糅的文明构想。莱辛通过小说为人类设计了文明协调发展、族群和谐共生的美好图景。

其次，莱辛通过空间意象书写揭示了当代社会的种种困境，空间意象是困境的外部表征，困境是空间意象的实质内容。通观莱辛的作品，几乎她的每部作品都是通过空间意象阐述她对社会问题的心得，展现的是她对20世纪文明所带来的问题以及所导致的人生困境的深邃思考。比如她写到20世纪初武力殖民政策无以为继，文化拓殖所带来的人生困境；"二战"之后随着战后格局的变化，移民政策导致民族冲突尖锐，族群间因为信仰、利益等导致的人生困境；两次世界大战导致大批男性奔赴战场，女性成为劳动力的重要补给，但战争结束后随着男性的回归，女性被要求回归家庭，固守家庭的传统女性和耕耘职场的自由女性间价值观的差异造成女性身份定位的巨大困惑；20世纪中后期经济的高速发展带来了物质的极大丰富，但贫富差距也日益严重，造成大批城市民众赖以生活的城市空间被挤压的困境。她敏锐地意识到西方传统思维方式带给社会的戕害，用一生不辍的书写来解构二元对立，期冀以多元混杂的视野、跨界的思维方式来消弭对立，为人们寻找走出困境的新路。她的探索得到了学界的极高赞誉，诺贝尔文学奖颁奖词说她"用怀疑、热情、想象的力量审视了一个分裂的文明"。可以说，她笔下的空间意象是她对人类所处的重重困境的体察和思考，作品中大量描述的是20世纪时代风潮下个人被集体、理性等宏大话语操纵下进退维谷的艰难处境。

再次，莱辛作品中的空间意象善于虚实结合，采用神话、梦境、科幻等形式来提升主题，使之达到人类普遍境遇的高度，具有极强的哲学性。莱辛曾指出"五百部或一千部小说中只有一部具有小说之所以为小说的那种特质——即哲学性"①，因此她在作品中践行她的创作理念，通过改造现实主义叙事方式为后现代主义风格，用神话、梦幻等与现实相互比照来烘托主题。《简述地狱之行》中，主人公模仿《荷马史诗》中奥德赛的海上之旅却被证明是在精神病院的呓语，对比了古代人诗性的生活方式和当代人因崇尚理性而陷入的对立。《金色笔记》中西西弗斯神话不再只是象征着人类锲而不舍的奋斗精神，而更多的是象征着人类周而复始、苦闷压抑的现实

---

① 多丽丝·莱辛：《金色笔记》，陈才宇、刘新民译，译林出版社 2014 年版，第64页。

境遇。《天黑前的夏天》中凯特的海豹之梦是每个女性的求索之旅，她抱着海豹踽踽独行、难觅前路，可见非现实的梦幻反而彰显了现实的困境。莱辛通过虚实结合的写法和叙事手法的创新，使得她笔下的空间意象迥异于其他作家，颇具新颖性和独创性。

最后，莱辛笔下的空间意象体现了莱辛思想不断成熟的动态过程。在莱辛笔下，非洲时期呈现出两种文明之间、殖民与被殖民之间疏离、对立的意象，莱辛深受文明对立之苦，却找不到出路，暗恐成为她作品的潜在基调。伦敦生活时期，莱辛依然因为自己的移民身份而遭受排挤，在母国/异乡之间不断游移，但那个时期莱辛提出用爱作为情感联结以混杂族群的新看法。虽然此看法还比较抽象笼统，但仍然表明莱辛超越二元对立的尝试。莱辛的太空小说见证了她混杂性思想的成熟。太空小说中，莱辛在宇宙中重构了人类文明，以什卡斯塔这个陌生化了的地球来重新审视地球上分裂的文明。她将科学和宗教融合，让不同的文明相互沟通，让人们不断跨越界限、彼此交流，预言了未来全球化时代多元混杂的前景。

第三节　莱辛空间意象的意义

2007 年诺贝尔文学奖颁奖词写道，"自从莱辛 1950 年携其非洲背景以悲剧小说《野草在歌唱》初登文坛，她一直在破除疆界：道德的、性别的或习俗的"，"她的贡献促使我们改变了看待世界的方式"。莱辛作品的空间意象记录了她跨越疆域、用混杂性来改变二元论的不断尝试。

首先，莱辛作品的空间意象针砭了当前时代的痼疾。多灾多难的 20 世纪，两次世界大战以及美苏争霸使整个世界陷入战火和纷争，那些岁月里，一场场战争接连爆发，殖民主义的真相被揭露。面对战争的疮痍，西方人开始思索自柏拉图以降文明建构的错误，看到二元论思维模式的僵化、刻板属性。莱辛把由此导致的文化、族群、性别、心理、殖民等问题一一写进书里，凸显传统思维方式下人们生存的困境，因此塑造新的、混杂性的文化形态刻不容缓。

其次，莱辛作品的空间意象蕴含了莱辛混杂性思维从发生、发展到成熟的整个过程。莱辛人生际遇具有典型性，分析她所经历的许多事情能看到她同时代人的共同际遇。莱辛将家族迁往南罗德西亚拓殖的遭际归为命运，认为是一次偶然事件，但把温布利博览会放到 20 世纪初帝国殖民格局变化的大语境下，就会看到事件的实质是帝国殖民宣传的宏大叙事对普通民众的欺骗和伤害，使他们陷入无法摆脱的困境。莱辛家早年建造的茅草屋是莱辛反复书写的第一个房屋，通过揭示丛林与房屋、室内和室外所体现的空间分隔和背后所隐含的二元对立，莱辛解开了房屋背后的殖民意识。尖锐的二元对立话语掩盖之下深埋着殖民者的恐慌，莱辛通过书写自然以及自然中的生物来渲染这种暗恐情绪，暗恐的心理根源是对潜在的亿万非洲人民反抗的恐慌感。殖民不仅带给殖民地人民痛苦，也把宗主国普通民众带入生存困境。由此可见研究莱辛作品空间意象具有理解 20 世纪的标本价值。从她的空间意象来探索其混杂性思想动态发展过程，这在莱辛研究中也尚属首次。

再次，莱辛空间意象的研究意义还在于多元化理解莱辛作品，推进莱辛研究。众所周知，莱辛以《金色笔记》为代表的现实主义作品出名，学界研究多以此为主，而实际上，莱辛作品的研究领域要丰富得多，神话、梦幻、疯狂、科幻等非现实因素几乎贯穿莱辛所有作品，苏非主义、莱因心理学、科幻小说传统等也日益成为理论探讨的焦点。莱辛小说高度集中了这些非现实因素，通过探讨这些因素可以理解莱辛对摆脱精神困境的一些构想。《简述地狱之行》与古希腊英雄史诗有内在联系，莱辛希望借古代希腊的诗性智慧重塑当代社会，改变二元对立思维方式对人们思想的侵害。《天黑前的夏天》塑造了两个彼此呼应的异质空间，莱辛梦境书写的特点在这部小说中有充分体现，通过描写主人公凯特在自我/家庭之间的挣扎昭示女性对自我身份的追寻。太空小说"老人星"系列在科幻小说史上赫赫有名，莱辛以外太空的视角来审视地球发展中的利弊得失，审视人类中心主义的狭隘性，主张消弭宗教和科学、理性和诗性以及不同文明间的冲突，体现了莱辛独特的文明构想。因此理解莱辛空间意象的混杂性能更深刻地理解和解读莱辛作品。

　　综上所述，研究莱辛作品中的空间意象，可以清晰勾勒出莱辛混杂性思想产生、发展、成熟的思想轨迹。探寻她笔下的种种空间意象，可以看到她对二元对立思维方式的不懈拆解，以及她对异质性、多元化、跨界性观念的大力提倡。莱辛以她一生不辍的书写审视了我们不得不选择居住的这个分裂的文明，为处于困境中的人类撬开了一道"裂缝"，从而不再"行走在阴影里"！

参 考 文 献

Barthes, Roland. *Mythologies*. New York: The Noonday Press, 1991.

Bhabha, Homi K. (ed.). *The Location of Culture*. London and New York: Routledge, 2004.

Bloom, Harold. *Doris Lessing*. New York, New Haven, Philadelphia: Chelsea House Publishers, 1986.

Brennan, Timothy. *At Home in the World: Cosmopolitanism Now*. Cambridge, Massachusetts: Harvard UP, 1997.

Budhos, Shirley. *The Theme of Enclosure in Selected Works of Doris Lessing*. Troy, NY: The Whitston Publishing Company, 1987.

Butler, Judith. *Bodies that Matter. On the Discursive Limits of ' Sex '*. New York and London: Routledge, 1993.

Chaffee, Patricia. 'Spatial Patterns and Closed Groups in Lessing's "African Stories"'. *South Atlantic Bulletin*, 1978, 43(2).

Daymond, Margaret. *Cultural Topography and Spatial Metaphors for Self in Doris Lessing's Fiction*. (ed.) Bauer, etal. Roger Proceedings of the XIIth Congress of the International Comparative Literature Association(II), Munich: Iudicium, 1990.

Draine, Betsy. *Substance under Preesure: Artistic Coherence and Evolving Form in the Novels of Doris Lessing*. Madison: The University of Wisconsin Press, 1983.

Driver, C. J. 'Doris Lessing'. *The New Review*, 1974, 1(8).

Dyer, Richard. *White*. New York: Routledge, 1997.

Eagleton, Mary and Parker, Emma. *History of British Women's Writing*. Hampshire: Palgrave Macmillan, 2013.

Eliot, T. S. *A Choice of Kipling's Verse*. New York: Charles Scribner's sons, 1943.

Fishburn, Katherine. *The Unexpected Universe of Doris Lessing: A Study in Narrative Technique*. Westport, CT and London: Greenwood Press, 1985.

Gilroy, Paul. *The Black Atlantic*. Massachussetts: Harvard UP, 1993.

Greene, Gayle. 'Bleak House: Doris Lessing, Margaret Drabble and the Condition of England'. *Forum for Modern Language Studies*, 1992(4): 304-319.

Greene, Gayle. *Doris Lessing: The Poetics of Change*. Ann Arbor: The University of Michigan Press, 1994.

Hall, Stuart. (ed.). *Representation: Cultural Representations and Signifying Practices*. London: Sage, 1997.

Hanson, Clare. 'Reproduction, Genetics, and Eugenics in the Fiction of Doris Lessing'. *Contemporary Women's Writing*, 2007, 1(1/2).

Haraway, Donna. *Primate Visions: Gender, Race, and Nature in the World of Modern Science*. New York: Routledge, 1989.

Harvey, David. *A Brief History of Neoliberalism*. New York: Oxford UP, 2005.

Henstra, Sarah. Nuclear Cassandra: Prophecy in Doris Lessing's The Golden Notebook. *Papers on Language and Literature*, 2007, 43(1).

Keating, A. Interrogating "Whiteness" (de)Constructing "Race". *College English*, 1995(57).

Lefebvre, Henri. The production of Space. Wiley-Blackwell, 1992.

Leonard, John. 'The Spacing Out of Doris Lessing'. *The New York Times Magazine*. [1982-2-7]. http://www.nytims.com/1982/02/07/books/the spacing out of doris lessing.Html.

Lessing, Doris. *A Small Personal Voice*. Ed. Paul Schlueter. New York: Alfred A. Knopf, Inc. 1974.

Lessing, Doris. *Going Home*. London: Michael Joseph, 1957.

Lessing, Doris. *Going Home*. London: Harper Perennial. 1996.

Lessing, Doris. *In Pursuit of the English*. New York: Simon and Schuster, 1961.

Lessing, Doris. Lessing's Foreword to Lawrence Vambe's *An Ill-Fated People: Zimbabwe Before and After Rhodes* Reprinted as 'Lessing on Zimbabwe'. *Doris Lessing Newsletter*, 1980, 4(1).

Lessing, Doris. *Shikasta: re, colonized planet* 5. New York: Alfred A. Knopf, Inc. 1979.

Lessing, Doris. *Under My Skin: Volume One of My Autobiography*. London: Harper Collins, 1994.

Lyer, Pico. The Empire Writes Back. *Time*. 8 February 1992.

Manson, R. *White Men Write Now: Deconstructed and Reconstructed Borders of Identity in Contemporary American Literature by white Men* (Doctoral dissertation), 2004. Retrieved from http:// edoc.ub.uni-muenchen.de/5859/1/Manson_Richard.pdf.p30.

Mantel, Hilary. That Old Black Magic. *New York Book of Review*, 1996, 7(18). http://www.nybooks.com/articles/664.

McHale, Brian, *Postmodernist Fiction*. London and New York: Routledge, 1987.

Meneses, Liliana. *Homesick for Abroad: A Phenomenological Study of Third Culture Identity, Language, and Memory*. Washington: Dissertation of The George Washington University, 2007.

Johnetta Wade Morrison and Tashel Bordere. 'Supporting Biracial Children's Identity Development'. Childhood Education, 2001(3): 134-138.

Page, Norman. *Doris Lessing*. New York: St. Martin's Press, Inc. 1988.

Perrakis, Phyllis Sternberg. 'The Marriage of Inner and Outer Space in Doris Lessing's "Shikasta"'. *Science Fiction Studies*, 1990, 17(2). http://www.jstor.org/stable/4239993.

Rich, Motoko and Sarah Lyall. 'Doris Lessing Wins Nobel Prize in Literature'. *The New York Times*. 11 Oct 2007. http://www.nytimes.com/2007/10/11/world/11cnd-nobel.html?_r = 1&ref = books&oref = slogin [Web. 26 Nov 2007].

Pickering, Jean. 'Marxism and Madness: the Two Faces of Doris Lessing's Myth'. *Modern Fiction Studies*, 1980(1): 17-30.

Pollock, David C. and Ruth E. Van Reken. *Third Culture Kids: The Experience of Growing Up Among Worlds*. London: Nicholas Brealey & Intercultural Press, 2001.

Ricoeur, Paul. *Oneself as Another*. Chicago: University of Chicago Press, 1994.

Ridout, Alice and Watkins, Susan. *Doris Lessing: Border Crossings*, Continuum, London, 2009.

Romano, Carlin. 'Oldest Writer to Win cited for "Pioneering work": Nobel for Doris Lessing'. *Knight Ridder Tribune Business News*, Washington, 2007.

Margaret Moan Rowe. *Doris Lessing*. New York: St. Martin's Press, 1994.

Rowen, Norma. 'Frankenstein Revisited: Doris Lessing's *The Fifth Child*'. *Journal of the Fantastic in the Arts*, 1990, 2(3).

Rubenstein, Roberta. *The Novelistic Vision of Doris Lessing: Breaking the Forms of Consciousness*. Urbana: University of Illinois Press, 1979.

Rubenstein, Roberta. 'The Room of the Self: Psychic Geography in Doris Lessing's Fiction'. *Contemporary Literature*, 1979(5).

Rubin, Martin. 'Review: Reimagined Lives'. *Wall Street Journal* (Eastern edition). New York: Aug 9, 2008. pg. W. 9. http://proquest. Umi.com/pqdweb? Sid = 1&RQT = 511&TS = 1258510410&clientId = 1566&firstIndex = 120.

Ruskin, John. *Modern Painters*. Vol. IV. "Of Mountain Beauty". Adamant Media Corporation, 2005.

Schlueter, Paul. *Dictionary of Literary Biography*. Detroit: Gale Research, 1983.

Schlueter, Paul. *The Novels of Doris Lessing*. Carbondale and Edwardsville: Southern Illinois University Press, 1973.

Sebestyen, Amanda. 'Mixed Lessing'. *The Women's Review of Books*, 1986, 3(5). http://www.jstor.org/stable/4019871.

Shelley, Mary. *Frankenstein: Or the Modern Prometheus*, ed. Maurice Hindle. Harmondsworth, Penguin, 1985.

Singleton, Mary Ann. *The City and the Veld: The Fiction of Doris Lessing*, Lewisburg, Pa.: Bucknell University Press, 1977.

Sniton, Ann. 'Houses like Machines, Cities Like Geometry, Worlds Like Grids of Friendli Feelin: Doris Lessing- Master Builder'. *Doris Lessing Newsletter*, 1983(7): 13-15.

Sprague, Claire and Tiger, Virginia. "Introduction."*Critical Essays on Doris Lessing*. Ed. Claire Sprague and Virginia Tiger. Boston: G. K. Hall, 1986.

Sprague, Claire. 'Without Contraries is No Progression: Lessing's The Four-Gated City'. *Modern Fiction Studies*, 1980(1): 99-116.

Catharine R. Stimpson. 'Lessing's New Novel', 1988, 16(9).

Still, Judith. *Derrida and Hospitality: Theory and Practice*. Edinburgh University Press, 2010.

Thomsom, Sedge. "Drawn to a Type of Landscape." *Doris Lessing: Conversations*. ed. Earl G. Ingersoll. New York: Ontario Review Press, 1994.

Tiffin, Helen. 'The Body in the Library: Identity, Opposition and the Settler-Invader Woman'. *Postcolonial Discourses: An Anthology*. Oxford, Blackwell, 2001.

Tuan, Ti-Fu. *Space and Place*: *The Perspective of Experience.* St. Paul: University of Minnesota Press, 1977.

Turner, Victor. *The forest of symbols*: *Aspects of Ndembu Ritual.* Ithaca and London: Cornell University Press, 1967.

Tyner, James. ' Landscape and the Mask of Self in George Orwell's ' Shooting an Elephant"'. *Area*, 2005(3): 261.

Ward, Ted. "The MKs' advantage: Three Cultural Contexts", *Understanding and Nurturing the Missionary Family*, ed. Pam Echerd and Alice Arathoon. Pasadena, CA: William Carey Library, 1989.

Watkins, Susan. ' Second World Life Writing: Doris Lessing's Under My Skin'. *Journal of Southern African Studies*, 2016.

Whittaker, Ruth. *Modern Novelists*: *Doris Lessing.* New York: St. Martin's Press, 1988.

Wiegman, R. ' Whiteness studies and the paradox of particularity'. *Boundary*, 1999(26): 115-150.

朱迪斯·巴特勒:《性别麻烦》，宋素风译，上海三联书店 2009 年版。

陈红梅:《〈金色笔记〉的空间叙事与后现代主题演绎》，《外国文学研究》2012 年第 3 期。

居伊·德波:《景观社会》，王昭风译，南京大学出版社 2007 年版。

戈登·菲，道格拉斯·斯图尔特:《圣经导读》，魏启源等译，北京大学出版社 2005 年版。

唐娜·哈拉维:《赛博格宣言:20 世纪晚期的科学、技术和社会主义女性主义》，韦德、何成洲编:《当代美国女性主义经典理论选读》，郝志琴译，南京大学出版社 2014 年版。

塞缪尔·亨廷顿:《文明的冲突与世界秩序的重建》，周琪等译，新华出版社 2010 年版。

姜红:《〈什卡斯塔〉:在宇宙时空中反思认知》，《外国文学》2010 年第 3 期。

姜红:《中国的多丽丝·莱辛小说研究》,《当代外国文学》2014 年第 3 期。

约瑟夫·康拉德:《黑暗的心》,孙礼中、季忠民译,解放军文艺出版社 2005 年版。

多丽丝·莱辛:《简·萨默斯的日记》,外语教学与研究出版社 2000 年版。

多丽丝·莱辛:《金色笔记》,陈才宇、刘新民译,译林出版社 2014 年版。

多丽丝·莱辛:《刻骨铭心》,宝静雅译,北京联合出版公司 2016 年版。

多丽丝·莱辛:《裂缝》,朱丽田、吴兰香译,南京大学出版社 2008 年版。

多丽丝·莱辛:《玛莎·奎斯特》,郑冉然译,南京大学出版社 2008 年版。

多丽丝·莱辛:《三四五区间的联姻》,俞婷译,南京大学出版社 2008 年版。

多丽丝·莱辛:《影中行》,翟鹏霄译,北京联合出版公司 2012 年版。

多丽丝·莱辛:《这原是老酋长的国度》,陈星译,南京大学出版社 2008 年版。

李正栓、孙燕:《对莱辛〈野草在歌唱〉的原型阅读》,《当代外国文学》2009 年第 4 期。

刘宁:《当代科幻小说研究与多丽丝·莱辛》,王宁编:《文学理论前沿》第十二辑,北京:清华大学出版社 2014 年版。

刘丽芳、李正栓:《莱辛〈天黑前的夏天〉中的女性成长主题研究》,《当代外国文学》2016 年第 1 期。

刘玉环、周桂君:《多丽丝·莱辛笔下的狗与她眼中的西方文明》,《当代外国文学》2016 年第 2 期。

刘玉梅,刘玉红:《论莱辛〈第五个孩子〉的空间意义》,《广西民族大学学报》2005 年第 3 期。

卢婧：《20 世代 80 年代以来国内多丽丝·莱辛研究述评》，《当代外国文学》2008 年第 4 期。

陆扬：《析索亚"第三空间"理论》，《天津社会科学》2005 年第 2 期。

陶丽·莫依：《性与文本的政治——女权主义文学理论》，林建法、赵拓译，时代文艺出版社 1992 年版。

生安锋：《霍米·巴巴的后殖民理论研究》，北京语言大学 2004 年版。

舒伟：《从〈西方科幻小说史〉看多丽丝·莱辛的科幻小说创作》，《当代外国文学》2008 年第 3 期。

孙宗白：《真诚的女作家多丽丝·莱辛》，《外国文学研究》1981 年第 3 期。

爱德华·索亚：《第三空间：去往洛杉矶和其他真实和想象地方的旅程》，上海教育出版社 1996 年版。

田祥斌、张颂：《〈裂缝〉的象征意义与莱辛的女性主义意识》，《外国文学研究》2010 年第 1 期。

王丽丽：《莱辛的悖论："一个冬天的意识"》，《外国文学研究》2009 年第 2 期。

王丽丽：《追寻传统母亲的记忆：伍尔夫和莱辛比较研究》，《外国文学》2008 年第 1 期。

王宁：《多丽丝·莱辛的获奖及其启示》，《外国文学研究》2008 年第 2 期。

王宁：《叙述、文化定位和身份认同》，《外国文学》2002 年第 6 期。

王晓路，肖庆华，潘纯琳：《局外人与局内人：V. S. 奈保尔、多丽丝·莱辛与空间书写》，《西南民族大学学报》2008 年总第 197 期。

王群：《多丽丝·莱辛非洲小说和太空小说叙事伦理研究》，华中师范大学出版社 2015 年版。

吴岩：《科幻文学理论和学科体系建设》，重庆出版社 2008 年版。

夏琼：《多丽丝·莱辛文学道德观阐释》，《外国文学》2009 年第 3 期。

肖锦龙:《拷问人性:再论〈金色笔记〉的主题》,《外国文学研究》2012 年第 2 期。

肖锦龙:《从"黑色笔记"的文学话语看多丽丝·莱辛的种族身份》,《国外文学》2010 年第 3 期。

肖锦龙:《从莱辛的〈金色笔记〉看她的小说创作理念》,《国外文学》2011 年第 3 期。

肖庆华:《都市空间与文学空间——多丽丝·莱辛小说研究》,四川辞书出版社 2008 年版。

熊卉:《〈玛拉和丹恩历险记〉:伦理混乱中的伦理选择》,《外国文学研究》2015 年第 3 期。

徐梦真:《比较视野下的玛丽式悲剧与当代中国女性精神思考》,《安徽文学》2017 年第 11 期。

颜文洁:《双声部结构的变奏曲:〈金色笔记〉的文本意义生成机制》,《外国文学研究》2013 年第 5 期。

阎嘉:《文学理论读本》,南京大学出版社 2013 年版。

阎嘉:《文学研究中的文化身份与文化认同问题》,《江西社会科学》2006 年第 9 期。

印玲:《从〈金色笔记〉看多丽丝·莱辛的历史书写》,《当代外国文学》2010 年第 3 期。

张锦:《福柯的"异托邦"思想研究》,北京大学出版社 2016 年版。

张琪:《莱辛〈我的父亲母亲〉中的战争创伤书写》,《当代外国文学》2016 年第 3 期。

章燕:《论莱辛〈金色笔记〉中的话语形式》,《国外文学》2017 年第 3 期。

张艺蕾、孙志海:《论拉康对主体理论的贡献》,《艺术研究》2014 年第 3 期。

赵晶辉:《英美及中国多丽丝·莱辛研究中的"空间"问题》,《西安外国语大学学报》2010 年第 3 期。

朱彦：《人类起源神话与走上神坛的女人：解读莱辛的小说〈裂缝〉》，《当代外国文学》2010 年第 4 期。

朱振武、张秀丽：《多丽丝·莱辛：否定中前行》，《当代外国文学》2008 年第 2 期。

后　记

　　终于到了后记部分，这意味着一个阶段的工作快要结束了。回想这一阶段为本书所做的一切努力，往事历历在目，实话来说，我一直在思考：研究何为？为了积累学术能力？为了评上高级职称？为了有益社会？这些都对，但因之目标的远大而不免让人心生疲累。若光是有益而无趣，我想无论如何这样的研究是难以为继的。但幸运的是，本书的这段研究之旅并不如此。它是抚慰人心的春风，充满爱意的阳光、润物无声的细雨，还是那句话：它从精神上滋养了我。

　　通过对莱辛的研读，我深深被她身上多思、敏锐、睿智、博爱、勇敢等品质所吸引。我看到她是如何被生活所困又是如何摆脱困境。正如她少女时代就曾暗暗发下的誓言那样：我绝不要被命运纠缠，无论如何我要打败它！我想她做到了，而我又多么想和她一样。

　　本书的主题是空间，空间对莱辛有着重要的意义，她是英国文坛老祖母，也是一位为了生活不断迁徙，日子过得颠沛流离的女性。这些从她生命里流淌出的故事又不断从她的笔下流出，成就一部部经典之作，空间成为她重要的书写主题。空间流转带来对混杂性身份认同的思考、对东西方不同文明方式差异的敏锐观察。她对当代很多复杂社会问题如性别、族群、文明冲突、共同体建构的想法都通过空间这个维度得以阐发。

　　莱辛作品《天黑前的夏天》里，主人公凯特给生活按下暂停键，开启了一段自由自在的寻找自我的旅程，她说：当你自己选择了与众不同的生活方式之后，又何必去在乎别人以与众不同的眼光来看你。本书的写作本质上正是这样一段精神的旅程。

本书从莱辛生命历程的角度，还原她的生命轨迹，论证莱辛空间书写和她一直以来颠沛流离、四处徙居的生活经历关系密切，从亚洲的伊朗到非洲的南罗德西亚，再到英国伦敦，在她笔下，空间流转带来对混杂性身份认同方式的思考，对不同文明差异的敏锐观察。

实际上，对空间的体认是莱辛对当代许多复杂社会问题如性别、族群、文明冲突的思考的一个突破口，空间是莱辛建构自己文学世界的重要意象。本书试图阐释清楚莱辛空间意象的独特性，这是本人读博期间对莱辛深入研究的部分结晶，当然随着空间研究和莱辛研究的深入发展，加上本人的学识、水平有限，疏漏之处在所难免，希望读者海涵。

本书在出版过程中得到滁州学院的大力支持，尤其是得到科技处和外国语学院的帮助，在此表示感谢。最后，再次感谢本书的研究对象——作家多丽丝·莱辛，通过对她的研究，我看到了一种和我原先生活理念全然不同的对生命的理解、对世界的看法，这些思想深深打动了我，也深刻改变了我，在此特别感谢和她的相遇，这段对她的研究历程让我的人生更加充实丰盈，相信我会像她一样，不惧苦难、不畏将来！

章　燕

2022 年 1 月于蔚园